A PROPOS DE L'AUTEUR

Megan Frampton publie des romances historiques sous son vrai nom, et des romances contemporaines sous le pseudonyme de Megan Caldwell. Elle aime la couleur noire, le gin, les beaux Anglais aux cheveux sombres et les boucles d'oreilles volumineuses – mais pas dans cet ordre. Elle vit à Brooklyn avec son mari et son fils. Suivez son actualité sur son site officiel : www.meganframpton.com.

DU MÊME AUTEUR

DANS LA COLLECTION

Victoria

Dans la série « Si j'étais une duchesse » :

Noblesse, devoir et autres balivernes

Duchesse malgré elle

L'aventurière et le duc

Collection : VICTORIA

Titre original :
ONE-EYED DUKES ARE WILD

Ce livre est publié avec l'autorisation de HarperCollins Publishers, LLC, New York, U.S.A.

HARPERCOLLINS FRANCE
83-85, boulevard Vincent-Auriol, 75646 PARIS CEDEX 13
Service Lectrices — Tél. : 01 45 82 47 47

www.harlequin.fr

ISBN 978-2-2803-6126-2 — ISSN 2493-013X

MEGAN FRAMPTON

L'aventurière et le duc

Traduit de l'anglais (Etats-Unis) par
Sarah Chanteau

Victoria

HARLEQUIN

Merci à mon éditrice, Lucia Macro, pour ses encouragements, son enthousiasme et autre chose qui commence par un e. Merci à mon agente, Louise Fury, pour son support et ses conseils. Je remercie également, comme toujours, ma partenaire et œil critique, Myretta Robens, qui m'encourage à poursuivre chaque fois que je doute de ce que j'écris (ce qui arrive très souvent). Et enfin, merci à mon mari, Scott. Je t'aime et je sais que tu seras toujours là pour moi.

Georgiana et le dragon

Par lady Mystère

Georgiana s'arrêta à mi-chemin. Quelle était cette étrange odeur ? On aurait dit que la forêt était en feu. Pourtant, il n'y avait ni fumée à l'horizon ni arbres en flammes.

Elle fit passer son seau d'une main à l'autre et repoussa une mèche de cheveux qui lui tombait devant les yeux. Il y avait du vent : peut-être quelqu'un faisait-il brûler des broussailles à quelques kilomètres de là ?

Georgiana secoua la tête et reprit sa route, comptant les pas comme elle le faisait toujours quand elle se rendait au puits.

La corvée d'aller chercher de l'eau pour la forge lui incombait. Parfois, elle devait même s'y rendre deux fois par jour.

C'était difficile, mais Georgiana ne rechignait jamais : son père travaillait dur pour subvenir à ses besoins et à ceux de ses sœurs. Sa mère était morte en couches à la naissance de la benjamine, Mary, et Georgiana se souvenait à peine d'elle.

Ce n'était pas le moment de s'interroger sur la provenance des senteurs environnantes : elle avait une tâche à accomplir. Le roi avait honoré sa famille en leur demandant de ferrer ses chevaux, mais il fallait que tout soit prêt avant la saison de la chasse qui commençait au printemps. Ils avaient tout juste un mois devant eux.

Chapitre 1

1844, Londres, dans une salle de bal bondée et bruyante

Lasham but une grande gorgée de vin en sachant pertinemment que cela ne ferait qu'intensifier son mal de crâne. Il était prêt à prendre le risque si cela signifiait que ses perceptions seraient, le temps d'un instant, quelque peu brouillées.

Ainsi, il ne serait pas aussi douloureusement conscient du fait qu'il était le duc de Lasham, l'individu le plus recherché de l'assemblée — selon tout le monde, sauf lui — et dont on scrutait les moindres faits et gestes.

La salle de bal était emplie de gens de la haute société qui semblaient beaucoup plus à l'aise que lui-même ne l'avait jamais été de sa vie, ni ne le pourrait. Debout au bord de la piste, il regardait les femmes tourner comme des toupies dans leurs robes de soirée.

Non pas qu'il se soit amusé avec ce genre de jouet durant son enfance — on ne l'avait jamais autorisé à s'approcher d'un tel objet —, mais il savait au moins à quoi cela ressemblait.

— Appréciez-vous la réception, Votre Grâce ?

Son hôtesse, accompagnée de deux de ses filles, s'était

approchée de lui dans son angle mort. Surpris, il sursauta et renversa le contenu de son verre sur son gant. C'était l'un des inconvénients de n'avoir qu'un œil valide — certainement pas le pire, mais néanmoins l'un des plus agaçants.

— Oui, je vous remercie, répondit-il en s'inclinant devant la nouvelle venue.

Les trois femmes le fixèrent d'un air vide en attendant qu'il alimente la conversation pour leur bon plaisir, comme si son rôle était de les divertir.

Mais il ne pouvait pas agir sur commande. Et puis sa main était trempée : il devait aller se changer avant d'accorder une danse à la prochaine demoiselle en compagnie de laquelle il serait obligé de faire bonne figure. S'il ne revêtait pas une paire de gants secs, il passerait pour un duc aux paumes moites, ce qui risquait de suggérer qu'il était en émoi face à sa partenaire, ce qui, à son tour, donnerait à ladite danseuse le vain espoir d'entendre Lasham lui poser la fameuse question. Et c'était bien la dernière chose qu'il avait envie de faire, quelle que soit la personne qui se trouvait en face de lui.

Sentir tout le monde le scruter quand il sortait en public suffisait amplement. Chez lui, il avait la chance de pouvoir se comporter normalement. S'il choisissait une duchesse, cela signifierait qu'il y aurait constamment quelqu'un à ses côtés, et cette dame s'attendrait certainement à ce qu'il se conduise comme se doit de le faire un homme de son rang.

— Si vous voulez bien m'excuser, dit-il aux trois ladies en les saluant d'un signe de tête.

Il s'éloigna à grands pas comme si on l'attendait quelque part.

*
**

— C'est mon petit secret, lança Margaret en se penchant pour récupérer les pièces et les billets au milieu de la table.

Elle jeta un coup d'œil en biais et ne manqua pas de noter l'expression agacée sur le visage de ses compagnons. Elle allait devoir perdre une fois ou deux, avant de se remettre à gagner.

Elle ne trichait pas : elle était simplement extrêmement douée aux cartes, tandis que ses adversaires se montraient souvent mauvais. Elle avait une excellente mémoire et se souvenait aisément de ce qui avait déjà été joué, ce qui lui facilitait la tâche quand venait le moment de deviner le prochain coup de son voisin.

Sortir systématiquement vainqueur finissait par devenir ennuyeux, mais celui lui permettait de s'offrir les robes dispendieuses qu'elle arborait dans le but de conserver sa place au sein de la haute société, tout en s'adonnant à son loisir préféré. Elle n'avait donc aucunement l'intention d'y mettre un terme. Qui aurait été assez stupide pour renoncer à une telle manne ?

Pourtant, parfois, après avoir remporté une somme considérable, elle se prenait à rêver de trouver un adversaire à sa mesure, quelqu'un digne de son talent et de son attention, face à qui elle perdrait sans le faire exprès.

Malgré tout, elle était heureuse de se rendre à ce genre de divertissement, même si elle savait pertinemment qu'on ne l'invitait pas pour son habileté au jeu, mais parce qu'elle était une demoiselle scandaleuse (mais pas trop). En la conviant, son hôtesse passait pour une femme audacieuse et entendait apporter un peu de piment à sa réception.

Aux yeux de Margaret, pouvoir subvenir seule à ses besoins et être capable de faire ce que bon lui semblait de son argent compensait largement ce petit désagrément.

— C'est à vous de distribuer, lady Sophia, murmura Margaret.

La dame assise à sa gauche prit le paquet qu'elle lui tendait en hochant la tête et Margaret s'installa confortablement pour jeter un coup d'œil à la ronde.

Elle n'était revenue à Londres que quelques mois plus tôt, dès qu'elle avait appris que ses parents avaient quitté la ville, et elle avait déjà l'impression de ne jamais en être partie. La vie citadine lui avait manqué, même si marcher pendant des heures dans la campagne en ayant du temps pour penser ne lui avait pas déplu.

Du temps pour penser. Voilà qui était devenu précieux depuis qu'elle était de retour, avec toutes ses activités : faire une apparition à des fêtes comme celle-ci, rendre visite à sa sœur, la duchesse de Gage, et à sa petite nièce, réfléchir aux dangers auxquels devrait faire face son héroïne dans la série qu'elle écrivait et qui venait juste d'être promue à une fréquence hebdomadaire par son journal — autre avantage lié à sa réputation douteuse.

Eviter ses parents faisait aussi partie de cette liste.

Elle sentit sa mâchoire se contracter à la pensée de ces derniers et à la façon dont ils l'ignoraient purement et simplement depuis qu'elle s'était rebellée contre leurs plans. Comme si elle allait épouser un homme aussi exécrable que lord Collingwood qui, d'ailleurs, n'avait nullement envie de se marier avec elle ! Tout ce qu'il désirait, c'était d'obtenir les fonds que le comte et sa femme avaient promis de lui verser en plus du corps de leur cadette. Ils étaient tombés de haut quand leur fille — la seconde à plusieurs niveaux — avait refusé de céder à leur vœu.

Margaret était peinée de voir qu'elle ne comptait pas pour eux, même si elle aurait dû être habituée depuis le temps.

Ils devaient être contrariés de savoir qu'elle avait repris sa place au sein de la société, que l'on continuait de l'inviter aux soirées mondaines et que, grâce à ses talents, elle était indépendante financièrement. A supposer qu'ils prennent le temps d'y réfléchir, bien sûr.

— Lady Margaret ?

Perdue dans ses pensées, elle ne s'était pas rendu compte que c'était à elle de jouer. Elle évalua rapidement sa main, tria ses cartes et jeta un regard à celles qui étaient sur la table : valet, deux et dix de cœur. Margaret avait quatre cartes de cette couleur, ce qui en laissait six autres. Elle se défit de sa reine qu'elle posa sur la pile au milieu du tapis, avant de mettre le six de carreau.

Elle ne devait pas jouer trop de cœurs, cela éveillerait les soupçons, songea-t-elle avec regret. Non pas qu'elle ait déjà donné le sien. De fait, il était encore intact, même après sa rencontre avec lord Collingwood. Ce n'était pas le cas de sa fierté, mais cette dernière s'en remettrait. Contrairement au premier, elle avait la capacité de se régénérer.

Un valet s'approcha de la table, un plateau sur le bras, et tout le monde sauf Margaret se servit un verre de vin. Dans sa vision périphérique, elle aperçut une grande silhouette sombre s'avancer vers le serveur pour faire de même.

Margaret tourna la tête vers l'inconnu et eut le souffle coupé. Il semblait tout droit sorti d'un de ses feuilletons les plus audacieux. Très grand, il dominait les autres gentlemen de la salle et ses épaules étaient si larges qu'elles auraient mis à mal les coutures de sa veste si le vêtement n'avait pas été aussi impeccablement coupé.

Pour couronner le tout, il avait un visage des plus sublimes, rasé de près, ce qui était rare chez ses congénères et faisait ressortir ses traits bien dessinés. Bien sûr, ce que les gens remarquaient en premier était le bandeau noir qu'il portait autour de la tête pour couvrir son œil gauche et qui s'accordait à merveille avec la couleur de ses cheveux.

Il croisa le regard de Margaret et se raidit, comme s'il l'avait reconnue mais ne souhaitait pas que cela se sache. Ou peut-être n'appréciait-il pas qu'elle le dévisage de la sorte.

Peu importait la raison de sa réaction, songea Margaret en haussant les épaules. Il voulait de toute évidence n'avoir rien affaire avec elle. Dommage, il avait l'air délicieusement dangereux.

— J'ai comme l'impression que la mise me revient, gloussa lady Sophia en ramenant vers elle les pièces éparpillées sur la table.

Margaret s'adossa à sa chaise, probablement sa septième inconvenance de la soirée, la première ayant été de gagner aux cartes alors même qu'elle était une femme à l'honneur légèrement terni. La deuxième et la troisième concernaient son chapeau et sa robe : elle refusait de continuer de s'habiller avec des vêtements pâles, comme aurait dû le faire une femme encore non mariée de son rang. D'une part, cela n'allait pas avec son teint, et puis pourquoi exhiber son statut marital en public ? Au lieu des habituels tons insipides, elle avait choisi une tenue bleue. Mais pas de la couleur triste du ciel au petit matin : elle arborait un azur vif et triomphant comme quand le soleil est à son zénith au beau milieu de l'été.

Le reste devait être lié à son refus de danser à maintes reprises avec plusieurs gentlemen qui le lui avaient demandé, sûrement dans l'espoir que sa mauvaise réputation aille de paire avec une certaine légèreté de mœurs. Et pour finir, elle s'était servi un deuxième verre de vin. Elle avait probablement enfreint une ou deux règles supplémentaires sans s'en rendre compte et le total s'élevait sans doute à huit ou dix.

Après tout, c'était pour cela qu'on l'avait invitée.

Pourquoi le fait d'éconduire un malotru ou de s'adosser à son siège était-il considéré comme choquant ? Elle n'en avait aucune idée. Si elle avait été un homme, elle aurait pu s'asseoir comme bon lui semblait, ne pas poser un seul orteil sur la piste de danse et boire de l'alcool jusqu'à plus soif. Personne ne l'aurait regardée de travers, ni n'aurait fait de commentaires désobligeants derrière son dos. Mais elle était une femme et tout cela n'était qu'un beau rêve, flottant devant ses yeux mais impossible à attraper.

Soudain, elle aperçut une autre silhouette du coin de l'œil, seulement celle-ci n'était pas aussi mystérieuse que l'avait été le pirate à un œil. Elle connaissait cet homme et ne voulait rien avoir affaire avec lui. De fait, elle ne l'avait pas revu depuis qu'elle avait été fiancée à lui par ses parents. Il n'avait même pas eu la courtoisie de venir demander sa main en personne et avait laissé le comte et son épouse se charger de transmettre le message. Margaret avait échappé de peu à ce mariage qui l'aurait rendue prisonnière de cet individu pour toujours. Rien qu'en y repensant, elle ne pouvait s'empêcher de serrer les poings. Elle releva le menton d'un air fier, augmentant ainsi le risque qu'il la remarque, mais elle n'en avait cure.

— Excusez-moi, dit-elle en s'adressant à l'une des personnes qui observaient le jeu. Pourriez-vous me remplacer ? J'ai besoin de prendre l'air.

Elle quitta la table sans même attendre de réponse et traversa la foule aussi vite que possible dans la direction opposée à lord Collingwood.

***

Lasham porta son verre à ses lèvres de sa main sèche, refrénant le désir de découvrir qui était cette mystérieuse demoiselle qui l'avait observé de manière si directe. Il n'avait pas l'habitude d'un tel comportement. D'ordinaire, les jeunes filles évitaient son regard, impressionnées par son rang ou effrayées par son bandeau. Mais cette inconnue l'avait fixé pendant plusieurs secondes et il avait eu du mal à détacher son regard d'elle.

Il n'avait pas manqué de remarquer qu'elle était un peu plus âgée que la plupart des débutantes qui gloussaient autour de lui. Elle n'en était pas pour autant vieille et n'était pas non plus jolie, du moins pas au sens où l'on entendait la beauté en général, mais il y avait quelque chose d'étincelant chez elle. Elle rayonnait comme si on l'avait saupoudrée de poussière d'étoile, songea-t-il avant de se réprimander intérieurement pour avoir osé une comparaison aussi stupide.

Ses cheveux d'un châtain profond et chatoyant avaient été relevés sur sa nuque, à l'exception d'une délicate boucle qui reposait coquettement sur son épaule nue. Ses grands yeux noisette étaient surmontés d'épais sourcils et sa bouche était large et voluptueuse — à supposer que l'on puisse qualifier les lèvres d'une femme de *voluptueuses.* Quand il l'avait fixée, elle avait esquissé un petit sourire presque imperceptible qui avait creusé une fossette sur sa joue. Contrairement à ses congénères, elle semblait délicieusement abordable. Voilà pourquoi il ne devait absolument pas chercher à en savoir plus sur son compte, ni à faire sa connaissance. Elle était dangereuse. Pas au sens premier du terme, mais pour sa tranquillité d'esprit.

Il se fraya un chemin parmi les invités, hochant la tête

de temps à autre pour répondre à un salut sans s'arrêter. Il ne voulait pas se laisser embarquer dans une quelconque conversation : il avait besoin de se retrouver un peu seul, loin du brouhaha de la fête, des regards insistants et de cette impression que tout le monde le fixait en attendant qu'il dise ou fasse quelque chose de remarquable. Ou de banal.

Il ouvrit la première porte qui se présenta, pénétra dans ce qui semblait être une bibliothèque et referma derrière lui. La lumière des lampadaires qui s'infiltrait par les fenêtres était suffisante pour qu'il puisse se déplacer, même avec un seul œil.

Il vint se poster près de la vitre et s'y adossa, observant la rue à l'extérieur, jonchée des détritus de la journée, où les calèches et leurs chevaux attendaient patiemment sous l'éclairage jaunâtre des réverbères que les convives décident qu'ils s'étaient suffisamment amusés pour la soirée.

Il était enfin seul et en paix.

Lasham venait à peine de rassembler assez de courage pour retourner affronter la salle de bal, les débutantes timides et les quelques heures de danse qui l'attendaient encore avant de pouvoir rentrer chez lui et s'effondrer sur son lit pour oublier, le temps d'une nuit, ses responsabilités de duc, quand il entendit la porte s'ouvrir.

Une femme pénétra dans la pièce. C'était elle : la demoiselle rayonnante de la table de jeu. Voilà pourquoi elle l'avait fixé si longuement, songea-t-il amèrement. Elle s'imaginait certainement qu'elle pouvait le manipuler.

— Vous devriez repartir d'où vous venez, lança-t-il sèchement, conscient que c'était non seulement impoli, mais également indigne d'un homme de son rang de s'adresser à elle de la sorte.

Elle sursauta comme si elle venait de s'apercevoir de sa présence et Lasham eut un moment de doute.

— *Partir?* répondit-elle d'un ton amusé. Je viens à peine d'arriver. De toute évidence, vous étiez ici bien avant moi. Il semblerait donc que ce soit à vous de quitter les lieux. Laissez le tour aux autres, milord.

Milord? Ainsi, elle ignorait qui il était. Devait-il s'en réjouir ou le déplorer?

— Non, laissa-t-il échapper tout naturellement, comme s'il avait rétorqué ce mot toute sa vie aux innombrables personnes qui attendaient quelque chose de lui et l'invitaient à leurs réceptions et autres événements mondains simplement parce qu'il était duc.

— *Non?* répéta-t-elle d'une voix une fois de plus teintée d'humour.

Etait-ce là sa façon habituelle de s'exprimer?

Elle s'approcha de lui, l'étoffe de sa jupe bruissant à chacun de ses pas.

— Alors, il semblerait que nous soyons coincés ici en tête à tête, auquel cas il serait judicieux de faire les présentations, si informelles soient-elles.

Elle s'avança un peu plus et posa la main sur le dossier d'un des canapés.

— Je suis lady Margaret Sawford.

Une pause s'ensuivit et elle inclina la tête sur le côté.

— C'est à ce moment-là que vous êtes censé me donner votre nom, précisa-t-elle d'un air taquin.

— Oh! bien sûr!

Quelle femme étrange! Jamais encore il n'avait rencontré quelqu'un d'aussi direct. Ce n'était pas pour lui déplaire.

A vrai dire, la manière dont elle l'observait était délicieusement rafraîchissante. Quand elle apprendrait qui il était, cela changerait immédiatement. Elle quitterait les lieux au plus vite en se confondant en excuses ou, pire, refuserait de partir en évoquant les rumeurs qui circuleraient une fois que les invités se rendraient compte qu'ils avaient passé du temps seuls dans cette bibliothèque et l'influence que cela aurait sur sa réputation de demoiselle, lui enjoignant ainsi de faire son devoir et de sauver son honneur en lui passant la bague au doigt.

— Je suis le duc de Lasham. Heureux de faire votre connaissance, lady Margaret.

Elle hocha la tête et esquissa un sourire.

— Parfait, Votre Grâce. A présent que nous sommes officieusement présentés, cela vous dérange-t-il si je m'assieds un instant ? Je promets de ne pas parler, je souhaite simplement passer un moment au calme.

Abasourdi, Lasham ne répondit pas. Elle n'était pas là pour le piéger, ni pour attirer son attention. Apparemment, elle désirait la même chose que lui : un peu de paix.

Elle le fixa encore quelques secondes, puis haussa les épaules et s'installa sur le sofa, s'adossant confortablement en fermant les yeux.

— Vous n'êtes pas obligé de rester debout, surtout si vous avez l'intention de vous attarder ici, ajouta-t-elle sans lever les paupières.

— Mais…, balbutia Lasham. Si nous sommes pris sur le fait, cela vous mettra dans une position très embarrassante. Je veux dire, que nous soyons tous les deux seuls, dans cette pièce… Ce n'est pas convenable.

N'était-il pas hypocrite de sa part de lui faire la leçon

alors qu'il avait lui-même refusé de quitter les lieux quand elle le lui avait demandé ?

Elle s'esclaffa.

— Et alors ? Vous me ferez probablement tout un tas de propositions bienséantes que je refuserai sans le moindre tact et ma réputation n'en sera qu'un peu plus ternie.

Elle se tourna vers lui et le fixa.

— Ce n'est pas la fin du monde.

Lasham en resta bouche bée. *Pas la fin du monde ?* Qui était cette femme ? Où était l'habituel : « Oui, Votre Grâce. Très bien, je m'en vais de ce pas. » Ou encore : « Oui, Votre Grâce, je vous épouserai si c'est là ce que vous souhaitez. »

Cette demoiselle, qui avait osé le regarder de façon si directe et refusait de sortir tout en sachant qu'il était duc, venait de l'informer que ce ne serait pas une catastrophe si on les découvrait en tête à tête et qu'elle n'insisterait pas pour qu'il fasse d'elle sa femme, ni ne lui forcerait la main de quelque manière que ce soit.

Paradoxalement, cela ne fit que lui donner encore plus envie de la connaître.

Georgiana et le dragon

Par lady Mystère

— Il y a quelqu'un ? cria Georgiana en s'approchant de la forêt.

Le seau rebondissait contre sa jambe, renversant de l'eau sur sa robe. Il aurait été plus simple de le vider, mais elle se serait sentie stupide s'il y avait effectivement le feu.

Un autre grognement retentit. Etait-ce un animal ? Un chasseur blessé ? Dans les deux cas, il s'agissait clairement d'un appel à l'aide.

Georgiana pressa le pas, aspergeant un peu plus sa tenue. Elle étouffa un juron à voix basse avant de rougir : son père aurait été horrifié d'apprendre que sa fille aînée s'exprimait de manière aussi indélicate.

Elle se baissa pour se faufiler sous quelques branches qui lui frôlèrent la tête. Pour une fois, elle était heureuse de ne pas être très grande : cela lui éviterait d'être malencontreusement blessée par un arbre. Dans le pire des cas, elle serait simplement échevelée, ce dont le vent s'était déjà chargé.

— Ohé ! appela-t-elle un peu moins fort cette fois.

Maintenant qu'elle était seule dans les bois sombres, sa décision de partir à la recherche de l'origine d'un mystérieux mugissement lui semblait bien moins judicieuse.

Qui cela pouvait-il bien être ? Etait-ce même un être humain ?

Elle ignorait la réponse à ces questions, mais tout cela ne lui disait rien qui vaille.

Chapitre 2

Décidément, cet homme n'était pas aussi dangereux qu'il en avait l'air, songea Margaret. Il lui avait donné une leçon de bienséance et se tenait à présent debout devant la fenêtre comme s'il envisageait de prendre la poudre d'escampette au cas où elle se jetterait sur lui. Pour tout dire, cela ne lui aurait pas déplu — un examen plus poussé avait révélé qu'il était aussi séduisant qu'elle l'avait supposé à l'instant où elle avait posé les yeux sur lui —, mais il allait devoir garder ses opinions guindées pour lui s'il voulait être digne de son attention.

— Que faites-vous là ? questionna-t-il d'un ton pincé comme s'il s'imaginait qu'elle l'avait suivi.

— J'avais besoin d'une échappatoire, répondit-elle vivement.

Elle l'entendit se déplacer et sentit qu'il s'asseyait sur le sofa à côté d'elle. Ce dernier était assez vaste pour qu'ils se tiennent relativement loin l'un de l'autre — suffisamment en tout cas pour qu'elle ne puisse pas lui sauter au cou —, mais si quelqu'un les découvrait, cela importerait peu. Margaret aurait presque souhaité que cela arrive, ne serait-ce que pour voir la réaction du duc.

— Que cherchiez-vous à fuir ? demanda-t-il d'une voix

grave et profonde qui déclencha un frisson qui se propagea le long de l'échine de Margaret.

Tout son corps — hormis la meilleure partie : le cerveau — semblait avoir été conçu pour l'attirer. Quel dommage ! Elle ouvrit les yeux et tourna la tête vers lui. Il était magnifique. Si seulement il n'avait pas eu l'usage de la parole.

— Des gens.

Il lui fit signe de poursuivre d'un geste de la main et elle obéit.

— Du genre qui parlent de vous dans votre dos, posent trop de questions ou pas du tout, s'attendent à ce que vous vous comportiez d'une certaine manière simplement parce que les choses sont ainsi.

— Je ne vois absolument pas de quoi vous parlez, répliqua-t-il d'un ton teinté d'humour. C'est vrai : personne ne s'épanche à mon sujet, ni n'a d'avis sur ma manière d'agir.

Margaret ne put s'empêcher de rire. Elle se sentit soudain ridicule. Evidemment qu'il comprenait ce qu'elle ressentait : il était le duc le plus charmant qu'elle ait rencontré et, pour couronner le tout, il portait un bandeau de pirate. Tout le monde devait le regarder avec des yeux ébahis et s'écarter sur son passage, tels des canots de sauvetage face à un gigantesque yacht.

Elle venait de dire à un lion qu'elle avait du mal à s'approcher de la table du buffet, alors que ce dernier était contraint de chasser pour se nourrir.

— Content de voir que je vous amuse, lâcha-t-il le visage fermé.

Ce type était vraiment l'archétype des bonnes mœurs. Quelle déception !

Bien sûr, elle ne pouvait pas lui dire cela en face : il aurait probablement pensé qu'elle voulait qu'il se montre indécent envers elle. Car, malgré son air canaille et ses traits séduisants, elle ne le souhaitait pas.

— Pardonnez-moi, je n'avais pas l'intention de vous offenser. Le ridicule de ma réplique porte à rire : je suis là à me plaindre de l'attention que le public porte à tous mes faits et gestes et des ragots que l'on véhicule à mon sujet, alors que vous devez certainement faire face à dix fois plus de regards que moi.

— Je vois, répondit-il en souriant. Ma réaction était déplacée, je vous prie de m'en excuser.

Margaret secoua la tête.

— Si je vous ai blessé, vous êtes en droit de me le faire savoir. Nul besoin de vous autocensurer. De même que si vous tenez vraiment à ce que je quitte la pièce, dites-le-moi tout simplement. Je prendrai votre opinion en considération et agirai en conséquence. Notre capacité à décider par nous-mêmes n'est-elle pas ce qui fait de nous des humains ?

Il poussa un soupir qui semblait venir du plus profond de son être.

— De toute évidence, vous n'avez jamais été duchesse, ma chère, finit-il par lâcher d'un ton las.

Margaret éclata de rire.

— Non, c'est vrai.

Peut-être était-ce là le problème de cet homme. Serait-il un jour capable de voir plus loin que le bout de son titre et de se détacher de la personne qu'il était censé être ? La sœur de Margaret avait eu le même souci — enfin, pas exactement puisqu'elle n'avait pas encore été élevée au rang de noble, à l'époque, mais elle avait combattu cette même idée selon laquelle elle devait se comporter ainsi que tout le monde l'attendait. Margaret en vint à se demander quelle attitude il adopterait s'il n'était pas retenu par ses obligations. Et puisque rien ne l'empêchait de lui poser la question, elle se jeta à l'eau.

— Quelle est la première chose que vous feriez si vous n'étiez pas duc ?

Il ne répondit pas tout de suite et sembla réfléchir, réfutant les idées au fur et à mesure en secouant la tête, comme si elles ne le satisfaisaient pas.

— Je… Je n'en ai aucune idée, à dire vrai.

— Peut-être devriez-vous y songer. Et quand vous aurez trouvé la réponse, faites-le.

Il émit un petit grognement.

— Facile à dire, surtout de la part de quelqu'un comme vous. Il ne s'agit pas que de moi : je suis responsable de centaines de gens dont le gagne-pain dépend de moi. Et je ne parle même pas des générations futures. Je n'ai pas le droit de tout abandonner simplement parce que j'en ai assez d'être obligé de prendre des décisions pour tout le monde.

— Pourquoi ne pas faire des choix pour vous-même de temps à autre ? suggéra Margaret.

C'était un avis tout ce qu'il y avait de plus raisonnable, pourtant il haussa les épaules d'un air fataliste.

— J'aimerais que ce soit aussi facile que cela en a l'air.

— Si vous préférez rester coincé dans votre existence, obligé de vous comporter exactement comme on l'attend de vous jusqu'à la fin de vos jours, je vous en prie, faites donc.

Elle se tourna vers lui et le fixa d'un air de défi.

— Ou vous pourriez tenter de faire quelque chose qui vous plaît, rien que pour vous, et voir quel effet cela produit. Si vous n'aimez pas cela, vous pourrez toujours arrêter. Mais au moins, vous aurez essayé.

Il se leva précipitamment, lissant sa veste sans plis du plat de la main.

— Merci, lady Margaret. Ce fut un plaisir de faire votre connaissance.

Il n'avait pas l'air très heureux de l'avoir rencontrée, songea-t-elle. Et l'empressement avec lequel il quitta les lieux ne fit que renforcer cette impression.

Elle chassa cette idée de son esprit et s'installa un peu plus confortablement au milieu des coussins. Quelques instants de solitude, sans l'ombre d'un duc guindé à l'horizon, allaient lui faire le plus grand bien.

Si vous n'aimez pas cela, vous pouvez toujours arrêter. Longtemps après qu'il eut quitté la bibliothèque obscure, dansé autant de fois qu'il l'avait fallu avec des débutantes en robe blanche, traversé Londres en calèche pour rejoindre sa demeure située à Mayfair, s'être affalé sur son énorme lit au milieu d'une montagne d'oreillers et autres draperies jugées indispensables au bon sommeil d'un duc, ces mots continuaient de le hanter. Ou bien était-ce lady Margaret ?

Cela ne pouvait pas être aussi simple qu'elle avait l'air de le croire. Il ne put s'empêcher de repenser à cette éventualité qui dansait devant lui, si près et pourtant si difficile à attraper, encore moins à comprendre.

Que ferait-il si tout était possible ? Il ignorait la réponse à cette question ; ce n'était ni un oui (la réplique qu'il entendait et donnait la plupart du temps) ni un non (un mot qu'il avait rarement prononcé, pour ne pas dire jamais).

Depuis le jour de sa naissance, on n'avait cessé de lui répéter qu'il était censé faire son devoir. Si souvent que cette idée était à présent gravée au fer-blanc dans son esprit et qu'il était incapable d'exprimer un quelconque désir personnel.

Pourtant, il avait bien réussi à lui dire non et à refuser

de quitter la bibliothèque quand elle le lui avait demandé. Il était resté un moment avec elle, puis avait tourné le dos à l'inconnu pour réintégrer le monde où il savait ce que l'on attendait de lui.

Néanmoins, le temps d'un instant, le sens de l'humour et la chaleur de lady Margaret lui avaient presque fait croire qu'il pouvait agir comme bon lui semblait, même s'il ignorait encore ce dont il s'agissait.

— Celui-ci est magnifique.

Debout devant le tableau, Margaret soupira, les yeux rivés sur la peinture, comme si les couleurs s'étaient échappées du cadre pour venir lui saturer l'esprit. Elle se rendait à la National Gallery au moins une fois par semaine, scandaleusement non accompagnée puisqu'elle ne voyait pas l'intérêt de contraindre sa domestique, qui lui avait vivement fait savoir qu'elle avait vu plus d'art qu'elle ne pouvait le supporter. Annie l'attendait donc dans la calèche.

Margaret sourit en repensant aux paroles de la jeune femme. Quand elle avait quitté Londres après avoir refusé d'épouser lord Collingwood — on ne pouvait prendre cela comme une rupture puisqu'elle s'était opposée d'emblée à l'idée de se marier avec lui —, Annie avait insisté pour venir avec elle, bien qu'elle n'ait jamais mis le pied hors de la ville jusqu'alors. Depuis, où que Margaret aille, Annie la suivait.

A l'exception de la National Gallery.

Margaret sursauta en entendant quelqu'un se racler la gorge derrière elle. Elle pivota et se retrouva face à lui : le duc aux allures de pirate qui n'avait rien d'un bandit se tenait devant elle droit comme un I, la tête haute, les épaules en arrière et les mains croisées derrière le dos. Sans ses vêtements, il aurait été l'incarnation de la perfection.

— Pardonnez-moi, lady Margaret, s'excusa-t-il, confus.

Il semblait vraiment mal à l'aise. S'imaginait-il également dans le plus simple appareil ? A cette idée, Margaret réprima un éclat de rire et afficha l'expression la plus neutre possible. C'était loin d'être évident étant donné les images de nudité qui se bousculaient dans son esprit.

— Bonjour, Votre Grâce.

Elle s'inclina rapidement puis releva la tête pour croiser son regard, mais n'ajouta pas un mot et attendit qu'il prenne la parole. Après tout, c'était lui qui avait entamé la conversation, il aurait très bien pu la laisser tranquille.

Le silence s'éternisa et elle faillit ouvrir la bouche pour dire quelque chose, n'importe quoi qui l'aurait sortie de cette situation embarrassante. De toute évidence mal à l'aise, le duc ne cessait de jeter des coups d'œil alentour avant de revenir vers elle.

Finalement, après ce qui sembla être une éternité, il parla.

— Aimez-vous la peinture ? demanda-t-il d'une voix étrange, comme s'il n'avait jamais adressé la parole à un autre être humain de sa vie.

— Oui, Votre Grâce.

Elle fit un geste en direction du tableau derrière elle.

— J'apprécie beaucoup les couleurs dans celui-ci et le fait que, pour une fois, la femme est le point central de l'image.

Au bout d'un petit moment, elle reprit.

— Même si, dans le cas présent, cette dernière est en train de s'enfuir.

— Il serait stupide d'affronter un dragon, ne croyez-vous pas ? rétorqua-t-il en désignant la créature mythique.

Surtout que saint Georges, dans cette scène, semble avoir la situation bien en main.

Margaret eut un petit rire moqueur, aussi amusée par ce qu'il venait de déclarer que par la façon maladroite dont il menait la discussion. Non pas qu'elle sache comment il avait l'habitude de converser, bien sûr. Peut-être n'était-il pas aussi froid et réservé en compagnie d'autres personnes qu'il ne l'était envers elle.

Auquel cas, cela signifierait qu'il la connaissait au moins de réputation, ce qui, à en juger par leur rencontre de la veille, semblait être loin de la vérité. Elle en conclut donc qu'il devait être guindé quel que soit son interlocuteur.

— Que pensez-vous qu'il s'est passé après ce combat ? réfléchit-elle à voix haute tout en se tenant le menton. Croyez-vous qu'ils se sont rendus au pub le plus proche pour partager une pinte de bière afin de célébrer la mort de la bête ?

Elle se tourna vers lui et poursuivit :

— A votre avis, qui s'est chargé de nettoyer tout ce bazar une fois la bataille terminée ? J'imagine que c'est la demoiselle, étant donné qu'elle n'a rien fait d'autre que de s'enfuir à toutes jambes. Cela semble compréhensible : elle était certainement effrayée. Il n'est pas juste dans ce cas qu'une telle tâche lui incombe.

Le visage du duc s'assombrit.

— Rien n'est vraiment équitable, dans ce bas monde.

Cette réplique ne manqua pas de piquer l'intérêt de Margaret. Qui était cet homme qu'elle avait peut-être trop rapidement étiqueté comme le duc le plus coincé qu'elle connaisse ?

— Non pas que ma situation soit de celles qui justifient que je me plaigne, ajouta-t-il d'une voix grave qui donna à

Margaret des papillons dans le ventre. Je n'ai jusqu'à présent rencontré aucun dragon, ni aucune donzelle en détresse, Dieu soit loué ! J'ignore si j'opterais pour un autre statut si l'opportunité m'était donnée de le changer.

— Pourquoi pas ?

Il fronça les sourcils, perplexe. De toute évidence, il ne s'attendait pas à cette question.

— Comment pourrais-je m'assurer que la personne qui me remplacera sera aussi consciencieuse que moi ? Qui me dit qu'elle se comportera dignement quelles que soient les circonstances ?

C'était donc cela.

— Est-ce votre cas ? rétorqua-t-elle.

Apparemment, il était sûr de lui, puisqu'il n'hésita pas un seul instant avant de répondre.

— Oui, toujours.

— C'est bien dommage, murmura Margaret en reportant son regard sur saint Georges et le pauvre animal cracheur de feu qui avait eu la malchance de croiser sa route.

Elle se tut et se contenta de rester là, debout face au tableau, tandis que son esprit bourdonnait de questions éventuelles et de possibilités d'alimenter la conversation.

Au bout d'un moment, elle l'entendit se racler de nouveau la gorge.

— Au revoir, lady Margaret, dit-il en s'éloignant si rapidement qu'elle n'eut pas le temps de lui répondre, encore moins de se retourner pour le saluer.

Qu'est-ce qui lui avait pris d'aller lui parler comme cela ? Que pouvait-elle bien penser de lui à présent ?

Il n'y avait rien de mal à faire la conversation, bien sûr,

mais quand Lasham avait surpris Margaret debout devant le Tintoret, il avait eu l'impression qu'elle venait de se matérialiser, tout droit sortie de son imagination, dont il venait de découvrir le potentiel. Il n'en avait jamais vraiment fait usage jusqu'à présent, surtout lorsqu'il était question de la gent féminine et *a fortiori* dans une galerie d'art.

La croiser dans un tel endroit, que personne ne fréquentait hormis ceux qui s'y rendaient dans le but d'y être vus, était pour le moins surprenant. Surtout qu'il était clair qu'elle n'était pas ici pour qu'on la remarque, et pour tout dire, lui non plus : le musée était son refuge, un lieu où il n'avait pas l'impression de faire constamment l'objet de tous les regards comme s'il n'était qu'une vulgaire peinture accrochée au mur.

Il avait apprécié la façon dont elle s'était exprimée et son commentaire sur les couleurs, la demoiselle en détresse et ce qui allait advenir de la dépouille du dragon. Elle semblait si sûre d'elle. Cela n'avait rien à voir avec les discussions qu'il entretenait d'ordinaire avec ses semblables.

— Votre Grâce !

Lasham se retourna en entendant son titre — il y avait peu de chances qu'un autre duc se trouve dans la National Gallery en même temps que lui.

— Bonjour, dit-il en saluant de la tête un groupe de dames qu'il réussit à associer à leur fonction, sans parvenir à mettre un nom sur toutes.

La plus grande, une certaine lady Dearwood d'après ses souvenirs, s'avança vers lui en souriant.

— Etes-vous un amateur d'art, Votre Grâce ?

Elle désigna ses amies d'un geste de la main.

— Nous sommes ici dans le cadre de notre visite mensuelle. Nous venons dans ce musée une fois par mois, précisa-t-elle inutilement, pour nous repaître de la majestueuse beauté des tableaux et trouver de l'inspiration pour nos propres créations artistiques.

Elle se pencha en avant comme pour lui confier un secret.

— Nous barbouillons toutes à nos heures perdues, voyez-vous.

— Je comprends, répondit Lasham en se demandant ce qui lui avait pris de visiter la National Gallery en ce jour précis.

En l'espace d'un quart d'heure, il avait croisé une jeune femme qui lui donnait envie de faire des choses incorrectes — même s'il ignorait exactement de quoi il s'agissait — et un groupe de dames qui *barbouillaient* plutôt qu'elles ne peignaient.

D'un autre côté, s'il n'était pas venu, il n'aurait pas entendu lady Margaret lui faire part de ses impressions pour le moins étonnantes au sujet de saint Georges et du dragon. Que n'aurait-il pas donné pour pouvoir lui demander de faire un tour en sa compagnie dans les couloirs d'un musée sans susciter les commentaires de quiconque les verrait ensemble ? Il voulait savoir ce qu'elle pensait d'autres tableaux : ceux de Titien, de Rubens et de Claude.

— Dessinez-vous également, Votre Grâce ? s'enquit lady Dearwood en l'interrompant dans ses pensées.

Il n'y perdait pas grand-chose : ces idées étaient irréalisables, de toute manière.

— Non, je…

Comment s'exprimer sans prendre cette attitude pompeuse et insupportable que lady Margaret semblait lui trouver ? Peu importait : le petit groupe devant lui serait sûrement enchanté de l'entendre approuver (ou désapprouver) leur passe-temps avec grandiloquence.

— J'apprécie l'art.

Lady Dearwood attendit qu'il continue, mais il s'arrêta là et l'atmosphère devint soudain pesante.

Décidément, il était incapable d'ouvrir la bouche sans avoir l'air pédant, snob ou… ducal. Pas étonnant qu'il se contente habituellement d'éviter au maximum tout ce qui ressemblait de près ou de loin à une conversation, une fois passé les politesses d'usage.

Pourtant, il avait réussi à parler à lady Margaret sans que tout cela ait lieu. Tout espoir n'était donc pas perdu.

— Nous aussi ! s'exclama lady Dearwood en lui tapotant l'avant-bras d'une de ses mains gantées tandis que sa robe volumineuse venait bruisser contre son pantalon.

Lasham prit sur lui pour ne pas reculer d'un pas.

— Vous joindrez-vous à nous dans notre excursion, Votre Grâce ? Ce serait un honneur.

Et une corvée, songea Lasham tout en acquiesçant d'un signe de tête. Il tendit poliment le bras pour que lady Dearwood y glisse le sien et manqua de trébucher sur sa fichue jupe.

Loin de Margaret l'idée de suivre le duc à la trace, mais ce dernier dégageait une telle prestance qu'il était impossible de ne pas le remarquer. Il était si grand, si imposant, qu'elle ne pouvait s'empêcher de ressentir sa présence, comme s'il s'efforçait de rester à portée de son regard (si étrange que cela puisse paraître). Pourtant, chaque fois qu'elle jetait un regard furtif et discret dans sa direction, il avait l'œil posé autre part.

Il était difficile de ne pas le voir, étant donné qu'il était le centre sombre de ce qui ressemblait à un bouquet de dames disposées tout autour de lui : une de chaque côté, deux derrière et une devant qui se chargeait apparemment de détourner les éventuels intrus.

— Celui-ci, Votre Grâce, s'exclama celle qui s'accrochait à son bras gauche en désignant une fade représentation d'un paysage. Ne trouvez-vous pas qu'il ferait fondre le cœur de n'importe quel amateur d'art ?

De loin, Margaret reconnut Mlle Edwards — elle pariait toujours trop au jeu et devenait très sûre d'elle quand elle avait de bonnes cartes en main. Elle la vit battre intensément des paupières dans sa direction et ne manqua pas de noter que le duc n'avait certainement pas remarqué son geste puisqu'elle se tenait du côté de son œil aveugle.

Mlle Edwards n'aurait probablement pas apprécié que Margaret le lui dise, mais cette pensée suffit à la faire sourire.

— Absolument, répondit Lasham de cette voix qui semblait ne jamais avoir tenu une conversation avec un autre être humain de toute sa vie.

Avait-il déjà eu une discussion normale ? Ou pire encore : était-ce là sa manière habituelle de s'entretenir ?

Accrochée à son autre bras, lady Dearwood tentait de l'attirer dans la direction opposée. Elle passait difficilement inaperçue : elle était très grande et portait une espèce de robe dont les nombreuses couches de tissu descendaient en cascade jusqu'au sol. Le vêtement aurait peut-être été du plus bel effet sur une autre femme, mais lady Dearwood ressemblait tellement à une amazone que sa jupe lui donnait l'air d'un guerrière endimanchée. Margaret la vit renifler avec mépris, ne laissant aucun doute quant à l'opinion qu'elle se faisait du tableau que Mlle Edwards appréciait tant.

C'est alors que le duc croisa le regard de Margaret.

*
* *

— Votre Grâce !

Lasham avait remarqué Margaret au moment même où il était entré dans la pièce. Elle n'attirait pourtant pas l'attention, n'était pas vêtue de façon ostentatoire, ni ne parlait fort.

Elle était simplement… Quel était le mot qu'il avait utilisé la veille ? Rayonnante ! On aurait dit qu'un halo était suspendu au-dessus de sa tête (une comparaison qui prouvait une fois de plus qu'il n'avait aucune imagination). Il était là à la comparer à un être astral ou une créature céleste, alors qu'elle n'était rien de plus qu'une femme franche et spontanée, et visiblement nullement impressionnée par sa personne. Et pourtant, elle venait de lui adresser la parole, l'appelant par son titre comme si elle désirait lui parler.

Autour de lui, tout le monde se tut dans l'attente de sa réponse.

— Oui, lady Margaret ?

Elle fit un pas vers lui en le fixant, arborant un petit sourire en coin. Il était rare que quiconque le dévisage de manière aussi directe. D'ordinaire, ses interlocuteurs se contentaient de regarder son œil valide ou faisaient frénétiquement l'aller-retour entre ce dernier et son bandeau noir, visiblement mal à l'aise. Mais lady Margaret l'observait comme s'il n'était qu'un homme tout ce qu'il y avait de plus normal.

Et ce, malgré son titre de noblesse, son air de pirate et les sept « peintres à leurs heures perdues » qui l'accompagnaient.

— Je suis prête. Vous pouvez m'escorter jusqu'à ma calèche.

Elle s'adressa aux dames qui l'entouraient.

— Le duc a gentiment proposé de me conduire à ma voiture quand ma domestique s'est trouvée mal.

Elle baissa les yeux et afficha une expression faussement impuissante. Elle n'était rien de la sorte, songea Lasham, mais jouait très bien la comédie.

— Il m'a dit de venir le trouver quand j'aurais fini.

Elle se tourna vers lui et il aurait juré qu'elle venait de lui adresser un clin d'œil, comme s'ils étaient deux vieux amis complices, et non un duc désorienté face à une jeune femme vive et pétillante qui semblait s'être mis en tête de lui faire quitter les lieux au plus vite.

C'est alors qu'il comprit : c'était une opération de sauvetage. Elle avait noté son embarras et y avait répondu à l'aide d'un subterfuge des plus subtils, l'extirpant ainsi des griffes de ses accompagnatrices sans les froisser. Sans son intervention, plutôt que de paraître impoli, il aurait enduré plusieurs heures de barbouillage, de paysages à vous faire fondre le cœur et de tout ce dont le petit groupe en pèlerinage mensuel aurait souhaité discuter.

— Bien sûr, je suis heureux de vous rendre service.

Il se détacha de Mlle Edwards à sa gauche, puis de lady Dearwood à sa droite, et s'inclina devant chacune d'elles.

Puis il posa les yeux sur elle, sa sauveuse, et eut soudain une furieuse envie de l'embrasser pour la remercier. A vrai dire, ce n'était pas là l'unique raison, mais il venait à peine de se rendre compte de son désir et n'était pas certain de savoir d'où lui venait cette idée.

Plutôt que de se laisser aller à un geste aussi choquant, il lui tendit le bras pour qu'elle y glisse sa main gantée, ce qu'elle fit comme s'il venait de lui offrir un présent alors que c'était elle qui venait de lui accorder une échappatoire.

S'échapper. Si seulement cela avait été possible.

Ils se dirigèrent lentement vers la sortie et il sentit le poids des regards des dames derrière lui tandis qu'ils s'éloignaient, mais fut incapable de distinguer le visage de lady Margaret sous cet énorme bonnet qu'elle portait. Grâce à Dieu, les hommes ne portaient pas ce genre d'apparat : cela lui aurait complètement bouché la vue.

Il aurait été incapable de voir les flagorneurs s'incliner sur son passage, les médisants parler dans son dos et les gens changer d'attitude dès qu'il entrait dans une pièce.

Porter ce genre de chapeau n'était peut-être pas une si mauvaise idée, après tout.

Tout en marchant au côté du duc, Margaret ne put s'empêcher de remarquer que son bras — et son corps tout entier — était aussi rigide qu'une statue. Ce qu'elle n'avait d'abord pas pris au sérieux semblait à présent beaucoup plus important. Avait-elle commis un impair ? Elle avait cru voir de la détresse sur son visage et pensait avoir compris la raison de son mal-être. S'était-elle trompée ?

— Vous aviez envie de partir, n'est-ce pas ? demanda-t-elle à voix basse tandis qu'ils se dirigeaient vers la sortie.

Si jamais ce n'était pas le cas, elle se sentirait comme la plus autoritaire des femmes.

C'était un trait de caractère très développé chez elle et elle ne s'en plaignait pas : sans lui, elle ne serait pas aussi active. Depuis le début de la journée, elle avait déjà réussi à rendre son manuscrit dans les temps et à offrir sa contribution aux femmes qu'elle tentait d'aider. Y avait-il un quota à respecter ? Allait-elle devoir relâcher la bride les jours à venir ?

Probablement pas.

— Oui, je vous remercie. Vous êtes venue à ma rescousse, tout comme saint Georges est allé sauver la demoiselle en détresse.

Margaret poussa un soupir de soulagement.

— Ouf! L'espace d'un instant, j'ai cru que je m'étais trompée. Après tout, je ne vous connais pas : peut-être appréciez-vous le fait d'être le centre de l'attention. Toutefois...

Elle marqua une pause et resserra les doigts sur son bras — qu'il avait dur et musclé, ne put-elle s'empêcher de remarquer.

— A en juger par vos dires d'hier soir, j'ai cru comprendre que c'était la dernière chose dont vous aviez envie.

Le duc souleva son chapeau et salua d'un hochement de tête une dame qui pénétrait dans le musée, puis tint la porte pour laisser passer Margaret. Une fois dehors, elle glissa de nouveau la main au creux de son coude.

— Je n'irais pas jusqu'à affirmer que c'est la pire des choses qui puissent m'arriver, répliqua-t-il d'une voix grave qui fit vibrer les entrailles de la jeune femme, mais elle figure certainement parmi les cinq que je déteste le plus.

— Quelles sont les quatre autres? s'enquit Margaret d'un ton légèrement charmeur.

Quel mal y avait-il à se laisser aller au jeu de la séduction? Il avait beau être le plus guindé des ducs qu'elle ait jamais rencontré, il restait un homme extrêmement attirant.

D'ailleurs, elle ne connaissait que deux personnes du même rang et la seconde était le mari de sa sœur, elle n'était donc pas la mieux placée pour établir une comparaison.

Son interlocuteur était peut-être ennuyeux à mourir, mais il était également le plus séduisant propriétaire d'un duché qu'il lui ait été donné de voir — sans vouloir offenser son beau-frère.

— Chanter en public, être obligé de boire du vin de piètre qualité, raconter une blague à laquelle personne ne rit et…

Il jeta un rapide coup d'œil dans sa direction avant de poursuivre.

— Porter un bonnet comme le vôtre, ajouta-t-il avec humour.

Puis il redressa la tête et fixa un point droit devant lui, le visage soudain très sérieux.

— Non pas que votre coiffe ne soit pas belle. Au contraire, elle est même très jolie, pour ce genre de chapeau… C'est juste que… je ne pourrais… je serais dans l'incapacité de…

Malgré une furieuse envie de rire, Margaret se retint et eut pitié de lui.

— Je comprends parfaitement, Votre Grâce. Mon couvre-chef me sied à merveille, mais il ne vous conviendrait pas. Je tâcherai de m'en souvenir avant de vous demander de revêtir l'un de mes habits.

Elle rougit en réalisant soudain le sens de ses paroles : si elle lui prêtait sa tenue, elle n'aurait plus rien sur le dos. Qui plus est, il devrait se déshabiller au préalable, ce qui voulait dire qu'il serait, à un moment ou à un autre, dans le plus simple appareil comme elle l'avait imaginé un peu plus tôt. Il ne faisait aucun doute qu'il rivaliserait aisément avec toutes les statues qui se trouvaient dans le musée derrière eux, mais la situation n'en serait pas moins gênante.

Que n'aurait-elle donné pour ne pas avoir une imagination aussi débordante ?

— Vous m'avez sorti d'une situation délicate et je vous en suis extrêmement reconnaissant, déclara-t-il d'une voix profonde et riche, aussi délicieuse que le reste de son corps.

Margaret sentit sa peau se hérisser.

— Tout le plaisir était pour moi.

Ils arrivèrent en bas des marches et Margaret jeta un regard en direction de la file de véhicules qui attendaient leur propriétaire au bord du trottoir.

— Voilà ma voiture, dit-elle en désignant sa calèche par la fenêtre de laquelle Annie sortit la tête.

Cette dernière était certainement impatiente de voir sa maîtresse revenir pour aller faire quelque chose d'utile, plutôt que de « perdre son temps à rester bouche bée devant des images », selon ses propres dires. Ce qui, dans l'esprit d'Annie, signifiait faire la sieste, prendre le thé ou s'adonner à toute une myriade d'activités qu'elle jugeait plus importantes que de contempler des œuvres d'art.

— Laissez-moi vous y escorter.

Il n'attendit pas sa réponse et s'avança en lui tirant le bras, de sorte qu'elle fut obligée de le suivre. D'ordinaire, elle n'aimait pas qu'on lui dise ce qu'elle devait faire, mais, étrangement, elle apprécia son attitude autoritaire et la façon dont il prit les choses en main.

Elle repoussa ce paradoxe dans un coin de son esprit, refusant de s'y attarder.

— Merci. Vous savez, vous devriez venir au musée plus tôt dans la journée, si vous voulez éviter de vous retrouver dans ce type de situation. Ce genre de dames est rarement levé avant midi et elles ont besoin d'une heure ou deux pour s'habiller et se pomponner avant de pouvoir sortir en public.

— Vos visites sont-elles habituellement matinales ? s'enquit-il.

Pourvu qu'il n'aille pas penser qu'elle appartenait à ce style de femmes, songea Margaret. Elle n'était pas de celles qui cherchent à attirer l'attention. Mais il avait posé la question et elle y répondit honnêtement.

— Je ne viens pas aussi régulièrement que vous le pensez, Votre Grâce. J'arrive quand bon me semble, dit-elle en haussant les épaules.

Elle se mordit la langue en réalisant à quel point cette remarque devait donner au duc l'impression d'être face à une personne inconsistante, ce qui n'était absolument pas le cas. Elle se reconnaissait des défauts, comme le fait d'être un peu trop directive, mais le manque de cohérence n'en faisait pas partie.

— Ah! se contenta-t-il de répondre.

Etait-il déçu ? Se pouvait-il qu'il ait envie de se retrouver de nouveau en sa compagnie ? Elle prit sur elle pour ne pas lui poser la question : le pauvre était déjà suffisamment mal à l'aise. Il était tellement bien élevé, il aurait certainement trouvé sa demande choquante.

— Aimeriez-vous que nous nous retrouvions à la galerie, un de ces jours ?

Cela lui avait échappé. Elle n'y pouvait rien : elle était trop franche et trop directe. Et surtout, elle se moquait pas mal de ce que l'on pensait d'elle. S'il désirait la revoir, quel mal y avait-il à cela ? Elle avait déjà scandalisé la haute société par le passé ; sa réputation ne pouvait pas tomber plus bas. Elle jeta un coup d'œil au duc et se ravisa. Après tout, c'était bien possible : il était tellement séduisant.

— Euh, oui, avec plaisir, répondit-il, le visage aussi rigide que la nuit précédente.

Mais cette fois, Margaret comprit qu'il n'était pas aussi coincé qu'il en avait l'air : il était simplement gêné. Peut-être y avait-il quelque chose sous la surface de ce duc aux allures de pirate et au comportement des plus convenables.

Voilà qu'il l'intriguait, à présent ! Elle ne pouvait pas se permettre de se laisser distraire : elle avait une série à écrire et des femmes dans le besoin à aider. Pour un peu, elle l'aurait réprimandé d'être aussi beau et bien bâti. Elle se retint cependant : cela n'aurait réussi qu'à l'embarrasser davantage et il risquerait dès lors de l'éviter. Ce qui était bien la dernière chose dont elle avait envie.

Elle voulait le revoir.

— Parfait, Votre Grâce, dit-elle d'un ton dont elle aurait usé pour convaincre un loup solitaire ou un ours mal léché de lui tenir compagnie.

Non pas que ce fût là une activité à laquelle elle s'adonnait d'ordinaire, mais elle ne pouvait se débarrasser de sa première impression : celle d'un homme solide et fort — et absolument charmant qui plus est — capable de déplacer des montagnes ou de faire des miracles, si l'envie lui en prenait.

Restait à prouver que la réalité était tout aussi excitante que son imagination débordante.

Margaret était impatiente de le découvrir.

Georgiana et le dragon

Par lady Mystère

Le gémissement de douleur — Georgiana était persuadée qu'il s'agissait d'un appel à l'aide, même si elle n'était pas certaine de savoir si le son en question était proféré par un être humain ou un animal — sembla se rapprocher et elle pressa le pas, déterminée à aider cette pauvre créature qui ne serait de toute manière probablement pas en mesure de l'attaquer.

Du moins, elle l'espérait.

Elle marcha pendant une dizaine de minutes, laissant son ouïe la guider, une tâche qui s'avéra de plus en plus difficile à mesure que les secondes s'écoulaient et que le grognement faiblissait.

— Tenez bon, j'arrive ! ne put-elle s'empêcher de crier.

C'était idiot, elle le savait. Rien ne prouvait qu'il s'agissait de quelqu'un de son espèce, capable de la comprendre. Pourquoi essayait-elle de rassurer une bête sauvage ? Cette dernière avait beau souffrir le martyre, elle avait peut-être aussi faim, et Georgiana pouvait fort bien lui servir de dîner.

Trop d'éléments étaient laissés au hasard dans cette histoire.

Pourtant, elle continua d'avancer, convaincue que si elle avait été seule et blessée au milieu des bois, elle aurait voulu que quelqu'un vienne à son secours.

Chapitre 3

Porter un bonnet comme le vôtre. Lasham grimaça en repensant à ce qu'il avait répliqué à cette femme rayonnante comme le jour. Quel imbécile ! Il avait réussi à se ridiculiser tout en l'insultant.

La prochaine fois, il n'aurait qu'à se contenter de lui dire qu'elle était stupide et ne valait pas la peine qu'il perde son temps avec elle. Nul besoin de faire dans la dentelle.

— Lash !

Il releva la tête en entendant son ami, Jamie, l'interpeller — oubliant momentanément tout ce qui avait trait aux couvre-chefs féminins — et vit ce dernier s'approcher de lui à grands pas.

— Que fais-tu ici ? Je te croyais à l'étranger, lui demanda-t-il en lui serrant la main quand il l'eut rejoint.

Contrairement à Lasham, Jamie trouvait Londres ennuyeuse et préférait voyager aux quatre coins du monde, ne revenant au pays que lorsque sa mère exigeait de voir son fils.

Jamie haussa les épaules avec nonchalance.

— L'anglais me manquait.

Il balaya Lasham du regard, de la tête aux pieds, et haussa un sourcil.

— Je vois que tu as toujours l'air aussi impitoyable.

Il tendit la main et tapota le cache-œil de Lasham du bout de l'index. Jamie était la seule personne qui pouvait se permettre ce genre de comportement.

— Dommage que tu ne m'accompagnes pas dans mes voyages, Lash. Ton apparence suffirait à convaincre n'importe qui de me céder ses trésors.

Jamie ne se contentait pas de visiter les nombreux pays dans lesquels il se rendait : il avait développé un commerce d'art florissant et passait son temps à traquer des marchés juteux à l'autre bout de la planète pour les revendre à ses compatriotes qui n'avaient pas le courage d'aller vagabonder de par le monde. Il n'avait pas plus besoin d'argent que cela, mais était en quête d'aventures. Et Lasham aurait tout donné pour rejoindre son ami dans l'un de ses périples ! Mais qui alors s'occuperait de ses responsabilités ducales ?

Si vous n'aimez pas cela, vous pouvez toujours arrêter.

Jamie et lady Margaret se ressemblaient en un sens. Peut-être même un peu trop, songea Lasham. Il n'était pas pressé de les présenter l'un à l'autre.

Pourquoi ? Il l'ignorait. Mais il préférait ne pas s'attarder sur la question.

— Je suppose que c'est un compliment, répondit-il à son ami d'un ton sec.

Jamie ne perdait jamais une occasion de le taquiner, que ce soit au sujet de son apparence, de ses manières guindées ou de sa réticence à apparaître en public.

Mais Jamie était l'un des rares individus — pour ne pas dire le seul — en lequel Lasham avait entièrement confiance. Il prenait donc ses boutades avec humour, tout en se demandant s'il était vraiment aussi assommant qu'il en avait l'air. Après tout, Jamie semblait le trouver plutôt amusant.

— Je meurs de soif. Il y a un pub juste en face. Allons prendre une bière.

Jamie n'attendit pas de réponse : il agrippa le bras de Lasham et lui fit traverser la route.

— Quoi ? Je ne peux pas entrer là-dedans, je suis…

Lasham s'interrompit en réalisant qu'il était sur le point de prononcer la phrase la plus pompeuse qu'il ait dite de la journée (encore plus snob que ce qu'il avait répliqué à lady Dearwood quand elle lui avait demandé s'il peignait).

— Tu es duc, je sais, répondit Jamie.

Lasham n'eut pas besoin de voir le visage de son ami pour savoir qu'il venait de lever les yeux au ciel.

— Ne peux-tu pas oublier ton titre un instant ? Tout le monde a compris que tu es l'homme le plus responsable de cette ville, Lash. Tu n'as pas besoin de nous le prouver à longueur de journée.

Lasham secoua la tête. *Tout le monde ?* Que voulait-il dire par là ?

Pourtant, il savait que Jamie avait raison, et lady Margaret tout autant : il faisait toujours ce que l'on attendait de lui.

Jusqu'à ce jour, il ne s'était jamais écarté du droit chemin. Que se passerait-il s'il décidait de faire quelques pas de côté ? Ce ne serait certainement pas la fin du monde. On ne viendrait pas lui retirer son duché pour avoir pris un verre dans un bar avec une vieille connaissance.

— Très bien, mais seulement quelques minutes. Et je t'en prie, essaie de ne pas déclencher de bagarre.

C'était ainsi que lui et Jamie s'étaient rencontrés : la langue bien affûtée de son ami avait rendu certains garçons de l'école furieux et ils lui étaient tombés dessus par surprise. A trois contre un, Jamie était inférieur en nombre et Lasham avait volé à son secours, incapable de laisser une telle injustice se dérouler devant ses yeux.

A l'époque, Lasham était déjà grand et musclé : à eux deux, ils avaient donné une bonne raclée à ces garnements et étaient restés amis depuis lors. L'incident remontait à près de vingt ans.

Lasham esquissa un sourire nostalgique à cette pensée. Sans son sens des responsabilités — que Jamie déplorait tant —, ils ne se seraient peut-être jamais rencontrés.

— Par ici, indiqua Jamie en se frayant un passage vers une table à côté du bar.

La serveuse sembla surprise — elle n'avait probablement pas l'habitude de voir deux rupins pénétrer dans ce qui était de toute évidence un établissement plutôt miteux — et s'approcha d'eux à petits pas hâtifs en dévisageant Jamie de la tête aux pieds.

— Deux pintes ? demanda-t-elle.

Visiblement, c'était la seule boisson sur la carte.

Les regards qu'elle et Jamie échangèrent n'échappèrent pas à Lasham. Apparemment, la bière n'était pas l'unique mets au menu.

— Oui, merci, beauté, répondit Jamie en lui lançant un clin d'œil.

— Quel plaisir de te voir ! avoua Lasham en toute honnêteté.

Lasham n'avait jamais vraiment été doué pour se faire des amis — ou des ennemis, d'ailleurs — et Jamie voyageait beaucoup. Entre ses obligations ducales et son aversion pour tout ce qui ressemblait de près ou de loin à un événement mondain, Lasham avait rarement l'occasion de sortir.

Quelle est la première chose que vous feriez si vous n'étiez pas duc ?

Les paroles de lady Margaret ne cessaient de le hanter. Lasham secoua la tête en se traitant mentalement d'imbécile. Ce n'était pas étonnant, après tout. A quand remontait la dernière fois qu'il avait laissé parler ses envies ?

Et pourquoi n'y avait-il jamais songé auparavant ?

— Tiens ! Bois un coup, pour l'amour du ciel ! Tu as une tête d'enterrement.

Jamie poussa une chope dans sa direction et Lasham réalisa soudain que la demoiselle était de retour.

Il leva son verre et l'inclina vers son ami.

— A la tienne ! Heureux que tu sois là. Combien de temps comptes-tu rester dans les parages ?

Jamie prit une grande gorgée de bière fraîche et s'essuya la bouche du revers de la main.

— Quelques semaines. J'avais l'intention de dormir chez ma mère, mais maintenant que je t'ai croisé…

Il ne termina pas sa phrase et lui lança un regard plein de sous-entendus.

Lasham secoua la tête.

— C'est hors de question. La dernière fois que je t'ai autorisé à séjourner chez moi, tu as endommagé trois chaises, poussé le cuisinier et les domestiques à bout et réussi par je ne sais quel moyen à mettre le bazar dans mes papiers en moins de cinq minutes. Mon secrétaire a mis plus d'une semaine à tout remettre en ordre.

Jamie haussa les épaules, engloutit sa boisson d'une traite et fit un geste en direction de la serveuse pour en commander une deuxième.

— Cela valait le coup d'essayer. Un de ces jours, Lash,

tu finiras par faire quelque chose qui va à l'encontre de tes responsabilités.

Décidément, hormis les barbouilleuses occasionnelles, tout le monde s'était donné le mot aujourd'hui pour lui rappeler à quel point son existence était terne et lui intimer de se comporter comme un sauvage. Il se retint d'expliquer à Jamie à quel point ses obligations ducales étaient importantes à de nombreux points de vue. S'il cessait de se comporter aussi dignement que son titre le requérait, les conséquences ne s'arrêteraient pas à quelques papiers dérangés.

Mais Jamie aurait volontiers pris cette remarque comme un défi. Il préféra donc se taire.

— C'est amusant : on m'a dit la même chose il y a quelques heures à peine.

Il tapota la table du bout des doigts, l'esprit ailleurs.

— Je n'avais jamais envisagé la possibilité de me livrer à une occupation à laquelle je ne suis pas censé m'adonner.

Jamie acquiesça d'un signe de tête.

— Ton paternel aurait-il autorisé son fils et héritier à penser par lui-même ? se moqua-t-il.

Le père de Lasham s'était toujours montré très strict. Au cours de son enfance, Lasham avait souvent souhaité le voir se dérider et pouvoir jouer avec lui, ne serait-ce que de temps en temps.

Etait-il devenu son portrait craché ?

Il but une gorgée de bière en réfléchissant. Il n'était pas obligé de prendre le même chemin : il pouvait s'éloigner légèrement de la voie qui avait été tracée pour lui.

De fait, il avait même déjà commencé, un peu plus tôt dans la journée, en acceptant de revoir lady Margaret à la galerie.

Il se rendrait à ce rendez-vous, répondrait à ses tentatives de séduction comme un homme tout ce qu'il y a de plus normal, et irait peut-être même jusqu'à l'inviter à danser lors du prochain événement mondain auquel ils assisteraient tous les deux.

Le fait qu'il considère cette série d'actions comme hors du commun prouvait à quel point sa vie — et peut-être même sa propre personne — était ennuyeuse à mourir.

— Que sais-tu du duc de Lasham ?

Margaret sirotait son thé les yeux fixés sur sa sœur. Cette dernière était magnifique, comme toujours. Et sa fille, endormie dans son berceau à côté du sofa, l'était tout autant.

Il fut un temps où Margaret enviait Isabella pour sa grande beauté, jusqu'à ce qu'elle réalise que cela avait conduit leurs parents à ne considérer leur aînée que comme une vulgaire marchandise qu'ils avaient troquée à un duc dont elle ne connaissait que le nom. Heureusement pour elle, la situation avait merveilleusement évolué et elle était à présent heureuse en ménage. Margaret ne l'avait jamais vue aussi rayonnante de bonheur, ce dont leurs géniteurs se moquaient éperdument. Ils n'avaient que faire des désirs de leurs enfants et n'adressaient plus la parole à Margaret depuis qu'elle avait refusé d'épouser lord Collingwood.

Elle avait beau ne pas les tenir en haute affection, Margaret n'en était pas moins blessée par leur réaction. Mais Isabella leur avait tenu tête quand ils lui avaient ordonné de suivre leur exemple et de couper les ponts avec sa sœur. Margaret lui en serait à jamais reconnaissante. Isabella veillait également à ce que Margaret puisse mener sa vie en toute indépendance, faisant usage de son rang quand cela devenait nécessaire.

Margaret avait horreur d'avoir recours à l'influence de son aînée, mais elle devait reconnaître que c'était bien pratique lorsqu'elle se voyait obligée de marchander avec un bailleur ou un commerçant.

— Le duc de Lasham est celui qui porte un…

Isabella désigna son visage d'un geste de la main.

— Oui, tout à fait. Sais-tu comment il a perdu la vue ? demanda Margaret.

Et pourquoi s'intéressait-elle soudain au passé de cet homme ? Elle enfouit cette question dans un coin reculé de son esprit et se contenta de se rappeler ses larges épaules, ses cheveux sombres, et son air autocritique qui contrastait tant avec son apparence et son titre.

Isabella secoua la tête.

— Je ne sais pas. Il n'en parle pas et personne n'a encore osé le lui demander.

Un fait déplorable qui était sur le point de changer, songea Margaret. Elle se connaissait suffisamment pour savoir qu'elle ne supporterait pas longtemps d'ignorer la réponse à cette question. C'était une qualité, mais aussi son plus gros défaut. Elle l'admettait volontiers.

— L'as-tu rencontré ? s'enquit Isabella.

Elle leva les yeux au ciel avant de poursuivre.

— Suis-je sotte ! Evidemment que tu l'as vu, sinon comment saurais-tu qu'il porte un cache-œil ? Qu'as-tu pensé de lui ? Nous ne le connaissons pas tellement, il ne vient pas souvent aux soirées de la haute société.

— Je l'ai trouvé…

Beau, décevant, curieux, mystérieux, magnifique et charmant, songea Margaret en son for intérieur.

— Intéressant, répondit-elle. J'ai fait sa connaissance

hier soir et je l'ai croisé par hasard à la National Gallery ce matin. Nous avons convenu d'y retourner ensemble.

Isabella écarquilla les yeux.

— Te fait-il la cour ?

— Bien sûr que non. Je suis bien en deçà de ce qu'il peut espérer en matière d'épouse. De plus, et sans vouloir t'offenser, Isabella, j'aurais horreur de faire office de duchesse potiche. Si j'étais obligée de me consacrer à toutes ces activités auxquelles tu dois te plier — sans parler de supporter le regard de tous ces gens qui te jugent constamment quoi que tu fasses —, je crois que j'exploserais.

Isabella éclata de rire.

— C'est vrai que cela peut être fatigant parfois, mais les nombreux avantages pèsent plus lourd dans la balance que les quelques désagréments, répliqua-t-elle en souriant mystérieusement avant de jeter un coup d'œil à sa fille.

Margaret sentit son cœur fondre. Trouverait-elle un jour quelqu'un à aimer et qui la chérirait en retour, comme Isabella et Nicholas ? Jusqu'à présent, les seuls hommes qui lui avaient porté un semblant d'intérêt l'avaient considérée comme une possible maîtresse, et non une épouse potentielle. Et aucun d'entre eux ne lui avait donné envie de devenir l'une ou l'autre.

— Puisque tu refuses de m'en dire plus quant à ces éventuels bénéfices, lança Margaret en insistant sur ce dernier mot, je n'envisagerai pas la possibilité de devenir duchesse de quiconque, et ce, malgré le fait que les prétendants se bousculent à ma porte.

Elle prit un air faussement hautain.

— Patience, la réprimanda gentiment Isabella. Un jour, tu tomberas amoureuse sans même t'en rendre compte. Et je te promets que la chute sera dure.

— Non merci, je risquerais de me faire mal et de finir toute contusionnée, répondit Margaret.

Isabella afficha de nouveau cet air cachottier qui avait le don d'attiser la curiosité de Margaret.

— Ce sera merveilleux, tu verras.

Georgiana et le dragon

Par lady Mystère

Georgiana marcha sans s'arrêter pendant une quinzaine de minutes, appelant la créature blessée de temps à autre avant d'attendre, le cœur serré, que celle-ci lui réponde. Au moins, cela prouvait qu'elle n'était pas encore morte.

Le grognement se rapprocha de plus en plus et, finalement, alors qu'elle écartait un amas de branches à hauteur de son visage, elle distingua une forme au loin qui contrastait avec la verdure alentour.

Elle était colorée de jaune, de rouge et d'orangé qui s'entrelaçaient dans un tourbillon de spirales flamboyantes.

Georgiana prit une profonde inspiration et s'approcha doucement de l'étrange silhouette ; elle n'avait jamais rien vu de tel. De toute évidence, la créature était encore en vie et en proie à une grande douleur.

Georgiana ralentit le pas et s'arrêta à deux mètres à peine de l'animal dont la respiration résonnait bruyamment dans le silence de la forêt.

— Bonjour, dit-elle d'une voix douce. Je suis venu te secourir.

La bête leva la tête et posa sur elle ses gigantesques yeux aux pupilles couleur sang. Quand elle ouvrit la gueule pour pousser un feulement plaintif, des volutes de fumée s'en échappèrent.

C'était un dragon, se rendit soudain compte Georgiana,

aussi choquée qu'elle aurait dû l'être dans une telle situation. Et le pauvre était bien mal en point : l'une de ses ailes était étrangement pliée et il semblait éprouver des difficultés à respirer.

Georgiana fit un pas en avant et plaça sa paume sur son dos.

— Tout va bien. Je suis là, maintenant.

Chapitre 4

Il était tout juste dix heures quand Margaret gravit les marches de l'escalier qui conduisait à la National Gallery. Une partie de son être souhaitait y retrouver le duc, tandis qu'une autre espérait qu'il ne soit pas là. Il ne pouvait rien y avoir entre eux de toute manière, pas même une simple amitié. Après tout, elle était réputée pour être ce fameux auteur de séries dramatiques qui avait fait scandale en refusant d'épouser celui que ses parents avaient choisi pour elle, tandis que lui était un aristocrate bien élevé qui ne commettait jamais de faux pas.

Contrairement à Margaret, on l'invitait aux réceptions mondaines en raison de son rang, et non parce que son comportement était susceptible de choquer le public.

Qu'est-ce qui pourrait bien le faire se détourner du droit chemin ? Margaret se réprimanda intérieurement à cette pensée. Elle avait appris à ses dépens que ses idées même les plus farfelues étaient souvent précédées de peu par des actes.

Dommage que cette quasi-instantanéité ne s'applique pas à d'autres domaines de sa vie, comme lorsqu'elle était en panne d'inspiration ou quand elle tournait dans son lit le soir, incapable de s'endormir.

Elle traversa à la hâte les couloirs du musée jusqu'à

l'endroit où elle avait croisé le duc la veille. Elle l'aperçut avant qu'il ne se rende compte qu'elle était entrée dans la pièce — elle arrivait du côté de son œil aveugle — et ralentit le pas, se délectant de la vue qui s'offrait à elle. Il était grand et large d'épaules, sans une once de graisse sur son corps magnifique. S'il avait été entièrement nu et fait de marbre, il aurait ressemblé à s'y méprendre à une statue grecque.

Décidément, elle devait cesser de l'imaginer sans ses habits.

Parce que, si elle continuait dans cette voie, elle finirait certainement par passer à l'action, ce qui était une très mauvaise idée au vu de la raideur de l'homme en question. Il y avait de grandes chances pour qu'il s'évanouisse sous le choc et elle serait alors obligée de le rattraper avant qu'il ne tombe, ce qui s'avérerait extrêmement difficile compte tenu de sa taille, de sa stature et… Zut ! Voilà que son imagination s'emballait de nouveau.

A ce rythme-là, autant aller droit au but et lui demander de se dévêtir sur-le-champ.

— Bonjour, milady.

Il avait dû la voir tandis qu'elle le lorgnait du coin de l'œil. Ou avait-il senti sa présence et le poids de son regard ? Après tout, elle n'avait jamais observé personne avec une telle insistance.

— Bonjour, Votre Grâce.

Elle désigna le tableau d'un geste du menton.

— Vous savez, j'ai repensé à l'histoire de saint Georges, dit-elle en venant se placer à côté de lui. Je trouve horrible la manière dont cette pauvre bête a été terrassée. La princesse a apprivoisé la créature en lui passant sa ceinture autour du cou — *décidément, elle ne pouvait pas s'empêcher d'y penser !* — et, une fois que l'animal s'est montré docile, Georges l'a tué. Cela me semble très déloyal, ne trouvez-vous pas ?

Pris par surprise, Lasham étouffa un petit rire.

— N'oublions pas qu'il s'agissait d'un dragon. Peut-être que les propriétés apaisantes de la ceinture de la demoiselle n'étaient pas infinies dans le temps.

Margaret examina cette possibilité.

— Dans ce cas, j'estime que l'histoire aurait été bien meilleure si cela avait été précisé dans le récit. Si je devais réécrire ce conte, je tâcherais de le mentionner à un moment ou à un autre de la narration.

Leurs yeux se posèrent de nouveau sur la peinture tandis que Lasham considérait un instant les paroles de Margaret avant de répondre, un fait qu'elle ne manqua pas d'apprécier à sa juste valeur.

— Vous écrivez de la fiction, n'est-ce pas ? demanda-t-il d'une voix étranglée, comme s'il n'avait pas l'habitude de faire la conversation.

— Oui, mon nom de plume est lady Mystère, précisa Margaret.

— Cela n'a plus rien de mystérieux si vous me le révélez, répliqua-t-il d'un ton presque blagueur.

Ses humeurs semblaient fluctuer à chaque respiration, tantôt sombres et coincées, tantôt légères et humoristiques. C'était pour le moins inattendu et cela ne correspondait pas du tout à l'image qu'elle s'était faite de lui, ni à celle qu'il s'efforçait de donner au monde.

Elle lui donna un petit coup dans l'épaule en riant.

— N'êtes-vous pas celui qui affirmait faire toujours ce qui est juste quelles que soient les circonstances, Votre Grâce ? Je ne pense pas que les taquineries appartiennent à ce registre.

Il laissa échapper une petite exclamation de surprise,

probablement parce qu'elle l'avait bousculé, puis se tourna vers elle et plongea son regard dans le sien.

C'était si intense que Margaret faillit bondir en arrière, mais elle se retint. Au fond d'elle-même, elle avait envie de s'avancer vers lui et de découvrir comment il réagirait si elle l'embrassait, à cet instant précis, au milieu de la National Gallery.

Sur la bouche, bien sûr. La National Gallery n'était en aucun cas une sorte d'euphémisme désignant une quelconque partie de son corps, en tout cas pas à sa connaissance. Ses pensées n'étaient pas aussi scandaleuses que cela.

— Depuis que je vous ai rencontrée, je dis et fais des choses auxquelles je n'avais jamais songé auparavant, remarqua-t-il d'une voix grave qui provoqua en elle des frissons.

Avait-il seulement conscience de ses paroles ? Ou Margaret était-elle victime de son imagination un peu trop débordante ?

Le duc battit des paupières et secoua la tête, comme pour chasser un rêve éveillé.

— Un ami m'a récemment affirmé que je me conduisais toujours de façon irréprochable, mais, si je ne le fais pas, qui va se charger de mes responsabilités ? demanda-t-il comme à lui-même. Me comporter de manière inconsciente et irréfléchie n'engendrerait rien de bon.

Margaret laissa échapper un profond soupir.

— Le monde n'est pas toujours noir ou blanc, Votre Grâce. Bien souvent, il se décline en nuances de gris. Il existe des façons de s'amuser tout en restant convenable.

Margaret ne pouvait pas en dire autant de ses propres pensées, mais ces dernières n'existaient que dans son esprit.

Et il valait mieux qu'elles y restent.

Les yeux rivés sur elle, le regard intense, Lasham semblait pouvoir lire au fond de son âme et Margaret ne put s'empêcher de tressaillir. Une délicieuse sensation se répandit dans tout son être, depuis le creux de sa poitrine jusqu'à des endroits de son corps auxquels il était impropre de penser dans un lieu public.

Lasham leva la main, comme sur le point de la toucher, et elle retint son souffle.

Puis il la laissa retomber sur sa cuisse et ses traits se durcirent.

— Je ne peux pas imaginer un seul instant la possibilité de me conduire de manière inconvenante, prononça-t-il d'une voix glaciale, plus froide que tout ce qu'elle avait entendu sortir de sa bouche jusqu'à présent.

Il s'inclina, tourna les talons et sortit de la pièce à grandes enjambées, ses bottes résonnant sur le sol de la salle vide à chacun de ses pas.

Margaret eut l'impression d'avoir été giflée.

Elle fixa la porte par laquelle il était sorti pendant un long moment après qu'il en eut franchi le seuil, le cœur battant et une foule d'émotions se bousculant dans son esprit : gêne, honte, colère, fierté et, bien sûr, le désir qu'elle avait ressenti pour lui et qui bouillonnait encore sous sa peau. Celui-là même qui était à l'origine de cette situation pour le moins embarrassante.

Si elle ne l'avait pas trouvé si mystérieux au premier coup d'œil, elle n'aurait pas cherché à le connaître davantage. Et si sa personnalité n'avait pas autant contrasté avec son apparence, Margaret ne serait pas debout, au beau milieu de la matinée, dans un musée dont elle avait déjà fait le tour la veille, en train de se demander ce qui pouvait bien se cacher derrière le masque de ce duc aux allures de pirate qui venait juste de se comporter de manière extrêmement incorrecte envers elle.

Comment pouvait-elle se montrer aussi superficielle ? De toute évidence, il ne voulait rien avoir affaire avec elle. Elle se résolut donc à oublier jusqu'à son existence.

Lasham sortit en trombe de la National Gallery. Il était en colère : contre elle, lui-même et quiconque se permettait de remettre en question sa façon d'être et d'agir.

Il n'avait jamais envisagé l'éventualité de se comporter de manière autre qu'irréprochable. C'était la faute de ses parents et de l'éducation qu'ils lui avaient transmise, juste avant de décéder, alors qu'il était encore un adolescent.

Mais ce n'était pas tout. Au fond de lui, il savait qu'il était responsable de l'homme qu'il était devenu.

Il salua d'un hochement de tête plusieurs personnes qui s'approchèrent de lui pour engager la conversation, mais ne ralentit pas le pas et regagna son fiacre qui l'attendait en bas des marches, comme se doit de le faire tout véhicule ducal, évitant ainsi à son propriétaire d'avoir à patienter ne serait-ce qu'une minute.

Il sauta dans la voiture sans même attendre que le cocher lui ouvre la portière, referma brusquement derrière lui et s'assit sur la banquette, les bras croisés et la mâchoire serrée, comme si quelqu'un qu'il n'appréciait pas cherchait à l'embrasser de force.

Pourtant, il n'y avait personne d'autre que lui dans l'habitacle. Il venait de se conduire comme un goujat envers une jeune femme qui refuserait certainement de lui adresser la parole jusqu'à la fin de ses jours, tout cela parce qu'il ne voulait pas céder à la tentation de ce qu'elle lui avait proposé : une chance d'agir différemment pour une fois.

La calèche se mit en route en direction de son domicile

qu'il n'arrivait toujours pas à appeler son chez-lui. Frustration et rage coulaient dans ses veines. Il serra le poing et cogna la porte du véhicule de toutes ses forces jusqu'à ce que ses jointures soient en sang.

— Si je puis me permettre, Votre Grâce.

Le valet de Lasham épousseta une invisible poussière sur son épaule et recula, l'air satisfait.

— Vous êtes impeccable, déclara-t-il.

Impeccable. Autrement dit parfait et ennuyeux à mourir, songea Lasham.

Depuis qu'il avait quitté le musée, il avait passé en revue les derniers contrats concernant ses propriétés, s'était entretenu avec le cuisinier au sujet du repas à servir aux membres de la Chambre des lords qu'il avait invités à dîner, puis avait pris le thé, seul dans son bureau au milieu de ses livres.

Des tâches toutes plus monotones les unes que les autres. Nécessaires et attachées à son statut de duc, mais assommantes.

Etait-il possible, comme l'avait laissé entendre lady Margaret, de s'adonner à des activités plus intéressantes sans pour autant négliger ses devoirs ?

Non pas qu'elle soit disponible pour ce genre de passe-temps, à présent qu'il lui avait fait savoir, de la façon la plus évidente qui soit, à quel point son avis le rendait mal à l'aise.

Y avait-il un moyen de lui présenter ses excuses sans pour autant avouer qu'il avait tort ? C'était le cas, bien sûr, mais le reconnaître était au-dessus de ses forces. Comme quoi, lui aussi avait des défauts, des nuances de gris qui venaient assombrir son comportement d'ordinaire blanc comme neige.

Il sourit à cette ironie et secoua la tête. Il ne se sentait pas capable de s'expliquer sans empirer la situation.

Surtout que lady Margaret était fort habile pour manier les mots, auteur de séries extrêmement populaires. Il en avait lu quelques-unes avant de la rencontrer et avait été captivé par ses histoires. Sans le vouloir, elle lui avait offert, l'espace d'un instant, un moyen d'échapper à ses soucis quotidiens.

Comment pouvait-il argumenter face à quelqu'un qui maniait si bien la langue et la narration ?

Impossible.

— Bonsoir, Votre Grâce.

— Bonsoir, milord. Charmante soirée, n'est-ce pas ?

— Absolument. Si vous voulez bien m'excuser, je m'en vais de ce pas goûter les gâteaux du cuisinier de lady Marcham.

— Bien sûr. Amusez-vous bien.

Debout dans un coin de la salle de bal, comme à son habitude, Lasham scrutait la pièce par-dessus les têtes des convives pour ne pas avoir à croiser leur regard. Toutefois, cela n'avait pas empêché certains d'entre eux de s'approcher pour lui faire la conversation. Heureusement, ils semblaient le trouver aussi ennuyeux que lui les considérait comme agaçants, car ils s'éloignaient généralement au bout de quelques secondes quand ils se rendaient compte du désintérêt manifeste mais courtois de leur interlocuteur.

Les festivités mondaines étaient devenues une nécessité dernièrement. Apparemment, ses bons amis de la Chambre des lords n'appuyaient les propositions de loi que lorsqu'ils connaissaient personnellement celui qui les suggérait. Il y avait tant à améliorer : Lasham n'était pas égoïste au point de dénigrer ses responsabilités et de rester cloîtré chez lui simplement parce qu'il n'appréciait pas ce genre d'événement.

Il était arrivé comme il se doit après le début de la réception, avait échangé des banalités avec ses hôtes et sirotait à présent son punch en tentant de se faire oublier.

Il était là depuis seulement quinze minutes et ne pouvait quitter les lieux avant au moins une demi-heure sans paraître impoli.

— Lash !

Il se retourna brusquement en entendant la voix de Jamie. Son ami venait à peine de revenir en ville, mais il avait visiblement trouvé le moyen de se faire inviter au dernier moment, et ce, bien qu'il ne connaisse même pas les Marcham.

Jamie vint se placer sur sa droite — il faisait toujours attention à se mettre du bon côté.

— Je savais que tu serais ici. C'est la raison pour laquelle je suis venu.

— Pour me voir ? Tu aurais pu passer à mon domicile. Je suis resté à la maison tout l'après-midi.

A m'occuper de tâches assommantes qui s'accordent parfaitement avec l'homme ennuyeux à mourir que je suis.

— Certes, mais j'étais occupé ailleurs, si tu vois ce que je veux dire, lança-t-il en lui adressant un clin d'œil malicieux.

De toute évidence, la journée de son ami était loin d'avoir été aussi monotone que la sienne.

— Maintenant que tu m'as trouvé, que veux-tu ? demanda Lasham d'un ton frustré.

Il secoua la tête et tenta de se rattraper avec maladresse.

— Non pas que je ne suis pas heureux de te croiser ici. Je ne voulais pas paraître impoli, je…

Jamie leva la main pour l'interrompre.

— Je comprends parfaitement, dit-il en souriant. Tu es content de me voir, tu attends avec impatience la première occasion pour déguerpir et tu aimerais savoir ce que j'ai derrière la tête. Ai-je raison ?

Lasham prit une profonde inspiration et soupira.

— Oui. C'est tout à fait cela.

— J'espérais que tu pourrais me prêter ton fiacre pour renter à mon logis ce soir. Celui de ma chère mère est en cours de rénovation, si j'ai bien compris. J'aurais pensé qu'elle s'assurerait que tout soit disponible pour la visite de son fils, mais non, ajouta Jamie d'un ton faussement offensé.

— Surtout que tu l'avais prévenue de ta venue, je suppose, répondit Lasham sèchement.

— C'est à peine si je sais moi-même quand est-ce que je serai dans le coin. Comment aurais-je pu la mettre au courant ?

Il croisa les bras sur sa poitrine et marqua une pause avant de continuer.

— Et cela ne change rien au fait que je n'ai pas de moyen de locomotion, à moins que je ne me résigne à monter dans une voiture publique, ce dont je n'ai aucune envie.

— Je t'emmènerais jusqu'en Ecosse si cela veut dire que je peux quitter cet endroit plus tôt que prévu.

— J'ai toujours su que je pouvais compter sur toi et ta misanthropie, lança Jamie d'un ton joyeux.

Il se redressa de tout son long pour se retrouver presque à hauteur de Lasham.

— Je ne déteste pas le genre humain, rétorqua Lasham. Je suis simplement un peu…

Comment se définissait-il au juste ? Pourquoi n'avait-il qu'un seul véritable ami sur cette terre, qui passait qui plus est son temps aux quatre coins de la planète et était tout le contraire de barbant, coincé ou responsable ? Etait-il censé en déduire quelque chose quant à sa personnalité ?

Si Jamie avait été à sa place, il se serait contenté de balayer toutes ces questions d'un revers de la main. Pourquoi lui n'y parvenait-il pas ?

— Je sais, ne prends pas la mouche, répondit Jamie. Allons-y. Je n'en peux plus de voir cette tête solennelle que tu arbores dans ce genre de soirées.

Ils prirent congé de leurs hôtes et patientèrent devant la salle de bal pendant qu'un valet se chargeait de leur apporter leurs manteaux. Jamie en profita pour jeter un coup d'œil intéressé aux demoiselles qui entraient et sortaient de la pièce. Il semblait tellement à l'aise, comme si le quotidien lui était d'une extrême facilité.

Lasham se réprimanda intérieurement à cette idée. Ce n'était pas comme s'il avait la vie dure. Après tout, il était duc, possédait une fortune telle qu'il ne savait qu'en faire, jouissait d'une santé solide, agissait toujours au mieux en toutes circonstances… et se comportait comme un incapable en charmante compagnie.

Il avait insulté la seule femme qui avait un tant soit peu éveillé son intérêt, et même son meilleur ami admettait qu'il était ennuyeux.

— Qui est cette charmante créature ?

Les mots de Jamie le tirèrent de sa rêverie et il releva la tête. Mais en apercevant la personne à qui son ami faisait référence, il n'eut qu'une envie, celle de rentrer sous terre.

— C'est Margaret Sawford, répondit-il sans réfléchir. Alias lady Mystère, la sœur de la duchesse de Gage.

Lady Margaret était en train de s'entretenir avec un domestique, probablement pour lui demander de lui remettre sa veste, puis, au grand soulagement de Lasham, elle se tourna dans la direction opposée pour s'adresser à quelqu'un d'autre.

Elle portait une robe de soirée similaire à celles des autres demoiselles dans la pièce, mais, sur elle, la large jupe, la ceinture étroite, et même les manches bouffantes semblaient spéciales. Elle était radieuse. Lasham ne prêtait habituellement aucune attention aux toilettes des membres du sexe opposé, pourtant, il ne pouvait détacher son regard de lady Margaret et de sa tenue.

— Sa beauté est tout sauf un mystère, releva Jamie d'un ton malicieux.

Lasham eut simultanément envie de lever les yeux au ciel et de lui envoyer son poing dans la figure.

— Lady Mystère est le pseudonyme qu'elle utilise pour signer les séries qu'elle écrit pour le journal, expliqua-t-il.

— Oh ! s'exclama Jamie. Je n'ai pas lu ce genre d'histoires depuis que je suis parti de Londres, mais je suis rassuré de voir que tes paroles ne sont pas l'œuvre de ton penchant soudain pour le langage fleuri.

Au moins, Jamie ne lui avait pas explicitement reproché son manque d'imagination, songea tout d'abord Lasham avant de se souvenir que c'était exactement ce qu'il avait fait un peu plus tôt dans la journée. Lui rappeler son point de vue sur le sujet ne serait pas spécialement agréable. Aussi, Lasham décida de ne rien dire.

— Présente-la-moi.

— Non, rétorqua Lasham un peu trop hâtivement.

Jamie haussa les sourcils et lui lança un regard faussement courroucé.

— Oh ! vraiment ?

Lasham ferma son œil et prit une grande bouffée d'air en se concentrant sur sa respiration pour ne pas se laisser emporter par ses émotions et se remettre à cogner le mur jusqu'à en saigner. Que n'aurait-il pas donné pour demander conseil à son ami sur la façon de s'y prendre pour qu'une certaine demoiselle lui pardonne de l'avoir offensée et accepte de rester son amie ?

Le valet réapparut avec leurs manteaux avant que Lasham n'ait pu faire quoi que ce soit et il sortit de la demeure des Marcham à grands pas sans jeter un seul regard en direction de lady Margaret — si ce n'est très discrètement —, monta dans sa voiture suivi de près par Jamie et attendit que son cocher ait fermé la portière pour pousser un profond soupir.

— Comment comptes-tu procéder ? demanda Jamie sans plus d'explication.

Lasham ne feignit même pas de ne pas savoir à qui il faisait allusion.

— Il n'y a rien à faire.

Jamie eut un petit rire moqueur.

— Vraiment ? Parce que j'ai deux ou trois idées qui pourraient t'intéresser, déclara-t-il.

Mais Lasham lui plaqua la main sur la bouche pour l'empêcher de continuer.

— Tais-toi.

— D'accord, répondit Jamie d'une voix étouffée par les doigts de Lasham.

Lasham se recula et croisa les bras sur sa poitrine en évitant de regarder Jamie. Il savait pertinemment que ce dernier guettait la moindre de ses réactions.

— Je ne peux pas, dit-il. Je ne sais même pas si j'en ai envie.

Heureusement, Jamie n'énuméra pas la liste de ses suggestions.

— Je l'ai rencontrée il y a quelques jours à peine et elle s'est montrée… étrangement honnête envers moi.

Il haussa les épaules, incapable de s'expliquer davantage.

— J'aimerais être capable de me faire des amis aussi facilement que toi. Elle semble être quelqu'un d'agréable. Mais j'ai…

— Tu t'es montré maladroit et elle s'est retournée contre toi.

Lasham sentit la frustration brûler au creux de sa poitrine.

— Pas exactement. Mais j'ai fait quelque chose que je ne peux pas réparer.

Contrairement à son habitude, Jamie ne répondit pas tout de suite et l'habitacle resta plongé dans le silence pendant quelques minutes.

— Tu peux tout arranger. Il suffit de le vouloir, déclara-t-il enfin d'un ton que Lasham ne lui avait encore jamais entendu.

Jamie semblait presque pensif; Lasham ne le pensait pas capable de ce genre d'émotions. De toute évidence, il avait tort.

Ce ne serait pas la première fois. Après tout, quelques jours plus tôt, Lasham aurait juré qu'il était relativement satisfait de la tournure qu'avait prise sa vie. Certes, il n'appréciait pas l'attention qu'on lui portait en raison de son titre, mais il estimait que les avantages d'être duc compensaient largement ce problème et il se plaisait à penser qu'il œuvrait pour le bien de sa famille éloignée, du peuple qui louait ses terres et des citoyens qui profitaient des lois qu'il promulguait.

Mais à présent il savait, ou du moins il supposait, que ce n'était pas assez.

Il s'était pris un coup de poing imaginaire dans l'estomac et le choc s'était propagé — et se diffusait encore — dans toutes les fibres de son corps, telle une eau-de-vie remontant le long de ses veines.

Mais préférait-il laisser l'alcool l'enivrer ou le combattre pour rester sobre ?

Georgiana et le dragon

Par lady Mystère

— Que fais-tu ici ? N'es-tu pas effrayée ?

Le dragon s'exprima d'une voix sourde et graveleuse, des spirales de fumée s'échappant de sa gueule et de ses narines à chacun de ses mots.

Georgiana aurait dû être surprise d'entendre un dragon parler, mais elle était encore sous le choc de croiser une telle créature au beau milieu de la forêt. Elle décida donc de faire fi de la capacité de l'animal à communiquer.

En revanche, il valait mieux qu'il soit à même de voler ou elle se verrait obligée de remettre en cause son statut de dragon.

— Tu as besoin d'aide, répondit-elle d'un ton pragmatique. Pour tout dire, je suis terrifiée, mais je ne vais pas te refuser mon assistance simplement parce que j'ai peur.

Le dragon poussa un soupir, ferma les yeux et sembla s'enfoncer un peu plus dans le sol.

— Inutile de te montrer craintive. J'ai à peine assez d'énergie pour survivre, encore moins pour t'attaquer.

Georgiana ne jugea pas nécessaire de lui demander si, dans le cas contraire, il aurait tenté de la dévorer. Elle se contenta de passer la paume de sa main sur les crêtes de son dos à la recherche de blessures.

C'est alors que la bête rugit.

Chapitre 5

— Merci pour tout, lady Marcham. J'ai passé une excellente soirée.

Margaret salua son hôtesse d'un signe de tête, adressa un sourire au valet qui lui apportait son manteau et se dirigea vers la sortie.

Elle n'avait pas prévu de quitter la fête si tôt, mais elle avait reçu un message urgent de la part d'une des femmes auxquelles elle prodiguait son aide. La note lui avait été apportée par un domestique grincheux, qui paraissait irrité de devoir transmettre une missive à un invité. Rester planté comme un piquet dans un coin de la salle semblait préférable à ses yeux.

Apparemment, le beau-frère de la dame en question avait encore trop bu et menaçait les deux sœurs qui s'étaient barricadées dans leur logement. La police refusait d'intervenir sous prétexte qu'il s'agissait d'une affaire privée et elles n'avaient personne d'autre vers qui se tourner.

Parfois, Margaret aurait aimé ne pas être aussi généreuse, ni perspicace. Si elle ne s'était pas montrée aussi charitable, ses qualités d'observatrice ne l'auraient pas poussée à agir. Mais étant donné qu'analyser les individus, leurs relations et leurs interactions était quasiment l'essence même de son travail, il aurait été déloyal et immoral de sa part d'ignorer ce qui se passait sous ses yeux.

Voilà pourquoi elle était à présent en route pour Soho — un quartier qui, même s'il n'était pas considéré comme le pire de la ville, faisait certainement partie des cinq endroits les plus malfamés — avec pour seule compagnie John, son cocher, et Annie, sa bonne à la langue acérée.

Elle remercia intérieurement son beau-frère de lui avoir enseigné quelques mouvements de boxe. Elle était incapable de mettre un individu à terre, mais, au moins, elle savait où frapper et comment esquiver un coup.

Jusqu'à présent, elle n'avait pas eu l'occasion de mettre ses leçons en pratique, mais elle était armée — au sens figuré du terme, puisqu'elle était dépourvue de poignard ou de pistolet — et l'idée de cogner quelqu'un qui voulait s'en prendre à elle était plutôt séduisante.

— Où va-t-on ? s'enquit Annie tandis que le fiacre roulait dans la nuit.

— Comment sais-tu que nous ne sommes pas en route pour la maison ?

Elle devrait lui apprendre à jouer aux cartes : cette femme avait un don pour prédire l'avenir.

— Parce qu'il est encore tôt, que vous avez cette lueur bizarre dans le regard et que j'ai vu un type mal fagoté se présenter à la résidence des Marcham quinze minutes avant notre départ avec une note que l'un des valets s'est empressé de porter à l'intérieur. Vous devriez m'inclure comme détective dans l'une de vos histoires, vous savez.

— Contrairement à ce que mon nom de plume pourrait laisser croire, je n'écris pas de séries policières, Annie.

— Très bien, oubliez ce que je viens de dire alors, rétorqua Annie en faisant un geste impérieux de la main.

— Nous nous rendons chez les sœurs Banner. Celles qui font de la dentelle, tu t'en souviens ? Le mari de la plus jeune est une brute et apparemment il a encore trop bu.

— Et nous, pauvres femmes sans défense, allons arrêter cet homme adulte complètement ivre qui fait certainement deux fois notre largeur et mesure une tête de plus que nous, répliqua Annie d'un ton pour le moins dubitatif.

Margaret remonta le col de son manteau contre son cou.

— C'est l'idée.

— Et après, vous allez secourir les deux dames et les amener dans cette association que vous chérissez tant.

Elle ponctua sa phrase d'un petit reniflement méprisant. Ce n'était pas la première fois qu'Annie remettait en cause l'Agence pour un emploi de qualité et sa capacité à arranger les choses, « même si on essaie très fort ». Mais Margaret ne pouvait s'empêcher de tenter d'arracher ces femmes à leur terrible destin, même si les chances pour qu'elles s'en sortent étaient minimes. Et elle savait qu'au fond, Annie pensait la même chose ; elle avait un cœur charitable, même si elle refusait de l'admettre. Par chance, Annie n'avait jamais eu besoin de faire appel à un tel organisme pour trouver du travail : sa tante avait servi dans la maison des parents de Margaret et avait recommandé les services de sa nièce lorsque Margaret avait eu besoin d'une servante. Le comte et la comtesse ne se préoccupaient guère de qui ils engageaient pour leur cadette, du moment que leur aînée n'avait pas à se défaire d'une de ses domestiques.

— Et on va les sortir de là, à supposer que ce type ne tue pas l'une d'entre nous, voire les deux.

— Euh, c'est cela, répondit Margaret en commençant à douter de son plan ainsi énoncé par Annie.

— Dans ce cas, nous ferions mieux de nous fortifier l'âme, ajouta Annie en sortant une flasque de son manteau.

Elle la déboucha, en avala une gorgée puis la tendit à Margaret.

— Grand Dieu, Annie ! J'ignorais que tu transportais de l'alcool, s'exclama-t-elle en prenant la petite bouteille.

Elle la porta à ses narines et l'odeur la fit tousser.

— C'est une bonne chose que j'aie pensé à en prendre, riposta Annie. Nous allons avoir besoin de toute l'aide disponible et la boisson nous donnera le courage nécessaire en cas de bagarre.

Margaret sourit et but une lampée. Le liquide lui brûla la gorge et effaça instantanément tous les doutes qu'elle avait pu avoir.

Annie replaça le flacon dans sa poche et hocha la tête.

— A présent, nous sommes fin prêtes.

— Autant que faire se peut, murmura Margaret.

— C'est ici, milady, indiqua le cocher de son accent londonien en pointant la maison du doigt.

John était entré au service de Margaret après qu'elle eut quitté le domicile de ses parents, près de deux ans plus tôt. Elle avait croisé sa route alors qu'il avait perdu son travail dans une usine de colle. Etant donné l'origine de la glu, il avait acquis une certaine expérience auprès des équidés et elle l'avait engagé. A l'époque, l'Agence pour un emploi de qualité ne plaçait pas les hommes et Margaret s'estimait heureuse de l'avoir rencontré au moment où elle en avait le plus besoin.

Il avait pris son poste avec aplomb et, hormis sa manière

de parler peu élégante, rien ne le différenciait de ses collègues nés et élevés dans une écurie.

Cependant, c'était un homme frêle et secoué par une toux incurable. Il s'avérerait probablement moins utile qu'Annie s'il y avait du grabuge.

Les domestiques de Margaret étaient loin de respecter les standards de la haute société, mais, de toute manière, elle aurait scandalisé les bonnes mœurs quoi qu'il arrive. Son choix de vivre en toute indépendance avait déjà ruiné sa réputation, alors pourquoi s'embêter ? Son beau-frère lui avait bien proposé de lui fournir un toit, mais elle tenait à sa liberté. Son image ne pouvait guère être plus ternie.

— Merci, lança-t-elle à John en descendant du fiacre.

Elle glissa les doigts dans sa poche pour vérifier que ses aiguilles à broder s'y trouvaient. Elle n'avait jamais cousu de sa vie, mais ces dernières étaient très pointues et elle les gardait toujours à portée de main dans l'éventualité d'une situation délicate.

Marmonnant dans sa barbe comme à son habitude, Annie lui emboîta le pas. Annie ne quittait jamais sa maîtresse, même lorsqu'elle pensait (et ne manquait pas de l'affirmer haut et fort) que cette dernière était trop téméraire.

— Il me semble que leurs appartements se trouvent au dernier étage, dit Margaret en levant la tête.

Au même moment, deux silhouettes agitées passèrent devant l'une des fenêtres.

— Il n'y a pas de temps à perdre, allons-y.

Le temps d'arriver au quatrième étage, Margaret et Annie avaient échafaudé un plan d'attaque.

— Si j'ai bien compris, je m'occupe d'entraîner les dames à l'extérieur pendant que vous faites diversion.

Margaret n'eut pas besoin de voir le visage d'Annie pour savoir qu'elle affichait une expression sceptique.

Elle devait l'admettre : son idée laissait à désirer.

— Oui, répondit-elle. John alertera les gardes s'il entend des cris.

Au cours de leurs escapades, Margaret avait découvert qu'Annie avait une voix à rendre un chien sourd.

— Formidable, rétorqua Annie d'un ton aussi sec que le Sahara.

Le désert ferait un excellent décor pour sa prochaine histoire, songea Margaret — à supposer qu'elle survive à ce qui allait suivre.

Une fois devant la porte, elle ne se donna pas la peine de frapper et prit une profonde inspiration avant de tourner la poignée.

Elle pénétra dans la pièce et balaya la scène du regard. Mlle Banner, la plus âgée des deux femmes, était perchée sur le dos de son beau-frère. Campé sur ses pieds, ce dernier tenait le bras de sa belle-sœur d'une main et celui de sa femme de l'autre, si fort que Margaret voyait les marques rouges sur sa peau depuis l'entrée de l'appartement.

— Arrêtez ! ordonna-t-elle d'une voix forte.

Mais personne ne fit attention à elle. Occupés à crier, à pleurer et à se disputer, les trois occupants ne semblèrent même pas entendre sa voix.

Margaret secoua la tête, sortit son aiguille à broder et se dirigea droit sur eux. Elle piqua le sombre individu au niveau de l'avant-bras et il laissa échapper un petit cri avant de lâcher le poignet de son épouse. Mlle Banner en profita pour resserrer son emprise autour de son torse et lui plaça une main devant les paupières.

L'homme tomba à genoux, l'aînée des Banner toujours à

califourchon sur lui, tandis que la cadette se tenait le bras à quelques pas en regardant la scène, les yeux écarquillés de frayeur.

Mais il ne resta pas au sol très longtemps et parvint rapidement à se libérer de l'étreinte de son attaquante pour se remettre sur pied en titubant.

— Qui êtes-vous ? Que faites-vous là ? s'exclama-t-il en s'adressant à Margaret.

Il ne paraissait pas enclin à discuter. Peut-être était-ce un moyen détourné de gagner du temps pour trouver une façon de la tuer.

— Mon nom importe peu, déclara Margaret d'une voix aussi ferme que possible. Vous n'êtes pas en mesure de tenir compagnie à ces jeunes femmes. Aussi vais-je les emmener.

Elle se tourna vers Mlle Banner, toujours allongée par terre, et sa sœur terrifiée.

— Allons-y !

— C'est hors de…

Mais sa phrase se termina en une sorte de couinement inintelligible.

— Voilà qui est mieux, répondit Margaret sans vraiment comprendre pourquoi son expression avait changé de manière si radicale, mais décidée à en profiter.

Puis elle se rendit compte que les Banner semblaient tout aussi terrorisées. S'était-elle transformée en dragonne cracheuse de feu sans le savoir ? Y avait-il une armée de soldats derrière elle ?

Elle pivota la tête pour vérifier.

Grand Dieu ! Ce n'était pas son imposante présence qui avait terrorisé la famille Banner.

C'était lui ! Le duc aux allures de pirate. Celui qui avait

paru tellement rebuté par son attitude en début de journée qu'il avait dû quitter la pièce.

Il se tenait dans l'encadrement de la porte, fermement campé sur ses jambes écartées, les bras croisés sur sa large poitrine, affichant le visage froid de quelqu'un prêt à se battre.

Aucune arme n'était visible, pas même une aiguille à broder.

Il jeta un coup d'œil à Margaret, puis aux autres occupants de la pièce. Tous, hormis Annie, semblèrent flancher sous le poids de son regard.

— J'aurais pu m'en sortir toute seule, vous savez, lança Margaret, agacée.

— Oui, vous paraissiez maîtriser la situation à la perfection, répliqua-t-il de ce même ton sec comme le désert qu'Annie avait employé un peu plus tôt.

Margaret laissa échapper une exclamation offusquée.

— Puisque vous êtes ici, peut-être pourriez-vous m'aider à escorter ces dames jusqu'à mon fiacre.

Elle se tourna vers les sœurs Banner.

— Je vous assure qu'il n'est pas aussi terrifiant qu'il en a l'air, déclara-t-elle avant de se rendre compte que le mari de la plus jeune risquait de saisir cette opportunité pour se rebeller. Mais il est très fort et, si j'étais vous, j'obéirais sans plus tarder.

Elle inclina la tête vers Lasham.

— Quels sont vos ordres, Votre Grâce ?

Un petit cri de surprise s'échappa de la bouche des trois occupants quand ils prirent conscience que l'homme qu'ils avaient en face d'eux était duc.

— Je suggère à ces demoiselles de se rendre là où vous avez l'intention de les conduire et à ce monsieur de maudire le jour où il a croisé votre route, milady, répondit-il.

Margaret acquiesça d'un signe de tête.

— Parfait. Je vous remercie. A présent, si vous voulez bien nous accompagner jusqu'à mon véhicule, je vous en serais extrêmement reconnaissante.

Les sœurs Banner, qui avaient cessé de pleurer et de crier, rassemblèrent quelques affaires, puis descendirent les marches de l'immeuble, Margaret et le duc sur leurs talons.

— Que faites-vous là ? chuchota Margaret.

Elle remercia le ciel qu'il fasse sombre dans la cage d'escalier : elle venait de marcher dans quelque chose de collant et sa robe de bal devait être maculée de crasse.

Qu'allait penser Annie ? Si seulement elle avait pu prévoir le déroulement de la soirée et s'était habillée de façon appropriée, tant pour une danse de salon que pour un sauvetage périlleux dans l'un des quartiers les plus dangereux de Londres. Elle se surprit à imaginer à quoi ressemblerait une telle tenue.

Perdue dans ses pensées, elle ne s'était pas rendu compte que le duc n'avait pas encore répondu à sa question. Prenait-il plaisir à l'ignorer ?

— Vous ne m'avez toujours pas dit ce que vous faisiez ici, répéta-t-elle d'un ton irrité.

Georgiana et le dragon

Par lady Mystère

— Chut, tais-toi ou tu vas attirer du monde, intima Georgiana en sachant pertinemment qu'elle avait peu de chances de réussir à le calmer.

— C'est déjà le cas puisque tu es là, rétorqua la bête entre deux mugissements. Je me sens horriblement mal et j'espère que la personne qui était censée venir me sauver ne va plus tarder à présent.

Le sauver ? Georgiana fronça les sourcils.

— Que veux-tu dire par là ? Personne ne vient à la rescousse des dragons.

Il lui lança un regard agacé.

— Ecoute, je ne sais pas ce qu'on t'a raconté, mais, dans toutes les histoires que je connais, ceux de mon espèce finissent par être secourus par une princesse de toute beauté.

Il la détailla de la tête aux pieds et laissa échapper un petit souffle qui eut pour effet d'expulser des volutes de fumée de ses naseaux.

— De toute évidence, tu n'es pas non plus issue d'une famille royale.

Georgiana mit quelques instants avant de comprendre, mais, quand elle déchiffra enfin le sens de sa phrase, elle vit plus rouge que les flammes qui s'échappaient de la gueule de l'animal.

— Es-tu en train de dire que je suis laide ? s'offusqua-t-elle.

Il leva ses grands yeux jaunes aux pupilles rouge sang vers le ciel.

— Et apparemment, tu es lente d'esprit, en plus de cela. Maintenant, laisse-moi, je vais attendre ma sauveuse.

Georgiana planta les mains sur ses hanches et tapa du pied sur la couche de feuilles mortes humides qui tapissait le sol de la forêt.

— Parfait. Reste ici, cela m'est bien égal.

La bête hocha la tête d'un air satisfait, mais Georgiana décela une grimace de douleur sur son visage.

Néanmoins, il lui avait ordonné de quitter les lieux pour pouvoir patienter jusqu'à l'arrivée d'une princesse belle et intelligente, contrairement à Georgiana. C'était donc ce qu'elle ferait.

Elle ramassa son seau, tourna les talons et repartit à grands pas d'où elle était venue.

Chapitre 6

Que faisait-il ici ? Avouer la vérité — qu'il avait déposé Jamie, puis avait aperçu son fiacre dans un coin de la ville où il savait pertinemment qu'elle ne vivait pas et avait ordonné à son cocher de la suivre dans l'idée de lui présenter de pitoyables excuses — n'aurait certainement réussi qu'à rendre la situation encore plus inconfortable. Elle l'aurait pris pour un illuminé ou, pire, un malappris, ce qu'il n'était pas.

Du moins jusqu'à ce jour, car il l'avait effectivement prise en filature, s'était même permis de pénétrer dans l'immeuble derrière elle et d'intervenir quand il avait entendu du fracas dans l'appartement.

— Euh…, dit-il en maudissant son manque d'imagination.

S'il avait eu l'esprit aussi créatif que lady Margaret, il aurait pu inventer une excuse qui ne le fasse pas passer pour un pervers lui portant un intérêt injustifié. Ou justifié.

Alors pourquoi lui as-tu emboîté le pas ? Et comment se faisait-il que sa conscience ait la même voix que Jamie ?

Autant de questions auxquelles il était incapable de répondre.

— Votre Grâce ? s'emporta Margaret. Veniez-vous me

demander pardon pour votre comportement de ce matin ? Y a-t-il quelque chose que je puisse faire pour vous ?

— Peu importe la raison de ma venue, répondit-il d'une voix glaciale qui suffisait habituellement à refroidir les ardeurs de la plupart de ses interlocuteurs.

— Vous ne faites qu'éviter le sujet. Je trouve cela suspicieux, pas vous ?

Lady Margaret n'était pas comme la majorité des gens.

Ils atteignirent le bas de l'escalier, sortirent dans la rue et Lasham gagna quelques minutes de répit. Cependant, il savait que cela ne durerait pas.

— N'allez pas croire que je vous laisserai vous en tirer à si bon compte, le prévint Margaret comme si elle avait lu dans ses pensées. Je suis curieuse de connaître votre réponse.

Elle lui donna un petit coup de coude dans les côtes et il sursauta, surpris. Il n'était pas le genre d'homme avec qui l'on se permettait ce type de comportement. Du moins, jusqu'à ce jour.

— A présent, Votre Grâce, si vous voulez bien nous excuser, déclara-t-elle à voix suffisamment haute pour que tout le monde l'entende.

— Laissez-moi accompagner ces dames jusqu'à leur destination, s'entendit dire Lasham presque au même moment. J'aimerais m'assurer qu'elles y arrivent saines et sauves.

Lady Margaret bafouilla d'un air contrarié, mais sa bonne lui coupa la parole avant qu'elle n'ait pu trouver une excuse valable.

— Ce sera avec plaisir, Votre Grâce. Que diriez-vous de les emmener toutes les trois à bord de votre fiacre ? Je vous suivrai dans le véhicule de lady Margaret, qui n'est pas assez spacieux pour cinq.

Lasham ne répondit pas et le silence se fit pesant. Jamais encore un domestique n'avait émis une quelconque directive en sa présence, encore moins ce qui ressemblait de toute évidence à un ordre. Même ses nombreux valets se contentaient de suggérer poliment de remplir sa tasse quand celle-ci était vide et qu'il les regardait aussi clairement que s'il avait brandi une pancarte avec écrit « je veux du café ».

Le comportement d'Annie ne ressemblait en rien à ce dont il avait l'habitude. Il se tourna vers lady Margaret qui, contrairement à ce à quoi il aurait pu s'attendre, ne semblait pas choquée le moins du monde. Dire qu'elle était rayonnante aurait été un euphémisme : elle irradiait.

— Non, répondit-il au même moment que lady Margaret.

Ils se lancèrent un regard surpris et Lasham la vit tenter de dissimuler un sourire amusé.

Peut-être accepterait-elle ses excuses finalement. Dieu qu'il l'espérait !

Elle haussa un sourcil et s'adressa à sa servante.

— Tu vois, Annie ? Le duc et moi sommes du même avis : il va s'en retourner à son domicile et je conduirai ces dames en sécurité avant de rentrer à la maison.

Elle se tourna vers lui, comme pour le défier de la contredire.

— Nous sommes hors de danger, à présent, Votre Grâce. Inutile de vous inquiéter.

Elle hocha la tête en direction des sœurs Banner.

— Je vous en prie, prenez place dans mon véhicule, il fait froid ce soir.

Lasham serra la mâchoire pour ne pas exploser devant les quatre femmes. S'il était rare qu'une domestique donne des ordres en présence de sa maîtresse, il était encore plus inhabituel que quiconque ose refuser ses propositions. En fait, depuis qu'il était devenu duc, ce n'était jamais arrivé. Et même avant, cela avait été extrêmement occasionnel.

Il fit un pas en avant et lui agrippa le bras alors qu'elle s'apprêtait à monter dans sa voiture.

— Vous ne devriez pas vous exposer à un tel danger, lady Margaret.

Peu importait qu'elle vienne de décliner son offre.

— Ce n'est pas un endroit approprié pour une demoiselle comme vous.

— Je vous demande pardon ? rétorqua-t-elle d'un ton qui suintait le mépris. Croyez-moi, Votre Grâce, s'il existait une autre solution, je l'aurais choisie avec plaisir. Mais il n'y en a pas, ce qui explique ma présence ici. A présent, comme vous l'avez fort bien dit, il est temps pour nous de rentrer. Si vous voulez bien m'excuser.

Elle grimpa dans le véhicule sans même lui adresser un regard, la tête haute, et ferma la portière derrière elle.

Sur le chemin du retour, Lasham se retint de donner des coups de poing dans tout ce qui l'entourait. Cela valait mieux. Une crise de nerfs par jour était amplement suffisante.

En revanche, dès qu'il arriva chez lui, il se précipita dans son bureau et se servit un brandy bien chargé.

— C'était vraiment si catastrophique ? lança une voix, ce qui manqua de lui faire recracher le liquide qu'il avait dans la bouche.

C'était Jamie, bien sûr. Qui d'autre se permettrait de pénétrer dans son domicile sans invitation officielle ? En fait, il ne se souvenait même pas de la dernière fois qu'il avait accueilli un visiteur. Et les gens n'avaient pas pour habitude de s'introduire dans sa demeure alors qu'il était occupé à terroriser un homme en colère dans un quartier malfamé de la ville.

— Que fais-tu ici ? lança Lasham en se tournant vers son ami. Ne t'ai-je pas déposé chez toi ?

Il plissa les yeux d'un air inquisiteur.

— Ta mère t'aurait-elle déjà mis à la porte ?

Jamie se leva du canapé sur lequel il était assis, un grand sourire aux lèvres.

— Pas encore.

Il s'approcha de Lasham, un verre vide à la main, attrapa la bouteille sur le buffet et se servit une dose presque aussi conséquente que celle de son ami.

— Quand je suis arrivé à la maison, tout le monde dormait. Et comme je n'avais pas sommeil, je suis venu ici.

— Tu es un hypocrite, marmonna Lasham.

Jamie ignora sa remarque.

— A la tienne, dit-il en levant son verre.

Lasham secoua la tête d'un air dépité. Il était inutile d'essayer de le faire partir, encore moins de l'empêcher de boire. Il s'apprêtait à trinquer avec lui quand quelqu'un frappa à la porte.

Tous deux s'immobilisèrent et jetèrent un coup d'œil à la grande horloge dans le coin de la pièce. Il était une heure du matin.

— Attends-tu de la visite ? s'enquit Jamie en descendant son brandy d'un trait.

— Même toi, j'ignorais que tu serais ici, rétorqua Lasham.

Il se dirigea vers la porte et l'ouvrit brusquement.

— Qu'est qu'il…

Mais ses mots se perdirent dans les airs quand il aperçut lady Margaret.

— Votre Grâce, s'excusa le majordome. J'ai tenté de dire à mademoiselle que vous n'étiez pas là, mais elle…

Lady Margaret pénétra dans la pièce en retirant son manteau.

— Ce à quoi je lui ai répondu que vous étiez forcément rentré et j'avais raison, l'interrompit-elle en déposant son vêtement sur le sofa que Jamie venait de quitter.

— Lasham, si tu veux bien m'excuser, déclara Jamie d'une voix amusée. Bonne soirée, milady.

Il hocha la tête en direction de Margaret, lança un sourire narquois à Lasham et sortit à la hâte en refermant la porte derrière lui.

— Espèce de lâche, marmonna Lasham entre ses dents avant de se tourner vers lady Margaret.

Elle releva le menton et le fixa droit dans les yeux — ou plutôt dans l'œil — comme si elle le voyait comme l'homme qu'il était et non telle une œuvre d'art dans un musée. Contrairement aux barbouilleuses amateurs, songea Lasham avec amertume.

Lady Margaret était différente. Tout le monde, à l'exception de Jamie, le dévisageait comme s'il était une créature mythique. Même ses domestiques le scrutaient en biais quand il revenait à la maison après s'être absenté quelques jours.

— En quoi puis-je vous aider, lady Margaret ?

Sa mâchoire se contracta d'un air déterminé et c'est les dents serrées qu'elle prit la parole.

Décidément, même très en colère, elle était toujours aussi charmante, ne manqua pas de remarquer Lasham.

— Votre Grâce, j'exige de connaître la raison de votre présence à Soho, un peu plus tôt dans la soirée.

Elle prit une profonde inspiration et continua sans même lui laisser le temps d'ouvrir la bouche.

— Parce qu'à moins que je ne me trompe, ce dont je doute, vous avez clairement indiqué que vous ne souhaitiez rien avoir affaire avec moi, et ce, bien que vous ayez été celui qui a pris l'initiative de me donner rendez-vous au musée.

Elle croisa les bras et Lasham s'efforça de ne pas penser à l'effet que cela produisait sur son décolleté.

— Etant donné que les premiers mots que nous avons échangés étaient destinés à me faire quitter les lieux, ce que j'ai refusé, laissez-moi vous dire une chose : je ne suis absolument pas intéressée par vous de quelque manière que ce soit. Ni en tant que relation éloignée, ni en tant qu'ami et, Dieu soit loué, pas non plus en tant que mari potentiel, si c'est ce que vous pensez.

Lasham se raidit en tentant de soutenir son regard. Il voulut répondre, mais elle secoua la tête et se remit à parler.

— Voyez-vous, il m'avait semblé que vous étiez différent des autres hommes, que vous valiez la peine que l'on apprenne à vous connaître. Loin de moi l'idée de vous épouser, ajouta-t-elle d'un ton dédaigneux, même si c'est certainement ce que tout le monde penserait. Je vous voyais comme quelqu'un avec qui il serait intéressant d'échanger, de partager mes idées, mes opinions. Et après m'avoir laissé miroiter que c'était possible, vous m'avez brutalement abandonnée.

Elle prit une inspiration et poursuivit d'une voix encore plus outrée :

— Puis vous m'avez suivie dans un quartier où vous n'auriez jamais mis les pieds en d'autres circonstances et avez eu l'audace de venir à mon secours. Du moins, c'est ce que vous croyez.

Quand elle eut fini sa tirade, elle le fusilla du regard.

Lasham encaissa ses paroles telle une avalanche de briques

lui dégringolant sur le crâne. C'était douloureux. La rage et la frustration qu'il avait ressenties un peu plus tôt revinrent à la charge et il ouvrit la bouche sans réfléchir.

— Avez-vous la moindre idée de ce que c'est que d'être constamment le centre de l'attention ? De ne pas être capable de mettre le pied dans une pièce sans que tout le monde vous admire ?

Il la détailla de la tête aux pieds.

— De toute évidence, non. Savez-vous ce que cela fait d'être jugé sur la base de ce que vous pouvez apporter aux gens, et non selon la personne que vous pourriez être pour eux ?

Il poussa un soupir avant de lui tourner le dos. C'était le comble de l'impolitesse, mais il s'en moquait. Plus rien n'importait.

De plus, elle avait fait irruption chez lui sans autorisation à une heure extrêmement tardive, avec pour seule compagnie sa domestique autoritaire qui l'attendait probablement dans la voiture.

— Cela ne me dit toujours pas pourquoi vous m'avez suivie, répondit-elle d'un ton encore emporté, mais toutefois légèrement radouci. Ni pourquoi vous vous êtes montré si méprisant ce matin.

Comment aurait-il pu le lui expliquer alors que lui-même l'ignorait ?

Il lui fit face en écartant les bras.

— Je ne sais pas, lady Margaret. Je vous assure, j'ai regretté mon geste à l'instant même où je l'ai commis.

Il secoua la tête, frustré.

— Regardez-moi, dit-il avant de se rendre compte de ses propres paroles. En fait, non : trop de gens m'observent à longueur de journée.

La rage affleura de nouveau, toute cette rancœur qu'il gardait enfermée au fond de son âme, contre lui-même principalement, mais aussi contre lady Margaret, qui l'obligeait à se poser des questions sur ses choix de vie sans qu'il soit capable d'y apporter des réponses satisfaisantes.

— Que serait-il advenu de vous si je n'avais pas été là ce soir ? Vous auriez maîtrisé un soûlard qui se battait déjà avec deux femmes ? Avec quoi ? Votre joli visage ?

Les yeux de lady Margaret s'écarquillèrent à ces mots et il aurait juré qu'elle semblait surprise. Ne s'était-elle jamais regardée dans une glace ?

— Etes-vous en train de me dire que c'est votre apparence qui l'a effrayé ?

Elle leva les yeux au ciel.

— J'ignore ce qu'on vous a fait croire, Votre Grâce, mais vous êtes très séduisant.

Elle éclata de rire en voyant son expression confuse. Il avait l'air de s'être pris un coup de poing dans l'estomac par surprise, comme si on l'avait attaqué dans son angle mort.

Ce qui n'était absolument pas drôle étant donné qu'il était à moitié aveugle. Mais, après réflexion, Lasham trouva l'idée plutôt amusante.

C'était cela : lady Margaret lui donnait envie de rire, de parler, de ressentir des émotions jusqu'alors inconnues. Il n'avait aucune idée de l'attitude à adopter face à tout cela et ne savait pas non plus comment se comporter devant elle, ni quiconque d'ailleurs.

— Je ne suis pas beau, répondit-il sèchement.

Et maladroitement. Comme si c'était la première fois qu'on lui faisait un compliment — ce qui était le cas, tout du moins en ce qui concernait son physique.

Elle se rapprocha de lui, une lueur admirative dans le regard.

— Oh! mais si, vous l'êtes, Votre Grâce.

Elle leva les doigts vers son visage mais s'arrêta à quelques centimètres de sa peau, comme si elle attendait la permission de le toucher.

Il ferma les yeux et se prépara au pire.

— J'ignore ce que vous attendez de moi, dit-elle d'une voix douce, le bras toujours en l'air.

Lasham baissa le regard et sentit sa fureur se transformer en une sensation nouvelle. Avant même qu'il ne s'en rende compte, il fit un pas en avant, prit sa main dans la sienne, l'attira contre son torse et se pencha pour l'embrasser.

Il voulait goûter ses lèvres, capturer son essence, retenir le feu qui brûlait en elle, percevoir l'effet que cela faisait d'être comme elle.

Elle ne le repoussa pas, ne lui envoya pas son poing dans la figure ni n'exigea qu'il l'épouse. Elle ne se moqua pas de lui pour avoir osé la toucher avec son corps si imparfait.

Elle se contenta de l'enlacer par le cou et de répondre à son baiser tout en lui caressant la nuque.

Pas comme s'il était un monstre, ni même un duc.

Simplement un homme.

Georgiana et le dragon

Par lady Mystère

— Génial, marmonna Georgiana entre ses dents tout en se dirigeant vers l'orée de la forêt. La prochaine fois qu'un dragon a besoin de mon aide, il pourra toujours attendre.

Elle laissa échapper un petit rire ironique. Jusqu'à ce jour, l'événement le plus excitant de sa vie avait été la foire annuelle du village pour laquelle son père lui achetait un nouveau ruban.

Ce genre d'ornement n'équivalait en rien à la découverte d'un animal mythique en chair et en os.

Mais même avec une parure dans les cheveux — neuve ou non —, elle ne serait jamais une princesse. Les paroles de la créature l'avaient blessée, elle devait l'admettre.

Pourtant, lui non plus n'était pas de toute beauté, mais elle le trouvait fascinant.

La réciproque était loin d'être vraie. De toute évidence, elle ne l'impressionnait absolument pas.

Georgiana était sur le point de balayer toute cette histoire d'un revers de la main quand un autre rugissement se fit entendre.

Chapitre 7

Au début, Margaret fut tellement surprise qu'elle ne sut comment réagir. Si elle avait été l'une de ses héroïnes, elle aurait certainement été préparée à ce genre de situation. Malheureusement, dans les romans de Margaret, Lasham aurait été le méchant et la protagoniste aurait crié à l'aide pour que le héros — un homme honnête et digne de confiance, mais loin d'être aussi mystérieux que le duc — vole à son secours.

Mais quand les lèvres de Lasham — merveilleusement fermes et pulpeuses — se posèrent sur les siennes, tous ses doutes s'évanouirent.

Elle l'enlaça par le cou et le serra contre elle. Au moins, quand il l'embrassait, il ne parlait pas et, jusqu'à présent, la conversation ne s'était pas avérée être son point fort.

Ses baisers, en revanche, étaient de toute splendeur. La façon dont il pressait sa bouche sur son visage était absolument fabuleuse. Douce et tendre, elle contrastait avec la rugosité de sa barbe mal rasée. Il tenait Margaret fermement contre son torse comme si elle était à la fois précieuse et forte. Comment faisait-il cela ? Pour un peu, elle en serait tombée en pâmoison.

Mais elle aurait tout le temps de s'évanouir plus tard.

Pour l'instant, ce qui se présentait à elle était beaucoup plus intéressant.

Elle passa les doigts dans sa chevelure soyeuse dont la douceur tranchait une fois de plus avec la puissance de son corps qu'elle sentait tout contre le sien et qu'elle aurait aimé explorer davantage.

Une fois de plus, il était préférable qu'elle repousse ces pensées pour plus tard.

C'est alors qu'il bondit brusquement en arrière et Margaret se demanda un instant si elle ne venait pas de le brûler au second degré. Il avait les yeux écarquillés de stupeur — enfin, le seul qu'il possédait — comme s'il n'arrivait pas à croire ce qu'il venait de faire.

Au moins, ils étaient aussi déconcertés l'un que l'autre, songea Margaret. Mais était-elle la seule à vouloir renouveler l'expérience au plus vite ?

— Pardonnez-moi, je… je ne sais pas ce qui m'a pris.

Il s'interrompit et passa les mains sur son visage et sur son torse, un geste que Margaret aurait volontiers esquissé elle-même, mais ce n'était probablement pas le moment idéal pour lui faire part de ce genre de pensées.

— Je vous ai provoqué, répondit Margaret en haussant les épaules.

Elle se recula et alla s'asseoir sur le sofa.

— Ce sont des choses qui arrivent.

Le visage de Lasham se durcit.

— Cela veut-il dire que c'est monnaie courante chez vous ?

Oui, il arrive très souvent que les hommes se jettent ainsi sur mes lèvres, envisagea-t-elle de répondre, rien que pour voir sa réaction. Et elle l'aurait fait, si elle avait été certaine qu'il l'aurait embrassée en retour. Elle porta une main à sa bouche pour dissimuler son sourire.

— Etes-vous tellement irrésistible que les membres du sexe opposé ne peuvent résister à vos charmes ?

Il fit un pas en avant et elle nota sa mâchoire contractée et le pouls dans son cou qui battait furieusement.

La technique de Margaret ne semblait pas fonctionner : le duc ne faisait que parler davantage, ce qui était la dernière chose dont elle avait envie.

— Bien sûr que non, rétorqua-t-elle en esquissant un geste de la main. En tout cas pas de cette manière.

Elle fronça les sourcils, pensive.

— J'ai tendance à énerver les gens, mais, d'ordinaire, ils ne répondent pas en m'embrassant.

Elle le vit serrer les dents. Il faudrait qu'elle lui signale qu'il avait une fâcheuse propension à s'emporter. Mais plus tard. Elle n'était pas aussi effrontée que cela. Du moins, à sa connaissance.

— Je n'avais pas l'intention d'agir ainsi, grommela-t-il.

Il évitait son regard et fixait la porte. Peut-être espérait-il qu'elle quitte les lieux au plus vite ?

— Alors, c'est arrivé… par hasard ? lança-t-elle d'un ton taquin.

Il se tourna vers elle et parut enfin se calmer suffisamment pour ne plus avoir l'air de vouloir tuer quelqu'un. Toutefois, elle restait sur ses gardes : rien n'indiquait qu'il n'allait pas se mettre à tout détruire dans la pièce.

— Je n'ai aucune excuse, souffla-t-il à voix basse. Je… Je ne pourrai jamais me racheter.

Il secoua la tête, dépité, puis esquissa un petit sourire amer.

— Je crois que nous avons déjà établi votre volonté de ne pas m'épouser, poursuivit-il. Or c'est la seule réponse que je connaisse à ce genre de situation.

Il fit une pause avant de reprendre.

— Vous n'allez pas exiger que l'on se marie, n'est-ce pas ?

Il paraissait tellement inquiet que Margaret ne put s'empêcher d'éclater de rire.

— Bien sûr que non. Mais c'est gentil de proposer, répondit-elle.

Ses parents l'auraient certainement déshéritée une seconde fois s'ils avaient appris qu'elle venait de refuser à nouveau de devenir la femme d'un duc. Heureusement que ce n'était pas possible.

— Bien, dans ce cas, l'affaire est close, déclara-t-il en croisant les bras sur sa poitrine.

Pas de façon imposante, comme il l'avait fait dans l'appartement de Mlle Banner, mais plutôt pour se protéger.

Avait-il peur d'elle ? Margaret prit appui sur ses cuisses et se leva en lissant sa jupe.

— Bon, je ferais mieux d'y aller. Mais vous n'avez toujours pas répondu à ma question, à savoir pourquoi vous vous trouviez à Soho. Je suppose que cela restera un mystère, ajouta-t-elle en haussant les épaules. Il faut croire que je porte bien mon nom de plume.

La référence lui avait échappé, mais Margaret se rendit vite compte qu'elle aurait mieux fait de se taire, car Lasham releva les coudes un peu plus haut, de sorte qu'il paraissait presque effrayant à présent. Comment s'y prenait-il ? Est-ce qu'il contractait ses biceps ?

Et pourquoi avait-elle envie d'aller toucher pour vérifier par elle-même ? Qu'est-ce qui clochait chez elle ?

— Vous ne devriez pas vous promener dans ce genre de quartier, lady Margaret. C'est dangereux, même avec une domestique aussi autoritaire que la vôtre à vos côtés.

Elle aurait juré qu'il venait de lever son œil au ciel, mais elle était trop outrée par sa remarque pour s'attarder sur ce détail.

— Entendez-vous par là que je ne devrais pas me mêler des problèmes d'autrui ?

Elle s'approcha de lui d'un pas vif.

— Et vous, qu'avez-vous fait pour... Oh ! s'exclama-t-elle en portant la main devant sa bouche. J'ai trouvé !

— Qu'y a-t-il ? demanda-t-il interloqué.

Elle n'avait pas terminé sa phrase : il était tout naturel qu'il soit confus.

— Je sais ce que vous pouvez faire pour moi, s'exclama-t-elle d'un ton triomphant. Puisque vous vous souciez tellement de ma sécurité, vous pouvez m'escorter lors de mes excursions.

Il lui devait bien cela, après la façon dont il venait d'agir. Et puis, pour tout dire, elle mourait d'envie de passer plus de temps en sa compagnie.

— Je vous appellerai quand j'aurai besoin de vos services et vous n'aurez qu'à m'accompagner tout en prenant cet air terrifiant, dit-elle en le détaillant de la tête aux pieds. Je vaquerai à mes occupations sans me mettre en danger et vous n'aurez plus à vous inquiéter pour moi. Cela compensera votre comportement de ce soir.

Même si rien ne lui aurait fait plus plaisir que de renouveler l'expérience.

Lasham ne répondit pas et se contenta de la fixer, bouche bée.

L'autre manière de le faire taire était bien plus agréable, mais moins potentiellement préjudiciable à sa réputation.

— Alors ? le pressa-t-elle.

Elle ne s'attendait pas à ce qu'il mette autant de temps à comprendre, il ne semblait pas si lent d'esprit au musée.

— Ce ne serait pas convenable, finit-il par lâcher de ce ton rigide qu'elle commençait à haïr.

Exaspérée, Margaret laissa échapper un soupir agacé.

— Oui, j'imagine. C'est justement la raison pour laquelle j'aimerais que vous veniez. Ce n'est pas correct, mais cela ne change rien au fait que je m'y rendrai de toute façon et votre présence permettrait que mes visites soient moins périlleuses. Je n'ai pas besoin que l'on m'escorte dans les beaux quartiers. Pour ceux-là, je peux me débrouiller.

Elle prit une profonde inspiration tout en réfléchissant à un moyen de le convaincre.

— Vous ne vous écartez jamais du droit chemin, n'est-ce pas ?

Ce n'était pas tout à fait vrai, puisqu'il venait de l'embrasser en ignorant toute bienséance, mais elle se retint de le lui faire remarquer, de peur qu'il n'insiste pour l'épouser en fin de compte, ce dont ni lui ni elle n'avaient envie.

— Votre protection rendra mes expéditions moins inconvenantes que si j'y allais seule, poursuivit-elle.

Lasham parut considérer cet argument un instant et elle en profita pour assener le coup fatal. Comme dans ses histoires, la chute représentait un moment crucial.

— De plus, ajouta-t-elle en levant les paumes vers le ciel, ce n'est pas comme si mes motivations portaient à confusion. Je n'ai aucune intention de me marier avec vous. Votre compagnie ne servira qu'un but précis : celui de veiller à ma sécurité.

Au fond, devenir la femme d'un homme aussi plaisant à regarder et capable d'effrayer quelqu'un par la seule force de son regard était-il vraiment si terrible ?

Elle aurait tout le temps de se pencher sur cette idée des plus dangereuses ultérieurement.

Après tout, il était loin d'être doué pour ce qui était de la conversation et trouverait certainement le moyen de l'agacer prodigieusement à la longue.

— Oh! je vois, lâcha-t-il d'un air déçu.

L'avait-elle blessé en lui rappelant qu'elle partageait son désir de ne pas se voir unie à lui pour la vie?

Ah, les hommes! Jusqu'à présent, aucun d'eux ne se comportait comme elle l'aurait souhaité. Autant se contenter de manipuler ceux auxquels elle donnait vie dans ses séries.

— Très bien, conclut-il enfin d'une voix un peu plus douce que précédemment. Si je puis vous être d'une quelconque assistance dans vos aventures périlleuses, je vous aiderai.

Margaret fut soulagée de l'entendre.

— Vous voyez? Ce n'était pas si terrible que cela. Et dire que vous êtes dans cette situation à cause de ce qui vient de se passer, le taquina-t-elle en lui lançant un clin d'œil.

Elle vit les lèvres de Lasham se relever en un demi-sourire.

— J'ai apprécié notre visite au musée. Nous pourrions nous donner rendez-vous à la National Gallery, la Royal Academy ou tout autre lieu public des plus respectables avant de nous en aller vers nos quêtes dangereuses, comme vous le dites si bien.

— Ce ne sont pas les mots que j'ai utilisés, corrigea-t-il.

— Mais cela a l'air beaucoup plus excitant, vu sous cet angle. Une aventure me fait penser à un vaisseau sur lequel il faut embarquer et faire route pendant des mois. C'est ennuyeux. Tandis qu'une quête doit se poursuivre activement.

La bouche de Lasham se tordit en un rictus.

— Pourquoi ai-je l'impression que ma vie va désormais vous servir d'inspiration pour vos histoires ?

Le cœur de Margaret s'emballa. Si elle devait retracer les aventures du duc aux allures de pirate, le personnage n'aurait pas droit à une seule ligne : Margaret lui trouverait une occupation bien plus intéressante.

Mais elle se refusait encore à formuler, même intérieurement, ce que cela serait exactement.

Lasham n'arrivait pas à croire qu'il l'avait embrassée. Il l'avait prise dans ses bras, attirée contre lui et avait posé ses lèvres sur les siennes.

Et le pire était qu'elle avait répondu à son baiser.

Il s'était excusé platement, mais, au fond de lui, il ne regrettait rien : pour la première fois depuis longtemps, il se sentait plein d'énergie et de curiosité. Son comportement au musée, en revanche, lui pesait sur la conscience et il n'avait pas encore fait amende honorable pour cela.

Voilà qu'à présent, il se retrouvait forcé de l'accompagner là où une demoiselle de son rang n'avait rien à faire et où un duc bien élevé ne se rendait pas, simplement parce qu'il avait cédé à la tentation.

Pourtant, rien ne l'obligeait à accepter la proposition de lady Margaret. Un refus de sa part n'aurait guère eu de conséquence. Elle ne souhaitait pas l'épouser et lui non plus : elle n'avait aucun moyen de pression.

Alors, pourquoi avoir dit oui ?

Il soupira, incapable de répondre à cette question. Deux jours plus tôt, avant de la rencontrer, son existence était loin de le satisfaire et il ignorait comment remédier à ce problème.

Maintenant qu'il avait fait sa connaissance, il avait une petite idée, bien que ce ne soit pas la plus respectable ni la plus honorable de toutes, étant donné son statut.

Mais n'était-ce pas le but ?

Cette activité, si bizarre et inconvenante soit-elle, lui avait redonné goût à la vie.

Quand elle l'avait embrassé, il avait eu l'impression d'être désiré pour celui qu'il était.

Il n'était plus un duc ni un homme à l'allure étrange. Il était simplement lui-même. Ou, plutôt, celui qu'il pouvait devenir.

Que n'aurait-il pas donné pour poser à nouveau ses lèvres sur celles de lady Margaret ? Que ce serait-il passé si au lieu de reculer, il avait laissé libre cours à ses envies ?

Le temps d'un instant, il s'autorisa à visualiser ce que cela ferait de partager sa couche avec elle ; elle continuerait certainement à se moquer de lui et il n'y prendrait pas garde, car il pourrait s'esclaffer tout en faisant courir les mains sur son corps chaud et nu.

Les possibilités semblaient innombrables. Peut-être avait-il de l'imagination, après tout.

Toutefois, être seul avec elle dans une pièce fermée bien après minuit ne paraissait ni le lieu ni le moment pour avoir une telle révélation.

— Que disiez-vous ? demanda-t-il en se rendant compte qu'il avait cessé de l'écouter.

Elle esquissa un sourire amusé, comme parfaitement consciente de ce qu'il avait à l'esprit. Pourvu que ce ne soit pas le cas et qu'il s'agisse simplement d'un effet de son inventivité fraîchement découverte et de son cerveau rongé par le remords.

— Rendez-vous demain à la Royal Academy.

Lasham repoussa dans un coin de sa tête les images de Margaret et lui dévêtus dans un lit, du moins autant qu'il le put, et acquiesça d'un signe de tête.

— Quinze heures vous convient-il ? ajouta-t-elle.

Il fronça les sourcils.

— Il faudra que je demande à mon secrétaire. Je vous enverrai un message dans la matinée.

— Entendu, Votre Grâce, répondit-elle, une lueur malicieuse dans le regard. Néanmoins, s'il s'avérait que vous n'étiez pas disponible, je me verrais dans l'obligation de me rendre à Soho, ou dans tout autre quartier où ma présence sera requise, sans escorte.

Décidément, elle se faisait un plaisir d'envenimer la situation. Il l'aurait volontiers enfermée à double tour dans une chambre à l'étage pour…

Non. Il ne souhaitait rien de tout cela. D'où lui venaient ces idées fantasques ?

Avoir de l'imagination n'était peut-être pas aussi bien qu'il l'avait espéré.

Et puis son esprit en ébullition lui donnait la migraine.

— Dans ce cas, déclara-t-il, je vous verrai à quinze heures, quels que soient mes projets. Il faudra que je sois de retour à temps afin de m'habiller pour dîner.

Voilà une réflexion qui devait lui donner l'air d'un parfait idiot.

Il envisagea un instant d'engager lady Margaret pour qu'elle lui rédige des dialogues. Ainsi, sa repartie ne donnerait peut-être plus à son interlocuteur la soudaine envie de dormir.

Mais même s'il parvenait, par il ne savait quel miracle, à améliorer ses piètres compétences à l'oral, cela ne changerait pas qui il était au fond de lui. Curieusement, il avait l'impression qu'il était sur le point de se transformer. Et tout cela à cause de lady Margaret.

Devait-il se montrer intrigué ou terrifié face à une telle perspective ?

Georgiana et le dragon

Par lady Mystère

Georgiana lâcha son seau et rebroussa chemin en courant. Elle traversa la forêt le cœur battant en passant mentalement en revue les éventuelles raisons pouvant expliquer ce rugissement soudain.

Un villageois était-il tombé sur le dragon et l'avait-il blessé ? Ce dernier regrettait-il ses paroles désobligeantes ? Avait-il peur du noir ?

Georgiana ignorait la réponse à ces questions. La seule chose dont elle était certaine était que la créature souffrait et avait besoin de son aide, même si elle refusait de l'admettre.

Elle se hâta de rejoindre la clairière où elle l'avait trouvée et sursauta en apercevant un autre être humain — une jeune femme — debout à côté de la bête, un arc à la main. Une flèche était plantée dans le flanc de l'animal qui, de toute évidence, souffrait le martyre — cela semblait bien plus grave qu'une aile froissée.

Il releva la tête et plongea ses yeux mystiques dans ceux de Georgiana.

— La princesse est venue, dit-il d'une voix triste qu'elle entendait pour la première fois.

Chapitre 8

— Et Sa Grâce, après vous avoir fait comprendre qu'il ne voulait rien avoir affaire avec vous, est arrivée chez Mlle Banner et a suffisamment terrorisé ce soûlard pour l'empêcher de battre ces dames, puis a accepté de vous accompagner dans vos excursions dangereuses ? s'exclama Annie d'une voix suraiguë. Et vous affirmez qu'il ne vous aime pas ?

Il l'avait aussi embrassée, mais Margaret n'allait pas relater ce dernier détail. Sa domestique se faisait déjà suffisamment d'idées comme cela, elle n'allait pas souffler sur les braises de son imagination fertile.

Margaret venait de finir son petit déjeuner et s'apprêtait à s'installer derrière son bureau pour écrire. Etrangement, elle appréhendait ce moment qu'elle attendait habituellement avec impatience. Et si elle se mettait à raconter les événements de la veille ?

— C'est un homme d'honneur. Il veut simplement éviter que je m'attire des ennuis. Il ferait la même chose avec n'importe qui.

Margaret prit sa tasse sur sa soucoupe et la porta à ses lèvres. Le thé était tiède, mais c'était sa faute : elle avait passé la majeure partie du repas les yeux dans le vide au lieu de manger. D'ailleurs, avait-elle avalé un morceau ? Elle ne s'en souvenait plus.

— Ce n'est pas comme s'il accompagnait les vieilles douairières quand elles rendent visite aux malades, si ? demanda Annie d'un ton sarcastique.

Annie n'avait pas entendu l'inquiétude dans la voix du duc quand il avait cru que Margaret exigerait qu'il l'épouse.

— Nous avons rendez-vous à la Royal Academy cet après-midi.

Margaret se leva de table et jeta un coup d'œil à son assiette. Apparemment, elle avait mangé des tartines.

— L'aînée des Banner m'a informée que plusieurs hommes maltraitaient leurs épouses dans le quartier de Soho. Je voudrais les rencontrer pour qu'elles sachent qu'elles peuvent venir me voir en cas de besoin.

— Ne craignez-vous pas que le duc les effraie ?

Margaret battit des paupières, interloquée. Elle n'avait pas songé à cette éventualité.

— J'espère bien que non.

Elle se remémora les paroles de Lasham. *Avez-vous la moindre idée de ce que c'est que d'être constamment le centre de l'attention ? De ne pas être capable de mettre le pied dans une pièce sans que tout le monde vous admire ?*

— Mais puisque tu abordes le sujet, je crois que je lui demanderai de m'attendre à l'extérieur pendant que je discute avec elles.

— Cela semble plus judicieux, répliqua Annie.

Evidemment qu'elle trouvait l'idée sensée, songea Margaret, puisque c'était la sienne.

— Après cela, je me rendrai à la soirée des Purseley.

Lord Purseley affirme être un joueur de talent. Je ne pouvais pas résister.

— J'espère que vous continuerez à dépouiller ces messieurs de leur argent ou vous ne serez plus en mesure de me payer, dit Annie.

— Je ne les dépossède pas de leurs biens, Annie ! s'exclama Margaret d'un ton faussement outré. Ils ne sont simplement pas aussi doués que moi.

— Soyez quand même prudente, lui recommanda Annie.

Bien sûr qu'elle le serait. Il le fallait. Parier aux cartes et écrire des histoires pour le journal constituaient son gagne-pain. Sans ce revenu, elle se verrait obligée d'aller demander la charité à sa sœur et ne serait plus en mesure d'économiser pour venir en aide à ceux qui étaient moins fortunés qu'elle.

— Oh ! milady, merci du fond du cœur !

La plus âgée des Banner l'accueillit chaleureusement sur le seuil du petit salon.

Margaret avait pris contact avec cet hébergement pour femmes seules quand elle avait commencé à diriger des candidates potentielles vers l'agence, laquelle avait parfois besoin de temps avant de leur trouver un travail. C'est pourquoi elle disposait de logements pour des gens comme les Banner.

La maison était idéalement située à quelques pas des bureaux de l'association. Le fait que lady Margaret soit officiellement la locataire du bâtiment rendait les formalités encore plus faciles ; Isabella avait beau être duchesse, si le public apprenait qu'elle affrétait une résidence qui n'était pas celle de son mari, les gens jaseraient. Le beau-frère de

Margaret avait proposé de s'en occuper, mais, comme à son habitude, Margaret avait refusé de laisser un homme faire ce dont elle pouvait parfaitement se charger toute seule.

Ce qui l'amenait à s'interroger sur les raisons qui l'avaient poussée à accepter l'aide du duc. En y réfléchissant bien, c'était certainement parce qu'il mesurait plus d'un mètre quatre-vingts et portait un cache-œil. S'il avait été une femme — il aurait été hideux, mais ce n'était pas la question —, le résultat aurait été identique, à cela près que Margaret n'aurait probablement pas été autant intriguée, ni n'aurait cherché à passer du temps en sa compagnie.

Satisfaite d'avoir pu justifier son comportement, Margaret pénétra dans le petit salon où les sœurs Banner étaient occupées à tisser de la dentelle.

Comme tout le monde, elles avaient besoin d'un revenu. C'était pour cela que Margaret leur venait en aide : certaines des femmes qu'elle avait assistées par le passé avaient perdu de nombreuses heures de travail à cause d'un enfant malade, d'un mari violent ou de conditions de vie déplorables.

Margaret s'était juré de faire tout ce qui était en son pouvoir pour que cela cesse. Après tout, Isabella avait toujours été là pour la soutenir, mais tout le monde n'avait pas une sœur aussi formidable — et aussi bien placée — que la sienne. D'ailleurs, aucune des dames à qui elle avait eu affaire n'était dans ce cas.

Et ses parents qui l'avaient abandonnée à la première occasion ne faisaient que renforcer ses convictions : sans Isabella, Margaret serait perdue.

Quand elle avait appris l'existence de l'Agence pour un emploi de qualité, Margaret s'était rendue dans leurs locaux sur-le-champ pour leur proposer son assistance. Au début, elle s'était contentée de leur transmettre de vieux vêtements et de faire un don de temps en temps, mais, à mesure que le temps avait passé, elle était devenue de plus en plus impliquée dans l'organisation, et peu importait qu'elle ne vive même pas à Londres à cette époque.

Elle avait l'impression d'avoir trouvé un sens à sa vie, un but dont elle ne pouvait plus se passer, surtout qu'elle doutait fort de se marier un jour et d'avoir des enfants.

— Comment allez-vous ? Avez-vous passé une bonne nuit ?

Margaret les dévisagea chacune son tour : elles avaient le teint pâle, mais, au moins, aucun ivrogne ne les avait agressées. Il y avait donc un semblant de progrès.

La plus jeune des deux, celle qui avait épousé ce rustre, posa son ouvrage sur la table et s'avança vers Margaret, ses grands yeux marron remplis de larmes.

— Nous allons bien, milady. Nous vous serons éternellement reconnaissantes, à vous et à ce gentleman qui vous accompagnait, dit-elle en prenant les mains de Margaret entre les siennes pour les baiser.

Margaret ne pouvait nier le fait que la présence du duc avait facilité son intervention chez les Banner.

— Il n'y a pas de quoi. Avez-vous besoin de quoi que ce soit ? s'enquit-elle en sortant son carnet de sa poche.

— Vous avez déjà fait bien assez pour nous, répondit la plus âgée des deux sœurs. Et la dame que nous avons rencontrée ce matin nous a affirmé qu'elle nous trouverait un emploi d'ici quelques jours.

— Parfait, soupira Margaret, soulagée d'entendre une bonne nouvelle.

Carolyn, l'une des propriétaires de l'agence, était toujours honnête avec les femmes qu'elle recevait. Les Banner n'avaient donc pas à s'inquiéter.

— Dès que cette mauvaise passe sera derrière nous, nous

vous confectionnerons une dentelle pour votre plus belle robe. Ce n'est pas grand-chose et certainement pas assez pour vous remercier de nous avoir aidées — voire sauvé la vie —, mais c'est le moins que nous puissions faire.

Margaret sourit et se mordit la lèvre pour ne pas pleurer. *Le moins que nous puissions faire.*

N'était-elle pas dans le même cas, elle qui s'efforçait d'apporter son soutien quand elle le pouvait et de défendre ceux qui étaient dans l'incapacité de le faire, sans jamais accepter de dépendre de quiconque ?

Elle avait la chance d'avoir cette possibilité, ce qui n'était pas le cas de tout le monde. Sans parler du fait qu'elle n'avait pas à s'inquiéter pour sa réputation puisque celle-ci était déjà fort ternie.

La gratitude des sœurs Banner lui réchauffait encore le cœur quand elle atteignit la Royal Academy. Le duc n'était pas encore là, mais elle ne douta pas un instant de le voir arriver. Il avait dit qu'il viendrait, donc il ne tarderait pas. Elle ignorait presque tout de lui, mais elle le connaissait suffisamment pour savoir qu'il tiendrait sa parole.

Elle patienta pendant près de quinze minutes dans une salle du musée et passa en revue la totalité des tableaux qui s'y trouvaient ; tous représentaient des paysages. Etait-ce trop demander d'apercevoir une silhouette au loin ? Elle commençait à en avoir assez de fixer des nuages.

Elle avait terminé son quota de lignes pour la journée sans rien écrire au sujet d'un homme à bandeau de pirate qui embrassait l'héroïne, probablement parce que son histoire concernait un dragon qui possédait encore ses deux yeux et qu'il était fort peu probable que la bête se mette à embrasser la protagoniste.

— Lady Margaret, résonna une voix grave derrière elle.

Elle sursauta et le rouge lui monta aux joues. Rares étaient les fois où elle se sentait gênée. A vrai dire, cela n'arrivait presque jamais. Mais les souvenirs de la veille étaient encore frais dans son esprit : son comportement pour le moins surprenant, la sensation de ses lèvres sur les siennes, la façon dont il l'avait serrée dans ses bras avec force. Elle aurait pu s'abandonner totalement contre lui : il ne l'aurait pas lâchée.

Elle n'avait pas besoin de soutien et l'avait fort bien prouvé ces dernières années, mais il y avait quelque chose de séduisant dans l'idée de pouvoir laisser quelqu'un d'autre prendre les rênes.

Margaret réalisa soudain qu'elle n'avait pas répondu à son salut et qu'il l'observait, une expression mi-préoccupée, mi-confuse sur son magnifique visage.

S'étant elle-même maintes fois retrouvée dans une telle situation, elle comprenait parfaitement ce qu'il ressentait.

— Bonjour, Votre Grâce, finit-elle par répondre en esquissant une petite révérence.

Elle désigna les tableaux d'un geste du menton.

— Je préfère de loin les peintures avec des personnages, pas vous ?

Lasham afficha un air dubitatif.

— Je ne sais pas, déclara-t-il en s'approchant du cadre les mains dans le dos. Je trouve qu'il y a quelque chose de paisible dans les paysages. Imaginez un instant être seul face à tant de beauté, avec vos seules pensées pour compagnes.

— Hum, je n'avais pas vu les choses sous cet angle, remarqua Margaret en espérant ne rien dire qui réveille ce ton rigide qu'il employait bien trop souvent. La solitude ne m'est pas étrangère. Jusqu'à il y a quelques mois, je vivais isolée au milieu de la campagne.

— Pourquoi êtes-vous revenue ?

La question la surprit. D'ordinaire, les gens se demandaient pourquoi elle était partie et comment elle avait fait pour supporter d'habiter loin de Londres pendant si longtemps.

Mais elle commençait à se rendre compte que le duc était loin d'être comme tout le monde. A vrai dire, il était même plutôt insolite.

Elle s'avança vers un autre paysage que le peintre avait choisi de représenter sous la pluie. Au moins, le mauvais temps expliquait l'absence d'êtres humains sur la toile ; ils étaient probablement tous bien au chaud chez eux. Lasham se tenait derrière elle, les pieds écartés et les bras toujours croisés derrière le dos, comme s'il défilait pour une parade en public.

Etait-ce conscient ou involontaire ? Avait-il tellement l'habitude qu'on l'observe qu'il en était venu à adopter constamment une telle posture ?

— J'ignore si vous connaissez la raison de mon départ, mais j'ai décidé, à la suite d'un certain scandale, de quitter la ville pendant un moment.

Il resta silencieux, le regard posé sur la jeune femme, de toute évidence désireux d'en savoir plus sans pour autant se montrer impatient.

— Voyez-vous, poursuivit-elle, mes parents et moi étions en désaccord au sujet de l'homme que j'épouserais.

Elle haussa les épaules.

— Annie et moi habitions un petit village près de la mer. J'ai continué à travailler là-bas et la vie était bien moins chère qu'ici.

Le duc hocha la tête.

— Mais tout cela ne répond pas à votre question, ajouta-t-elle en réalisant qu'elle n'y avait jamais vraiment réfléchi auparavant. J'imagine que je suis revenue pour plusieurs raisons. Premièrement, ma sœur, la duchesse de Gage, habite ici.

A ces mots, et comme chaque fois qu'elle mentionnait Isabella, Margaret sentit un sentiment protecteur l'envahir, bien que son aînée n'ait nul besoin de sa protection puisqu'elle avait un mari exemplaire qui veillait sur elle.

— Mon éditeur également, poursuivit-elle. Il estimait qu'étant donné la popularité grandissante de mes séries, il était préférable que je sois plus souvent en ville.

Elle prit une profonde inspiration.

— Et puis mes parents ne sont plus à Londres, donc cela tombait plutôt bien.

Mais ce n'était pas tout.

— Pour finir, il y a aussi mon travail auprès des nécessiteux et en particulier des femmes, conclut-elle en se tournant vers lui. C'est là que votre assistance s'avère utile. Je suis enchantée de bénéficier de l'aide de quelqu'un d'aussi féroce. Vous êtes un véritable dragon, le taquina-t-elle gentiment.

Le temps d'un instant, elle crut qu'il avait pris la mouche ; son visage s'assombrit et sa mâchoire se serra. Zut ! Avait-elle déclenché le retour du duc parfait sous tous rapports ?

Mais il cligna de l'œil un peu plus longtemps que nécessaire et posa sur elle un œil intense.

— Je suis ravi de vous apporter mon soutien, lady Margaret, même s'il ne s'agit que de faire valoir mon physique, lâcha-t-il sur ce ton ironique qu'il avait déjà employé avec elle.

Pourtant, cette fois, quelque chose en lui — peut-être ses lèvres qu'elle crut voir se relever ou le fait qu'il ne semblait plus vouloir la transpercer du regard — indiquait qu'il ne cherchait pas à la réprimander. Elle n'arrivait pas à mettre le doigt sur ce qui lui donnait cette impression, mais elle en était certaine.

— Votre physionomie est-elle le seul trait qui vous caractérise ? Auriez-vous oublié que vous êtes membre de l'aristocratie, et le plus haut placé en plus de cela ? Et puis il y a votre fortune, votre influence, votre statut, énuméra-t-elle en comptant sur ses doigts.

Elle fronça les sourcils.

— Ces trois choses sont inhérentes à la fonction de duc, me direz-vous. J'ai comme l'impression que je me répète.

Lasham esquissa… un sourire ! Alléluia !

— Loin de moi l'idée de corriger le langage d'un écrivain, mais oui, c'est effectivement redondant : ma position implique argent et pouvoir.

Sa pupille s'assombrit, comme s'il venait de se rappeler un souvenir peu plaisant, et sa magnifique bouche se tordit en une sorte de rictus douloureux.

Elle mourait d'envie de lui demander comment il avait perdu son œil.

Etait-ce la raison pour laquelle il semblait aussi perturbé ? Se pouvait-il qu'il ne soit pas satisfait de la tournure qu'avait prise sa vie ? Si c'était le cas, les gens qui ne possédaient ni son titre ni ses biens auraient dû être absolument misérables. Et hormis lors de rares occasions comme quand elle se retrouvait obligée de danser avec lord Tremayne, qui était très gentil mais empestait, ou qu'Annie lui chipait le dernier biscuit, Margaret était loin de se considérer comme malheureuse.

Heureusement, Lasham reprit la parole avant qu'elle ne lâche quoi que ce soit au sujet de gâteaux, d'odeurs corporelles ou de combien il était difficile d'être duc.

— L'aristocratie comporte certains avantages, dit-il d'une voix hésitante, comme s'il doutait que son statut lui ait jamais apporté un quelconque bénéfice. Mais il y a tellement de responsabilités. Mon père ne cessait de me le répéter dès qu'il en avait la possibilité.

Etait-ce ce souvenir qui le chagrinait ?

— Il serait injuste que la population souffre à cause de responsables politiques insouciants ou négligents.

Il lui lança un regard amusé.

— Voilà que moi aussi je me répète. Mais je prends mes responsabilités au sérieux : je ne ferais jamais rien susceptible de nuire à cette génération ou à celles à venir. Je ne pourrais plus me regarder dans une glace, conclut-il en secouant la tête.

Il se racla la gorge et plongea une main dans sa poche pour en sortir un bout de papier.

— En parlant de risques, j'aimerais que l'on établisse certaines conditions avant de nous engager dans cette… quête, déclara-t-il en dépliant la feuille.

Margaret plissa les yeux.

— Qu'entendez-vous par là ? Des règles ?

Margaret n'avait jamais vraiment été très douée pour les respecter.

Lasham eut l'air embarrassé.

— Je suppose que vous pourriez les nommer ainsi. J'estime qu'elles sont essentielles à notre sécurité, tant d'un point de vue physique quand il s'agira de nous rendre dans des lieux dangereux, que moral lorsqu'il est question de notre réputation, puisque nous avons déjà statué que ni vous ni moi ne souhaitions finir… encombrés l'un par l'autre.

— Dans ce cas, j'imagine que c'était une bonne idée de ma part de refuser votre offre.

Margaret n'avait pu s'empêcher de le lui rappeler. Pourvu que le code de conduite de Lasham ne stipule pas qu'elle doive rester silencieuse en sa présence. Une telle prouesse était au-dessus de ses forces.

— Euh, oui, acquiesça-t-il en se balançant d'un pied sur l'autre, gêné.

Comment aurait-il pu ne pas l'être ? Il ne s'était probablement jamais retrouvé obligé de se montrer poli envers quelqu'un qui avait refusé de l'épouser. Bandeau ou pas, il restait un homme.

— Passons aux modalités, poursuivit-il. Premièrement, vous ne vous aventurerez pas dans des endroits malfamés sans moi.

— Je me suis très bien débrouillée toute seule jusqu'à présent, marmonna Margaret.

Lasham la transperça du regard.

— Ce n'est pas ce que j'ai pu voir l'autre soir, rétorqua-t-il d'un ton glacial.

Margaret se raidit. Il avait raison, même si elle ne pouvait se résoudre à l'admettre.

— Deuxièmement, vous me préviendrez de nos excursions au moins vingt-quatre heures à l'avance.

Il releva la tête de sa feuille.

— La perspective de passer du temps à vos côtés a beau être séduisante, il est des rendez-vous que je ne peux décommander.

Etait-ce de l'humour ? Ou appréciait-il réellement sa compagnie ?

Qu'est-ce que cela pouvait bien lui faire de toute manière ? Elle se moquait éperdument de ce qu'il pensait d'elle.

Mais, au fond de son esprit, une petite voix agaçante lui souffla qu'il n'en était rien.

— Troisièmement, poursuivit-il.

— Combien y a-t-il de règles ? l'interrompit-elle.

Il baissa son œil sur le document.

— Ce sont des conditions, corrigea-t-il. Et il y en a cinq. Cela vous pose-t-il un problème, lady Margaret ?

Elle lui arracha le papier des mains et le fourra dans la poche de son manteau, non sans l'avoir au préalable roulé en boule.

— Je les lirai plus tard, Votre Grâce.

— Je note qu'elles vous tiennent à cœur. Vous m'en voyez ravi, lança-t-il amusé.

Mais Margaret n'était pas d'humeur à rire.

— Oui, bon, ça va, marmonna-t-elle d'un ton agacé.

Mais elle regretta immédiatement ses mots. Il essayait de garder les choses sous contrôle. De toute évidence, il en avait besoin.

— Je vous demande pardon pour mon attitude, Votre Grâce. Je n'ai jamais vraiment su respecter les règles. En fait, il semblerait que j'en sois tout bonnement incapable ! s'exclama-t-elle.

Une autre raison pour laquelle elle remerciait le ciel de ne pas être duchesse.

— Vous avez effectivement mentionné quelque chose dans ce genre, riposta-t-il de cette voix sèche comme le désert dans laquelle elle décela néanmoins une étincelle humoristique, enfouie tout au fond. Que s'est-il passé ? Est-ce pour cela que vous êtes si… si…

— Inflexible quant à la décision de ne pas vous épouser ? Oui.

Elle prit une profonde inspiration avant de se tourner vers le tableau.

— Je vous ai parlé du scandale qui a éclaboussé mon

nom. Vous ne pourriez jamais vous marier avec une femme dont la réputation a été souillée. Sans parler que le regard incessant de tous ces gens me donnerait envie de me comporter de manière inappropriée, rien que pour les faire taire une bonne fois pour toutes. Votre position en serait compromise.

— Il apparaît donc d'autant plus important d'établir certains principes.

Dieu qu'il l'agaçait à avoir toujours raison. N'était-ce pas elle, l'écrivain qui aurait dû être capable de prévoir n'importe quel scénario ? Elle jeta un coup d'œil autour d'elle : seuls quelques artistes en herbe — reconnaissables à leur air mélancolique et à leur relative jeunesse — étaient présents. Margaret poussa un soupir de soulagement.

Elle se sentait coupable de lui forcer la main.

— Je ne voudrais en aucun cas mettre votre réputation en péril, déclara-t-elle.

Elle n'y croyait pas elle-même. Cet homme aurait pu détruire n'importe qui après une session à la Chambre des lords et elle était là, en train de lui offrir une échappatoire.

— Si vous ne souhaitez pas m'accompagner…

— Je n'ai jamais dit cela, la coupa-t-il d'un ton tranchant qu'elle entendait pour la première fois. Je vous ai fait part de mes responsabilités envers le peuple, mais il n'y a pas que cela. Si vous agissez en vue d'assister la population et que ma présence peut vous éviter d'avoir à risquer votre vie…

Margaret voulut prendre la parole, mais il l'interrompit d'un geste de la main.

— Vous pouvez me contredire autant qu'il vous plaira, cela ne changera pas les faits. Je disais donc que si vous aidez les citoyens, alors il est de mon devoir de vous soutenir dans votre démarche.

C'était un argument irréfutable.

— Euh, merci, marmonna-t-elle, penaude.

Dans sa poche, le bout de papier était toujours roulé en boule.

— Je respecterai vos conditions, dès que j'aurai eu le temps d'en prendre connaissance.

Lasham hocha la tête, comme pour clore la discussion. Et il n'y avait effectivement rien à ajouter. Il se montrait droit et correct en toutes circonstances, et ses raisons étaient honorables. Elle ne pouvait pas lui en vouloir de se comporter ainsi.

— Bon, lança-t-elle joyeusement. J'ai vu assez de bateaux, de nuages et de paysages brumeux pour la journée. Allons rejoindre la populace grouillante de vie.

Le duc sourit et Margaret sentit son cœur se réchauffer en apercevant enfin de la joie sur ses traits d'ordinaire si sérieux. Elle se réjouit à l'idée de passer du temps en sa compagnie, ne serait-ce que pour avoir l'occasion de revoir cette expression sur son visage. Elle ne s'en lasserait jamais.

Georgiana et le dragon

Par lady Mystère

Georgiana n'hésita pas une seule seconde : elle s'avança d'un pas décidé et saisit la flèche plantée dans la peau épaisse de la bête.

— Comment avez-vous pu ? dit-elle d'une voix étranglée en s'adressant à l'inconnue — probablement la princesse — qui se tenait devant elle, un arc à la main.

Cette dernière était remarquablement belle — comme l'avait prédit la créature — avec ses cheveux d'un blond presque blanc qui cascadaient dans son dos et ses magnifiques yeux bleus, si grands qu'ils semblaient vouloir s'écarquiller sans fin.

— Il a besoin d'aide, répondit la jeune femme d'un ton étrangement monocorde. Il est absolument hideux et pourrait être beaucoup plus que cela.

— C'est un dragon ! s'exclama Georgiana. Il est déjà exceptionnel.

Son Altesse Royale lui décocha un regard méprisant.

— Ne l'enlève pas, recommanda l'animal quand Georgiana voulut retirer la pointe de son flanc. Elle est ancrée trop profondément. Je ne ferais que perdre encore plus de sang.

Effectivement, en y regardant de plus près, Georgiana vit du liquide pourpre ruisseler de sa blessure et imbiber les feuilles mortes sur le sol.

— Que puis-je faire ? demanda-t-elle en s'agenouillant près de sa gueule.

— Laisse-moi mourir, murmura-t-il d'une voix tellement triste que Georgiana sentit les larmes lui monter aux yeux.

— Jamais, rétorqua-t-elle en déposant un baiser sur sa joue.

Chapitre 9

— Restez derrière moi et ne dites rien, ordonna Margaret en mettant pied à terre.

Ils avaient décidé de voyager à bord du fiacre de lady Margaret puisque celui de Lasham portait les armoiries de sa famille et était bien trop majestueux. Margaret avait lancé un regard acerbe en direction du véhicule de Lasham et marmonné quelque chose au sujet du risque de se faire voler la voiture ou, pire, tuer, avant de décréter qu'ils prendraient le sien. Ce dernier était simple, noir et conduit par un cocher maigrichon ressemblant plus à un épouvantail qu'à un être humain. Bien évidemment, la domestique autoritaire était de la partie.

— Et si les choses tournent mal ? murmura Lasham en jetant un coup d'œil alentour.

Ils étaient à Southwark : un quartier qui jouissait d'une mauvaise réputation à Londres, même si ce n'était pas le pire. L'est de la ville était bien plus dangereux et, si lady Margaret avait voulu s'y rendre, Lasham aurait refusé de n'y poser ne serait-ce qu'un orteil, quelle que soit la bonne action qu'elle désirait y accomplir.

Au moins, Southwark était un endroit que Lasham pouvait arpenter sans être pris de nausée, ni douter de la capacité de la race humaine à survivre : des enfants jouaient dans la rue au milieu du brouhaha des commerces et quelques femmes vendaient des tourtes chaudes aux passants. Pourtant, pour rien au monde, il n'aurait souhaité que Margaret s'y rende seule.

Surtout aussi ravissante qu'elle l'était, avec son manteau bordeaux orné de rubans clairs, sa robe rouge foncé et sa chevelure châtaine qui prenait des reflets roux au soleil. Il n'était pas dans son habitude de s'attarder sur la tenue vestimentaire de qui que ce soit — hormis pour vérifier que tout était boutonné correctement —, mais il était difficile de ne pas remarquer à quel point lady Margaret resplendissait. On aurait dit qu'elle sortait tout droit d'un tableau, avec son sourire éclatant.

Elle le dévisagea de la tête aux pieds d'un air sérieux.

— Si la situation se complique, tenez-vous bien droit et tentez d'avoir l'air effrayant.

— C'est une maigre défense, milady, répondit-il dans un murmure.

Peut-être aurait-il dû se concentrer davantage sur la tournure que pouvaient prendre les événements plutôt que sur le moyen de transport à emprunter.

Pour sa défense, son esprit était encore perturbé par ce qu'il s'était passé la veille. Pas seulement le baiser, même si c'était tout de même d'une importance capitale, mais également le fait qu'elle ait fait irruption chez lui à une heure où aucune femme décente (et très peu de débauchées) n'aurait osé le faire, puis avait insisté pour qu'il réponde à ses questions et, malgré tout, avait semblé comprendre ce qu'il ressentait quand il le lui avait expliqué.

Il aurait donné n'importe quoi pour rentrer chez lui et s'accorder enfin ce verre qu'il n'avait pas bu !

De préférence en compagnie de lady Margaret.

Il lui servirait un brandy, ils s'installeraient sur le sofa et…

Converseraient. Et rien d'autre, s'admonesta-t-il intérieurement.

— Madame Beecham, quel plaisir de vous revoir ! s'exclama Margaret à quelques pas devant lui.

Lasham se rendit compte qu'il s'était encore laissé emporter par son imagination, plutôt que de veiller sur lady Margaret.

Il faisait un bien piètre garde du corps.

— Milady, un grand merci pour le pain que vous nous avez apporté la semaine dernière.

Mme Beecham désigna de la main un groupe d'enfants derrière elle dont il était impossible de deviner le sexe puisque tous étaient vêtus du même morceau de tissu indéfinissable.

— Mes filles sont à même de travailler à présent, dit-elle en levant les doutes de Lasham. J'espérais que vous pourriez m'aiguiller pour leur trouver un emploi.

Une ombre passa sur son visage.

— Je ne veux pas qu'elles finissent dans un pub ou un bar malfamé, ajouta-t-elle. Je sais trop ce qui arrive à celles qui se rendent dans ce genre d'endroits.

Lady Margaret jeta un coup d'œil entendu à Lasham par-dessus son épaule, puis se retourna vers Mme Beecham.

— Je peux toujours essayer d'activer mes relations. Que savent-elles faire ?

Excellente question, songea Lasham. Quelles compétences avaient acquises ces demoiselles en vivant dans l'un des quartiers les plus pauvres de Londres ? Pourquoi ne s'était-il jamais rendu compte des conditions de vie déplorables dans cette partie de la ville, lui qui était l'un des aristocrates les plus influents de la Chambre des lords ? Avait-il manqué autre chose ?

Et surtout, que pouvait-il faire pour que cela change ?

Il n'avait pas menti quand il avait dit à lady Margaret qu'il se sentait responsable du bien-être des citoyens, même si elle avait semblé croire qu'il souhaitait se donner de grands airs. Depuis le décès de ses parents, il avait appris l'importance des devoirs de chacun et ne prenait pas les siens à la légère. Au contraire, il y accordait une extrême attention et portait leur poids sur ses épaules même lorsqu'il se rendait dans des soirées, faisait la conversation — ce dont il avait horreur — ou encore lorsqu'il rédigeait des discours que la plupart de ses pairs trouvaient tellement rébarbatifs qu'ils s'endormaient en l'écoutant.

La réalité venait de le frapper de plein fouet et il n'avait plus qu'une envie : passer à l'action.

Il fit un pas en avant, ignorant Margaret qui le fusilla du regard.

— Je peux peut-être vous aider, déclara-t-il en plongeant la main dans sa poche pour en sortir quelques pièces de monnaie qu'il plaça dans la paume de Mme Beecham. Prenez cela et envoyez vos filles à la maison Lasham à Mayfair. Ils cherchent du personnel de cuisine.

Ou du moins serait-ce le cas dès qu'il rentrerait chez lui et expliquerait la situation à sa gouvernante.

— Surtout, prenez soin de leur acheter de nouveaux vêtements au préalable. Ce qu'elles ont sur le dos ne conviendra pas et elles ne toucheront leur premier salaire que dans un mois.

Lasham se sentait peut-être responsable, mais il n'était pas stupide au point de se laisser aveugler par ses sentiments. Si l'on apprenait que le duc employait des gosses des rues mal fagotés, sa réputation en souffrirait. Les ragots fuseraient et les gens se demanderaient certainement quels autres aspects de sa vie et de son travail avait-il pour habitude de négliger.

Ses obligations s'empilaient les unes sur les autres tel un gigantesque château de cartes qui s'écroulerait à la moindre pichenette, laissant s'écraser au sol tous ceux qui dépendaient de lui.

— Merci, milord, répondit Mme Beecham les yeux écarquillés. Elles y seront demain à la première heure, je vous le garantis.

— Parfait, dit-il en osant enfin se tourner vers lady Margaret.

Ses lèvres étaient pincées et les étincelles dans ses yeux ressemblaient davantage à deux charbons ardents qu'aux étoiles qu'il avait l'habitude de voir, comme s'ils attendaient qu'un quelconque objet inflammable passe à leur portée.

Ce qui aurait probablement lieu une fois qu'ils auraient repris place dans le fiacre, avec pour seule compagnie la fameuse domestique de lady Margaret.

— Quelle mouche vous a donc piqué ? s'exclama Margaret avec fureur en s'asseyant sur la banquette.

Lasham et elle avaient pris congé des Beecham, puis avaient rendu visite à plusieurs familles de sa connaissance pour s'assurer qu'elles ne manquaient de rien. Margaret n'avait pas réussi à prendre contact avec les femmes dont avaient fait mention les sœurs Banner et elle en était contrariée, mais elle avait distribué quelques pièces, distillé deux ou trois mots encourageants et de l'espoir pour l'avenir.

Tout ce travail avait réussi à lui occuper l'esprit, si bien qu'elle n'avait pas songé à ce que le duc avait fait et, surtout, à ce qu'il avait dit.

Elle avait pris place à côté de lui, tandis qu'Annie s'était installée en face d'eux et avait fermé les yeux dès qu'ils avaient pénétré dans l'habitacle. La domestique n'avait pas prononcé un mot depuis, mais Margaret aurait juré l'avoir vue entrouvrir les paupières une ou deux fois.

— J'ai pensé qu'il fallait donner leur chance à ces petites. Qu'y a-t-il de mal à cela ? s'étonna-t-il de cette voix qui avait le don de lui déclencher des papillons dans le ventre.

Essayait-il de la faire se sentir coupable parce qu'elle aurait préféré qu'il se taise ? Il n'y avait qu'un moyen de le savoir.

— Seriez-vous en train de suggérer que j'ai tort de penser que votre intervention était inappropriée ?

Elle poussa un soupir exaspéré avant de poursuivre :

— Je suis ravie que vous ayez décidé de venir en aide aux Beecham. Ce n'est pas la question.

— Qu'est-ce que c'est, dans ce cas ? demanda-t-il, surpris.

— Le problème, c'est que si tout le monde s'aperçoit que vous êtes un homme charmant, vous me serez d'un piètre secours en tant que garde du corps.

Elle le fusilla du regard. Assise du côté de son œil valide, elle pouvait aisément analyser ses réactions. Il fronçait les sourcils, l'air pensif, comme s'il réfléchissait vraiment à ce qu'elle venait de dire.

Margaret n'avait pas l'habitude que l'on prenne ses paroles en considération et, en cela, le duc était unique.

Le père de Margaret ne s'était jamais intéressé à son opinion. Il écoutait l'avis de son épouse, mais n'avait jamais montré le moindre intérêt pour celui de ses deux filles. Et aucun des hommes qu'elle avait pu rencontrer en société n'avait fait depuis lors exception. Ils la voyaient généralement comme une anomalie, une jeune femme scandaleuse avec laquelle ils espéraient se comporter de manière inconvenante, puis faisaient la sourde oreille quand elle leur disait non.

Mais Lasham était tout le contraire. Il ne refusait pas d'entendre ce qu'elle souhaitait exprimer et s'efforçait même de comprendre.

— En résumé, je ne vous suis d'aucune utilité si je me comporte en gentleman, déclara-t-il d'une voix saccadée.

— Vous m'avez mal comprise, se reprit Margaret.

Elle aurait juré avoir entendu Annie étouffer un petit rire à l'autre bout de la banquette.

— Ce que je voulais dire, c'est que j'ai besoin que ces gens aient peur de vous. Et ce ne sera pas le cas s'ils savent que vous être trop bon pour leur faire du mal.

— Me considérez-vous comme trop honorable ? demanda-t-il d'une voix un peu plus féroce qu'auparavant.

Venait-elle de réveiller le dragon qui sommeillait en lui ? Grand Dieu, elle espérait que non.

— Eh bien, dit-elle lentement en réfléchissant à chacune de ses paroles. Oui, c'est ce que je pense. N'est-ce pas pour cela que vous vous comportez toujours de manière juste ? Votre morale est la raison pour laquelle vous avez offert du travail à ces jeunes filles. N'ai-je pas raison ?

Le duc soupira et Margaret sentit son épaule la toucher. En plus d'être terriblement beau, il avait une carrure à faire pâlir une armoire à glace. Ce genre de physique aurait dû être interdit par la loi. Margaret avait l'impression qu'il emplissait tout l'habitacle par sa présence imposante et qu'elle-même était contrainte de se recroqueviller sur son siège pour lui laisser la place.

C'était à la fois troublant, merveilleux et terrifiant.

Un peu comme de découvrir un dragon au beau milieu

de la forêt. A cette pensée, Margaret dut réprimer un éclat de rire qu'elle dissimula en feignant de tousser.

Annie ouvrit les paupières.

— Etes-vous en train de tomber malade ? Je vous avais dit de vous couvrir la bouche dans ces rues insalubres.

— Je vais bien, Annie, répondit Margaret exaspérée.

Comme si le fait de comparer le duc pirate à un dragon n'était pas suffisamment perturbant, voilà que sa domestique cracheuse de feu se mettait à lui chercher des noises. Pour un peu, elle les aurait tous envoyés balader.

Mais ce n'était pas vrai. Elle aimait avoir Annie à ses côtés et elle savait que cette dernière ne l'abandonnerait jamais, même dans l'hypothèse improbable où elle la renvoyait. Et, contre toute attente, elle appréciait également la compagnie de Lasham, un fait qu'elle avait beaucoup de mal à admettre, même au plus profond d'elle-même. Après tout, elle ne le connaissait que depuis quelques jours.

Oh non ! Que se passerait-il d'ici plusieurs semaines ? Voire des mois ? Finirait-elle par tomber amoureuse de cet homme qui ne pourrait jamais l'épouser et à qui elle avait affirmé ne pas vouloir devenir sa femme ?

Elle secoua la tête et se força à revenir à la réalité. Elle ne se marierait pas avec le dragon. Il était temps qu'elle cesse d'imaginer des histoires.

— Je vous promets de me comporter de manière moins convenable à l'avenir, déclara-t-il d'une voix si basse que Margaret ne fut pas certaine qu'Annie l'ait entendu.

Cette dernière avait refermé les yeux et s'efforçait de ne pas s'immiscer dans la conversation en imaginant probablement tout un tas de scénarios incongrus.

Moins convenable. Comme ce qu'il avait fait la nuit précédente, songea Margaret.

Et voilà où cela les avait menés. Pas étonnant que la voix du duc lui donne des frissons et réveille des parties de son corps auxquelles il était indécent de penser en public.

— D'ailleurs, ajouta Lasham, je me demandais si vous seriez disposée à établir une sorte d'arrangement réciproque ?

Que voulait-il dire par là ? Pourquoi cela semblait-il à la fois scandaleux et délicieux ?

— De quel genre ? interrogea-t-elle avec précaution, consciente de la présence d'Annie qui feignait de sommeiller dans son coin.

A peine eut-elle fini de penser à cela que sa domestique émit un petit ronflement. Dormait-elle réellement ou essayait-elle d'encourager sa maîtresse à poursuivre cette conversation inappropriée ?

Lasham lui décocha un regard qui paraissait presque malicieux.

— Je me rends compte que je ne suis pas le plus aventurier des hommes.

Il se détourna pour regarder par la fenêtre.

— Certains m'ont même qualifié de rabat-joie. Si cela ne vous dérange pas, j'aimerais que vous m'accompagniez au cours de certaines aventures.

Voilà qui ne ressemblait pas au duc bien sous tous rapports qu'elle connaissait ! Décidément, plus le temps passait, plus elle le trouvait étonnant.

— Qu'avez-vous en tête, Votre Grâce ? murmura-t-elle en se penchant vers lui dans le vain espoir qu'Annie n'entendrait pas ses paroles.

Lasham haussa les épaules.

— Pour tout vous dire, j'ignore quel genre de tribulations pourrait s'avérer amusantes. J'entends par là une expédition pour laquelle j'aurais besoin de votre assistance.

Margaret sourit intérieurement.

— Nous pourrions décider un jour d'aller déguster autant de glaces que possible, puis de tester plusieurs vins pour déterminer notre préféré, ou encore de nous rendre dans une librairie pour vous faire découvrir la poésie. Ai-je tort en pensant que vous ne lisez pas de poèmes ?

— Non, admit-il. Et oui, ces propositions me semblent… agréables.

Il prononça ce dernier mot comme si c'était la première fois qu'il sortait de sa bouche.

— Dans ce cas, j'accepte avec plaisir et j'établirai une liste de règles de mon cru pour nous guider dans nos aventures.

Lasham sursauta et tourna la tête vers elle. Margaret ne put s'empêcher d'éclater de rire.

— Je ne les ai pas sur moi. Mais je les formulerai à mesure de nos errances et, une fois qu'elles seront inscrites noir sur blanc, vous serez obligé de les respecter, l'avertit-elle.

L'idée de lui faire découvrir des choses qu'aucun duc bien sous tous rapports n'aurait osé entreprendre était excitante.

Mais elle allait devoir freiner son imagination, ou elle s'attirerait certainement des ennuis, ce qui rendrait sa situation plus difficile encore.

— Je ne vois pas pourquoi tu en fais toute une histoire. C'est inutile, dit Margaret en donnant une petite tape sur la main d'Annie qui lui brossait les cheveux.

Cette dernière recula d'un pas et planta les poings sur ses hanches.

— Milady, il est de mon devoir de veiller à ce que vous soyez vêtue convenablement en toutes circonstances. La fête des Purseley est un événement de la plus haute importance et je veux que vous soyez absolument parfaite pour l'occasion.

— Il est trop tard pour cela, Annie, rétorqua Margaret avec ironie. N'as-tu pas entendu parler du scandale qui a éclaboussé mon nom quand j'ai refusé d'épouser lord Collingwood et déshonoré ma famille en révélant que j'étais l'auteur des séries de lady Mystère ? Le mal est déjà fait.

Annie ne prit pas la peine de répondre.

— C'est la raison pour laquelle on m'invite. Et puis, de toute manière, il ne fera même pas attention à ma tenue.

Il était inutile de prétendre qu'elle ne comprenait pas pourquoi Annie s'efforçait avec tant de zèle de la mettre en beauté, elle qui d'ordinaire se souciait plutôt de savoir si le sac de sa maîtresse était suffisamment grand pour transporter tous ses gains de la soirée. L'apparence de Margaret était habituellement reléguée au second plan.

— De plus, j'ai l'intention de passer la plupart de mon temps aux tables. Je n'assiste pas à ce genre d'événement pour le plaisir, ajouta sèchement Margaret.

— Vous pouvez jouer tout en étant jolie, répliqua Annie sans interrompre ses soins.

Margaret soupira. Elle savait cette dispute — ou était-ce une simple discussion ? — perdue d'avance. Elle décida donc de laisser Annie faire ce qu'elle estimait nécessaire pour l'embellir.

Elle n'avait jamais eu la beauté d'Isabella. Sa tignasse était terne, tout comme ses yeux, et elle n'avait ni charme ni prestance. Mais quand Annie eut fini et que Margaret jeta un coup d'œil dans la glace, elle dut admettre qu'elle n'était pas si affreuse.

Sa bonne avait choisi la robe bleue qu'Isabella lui avait offerte avant son déménagement à la campagne, mais elle y avait ajouté de la dentelle et des rubans qui donnaient l'impression qu'il s'agissait d'une toute nouvelle tenue. La couleur du tissu faisait ressortir des mèches chatoyantes dans sa coiffure et la coupe était taillée de façon à souligner sa taille tout en mettant sa poitrine en avant.

La jupe était large, comme la mode le voulait, et les manches quasi inexistantes révélaient ses bras nus.

Annie avait noué ses cheveux en un chignon lâche qui reposait sur sa nuque et dans lequel elle était en train de placer de minuscules étoiles scintillantes.

Après quelques ajustements ici et là, Annie recula d'un pas et hocha la tête d'un air satisfait.

— Vous ferez l'affaire, déclara-t-elle.

Margaret releva la tête vers le miroir. Annie avait raison. Elle n'était peut-être pas magnifique, mais, au moins, elle ne passait pas inaperçue.

— Merci, Annie.

Quand Margaret se leva pour la prendre dans ses bras, Annie émit un petit grognement grincheux, mais accepta cette démonstration d'affection sans broncher.

— Je rentrerai tard. Il faut que je gagne suffisamment d'argent ce soir pour que l'agence puisse venir en aide aux mères isolées.

Annie leva les yeux au ciel, mais ne dit rien. Margaret savait que sa domestique croyait en elle et en ses efforts pour améliorer le monde, mais elle n'ignorait pas que cette dernière s'inquiétait pour sa sécurité et pensait qu'elle en faisait un peu trop parfois.

— Soyez prudente, lui enjoignit Annie en lissant un dernier pli sur son épaule.

*
* *

— C'est à vous, ma chère.

Margaret sourit en passant ses cartes en revue. Elle n'était pas aussi nerveuse à la table de jeu d'ordinaire, mais, pour sa défense, il était rare qu'elle ait l'esprit obnubilé par un formidable gentleman à larges épaules qui l'avait embrassée et qui, étrangement, était disposé à se conduire de manière moins convenable, selon ses propres dires.

Le duc n'était pas là et Margaret ne cessait de balayer la pièce du regard dans l'espoir de le voir apparaître. S'il finissait par pointer le bout de son nez, on annoncerait son arrivée en grande pompe et toutes les personnes présentes seraient alors au courant de sa présence. Mais Margaret ne pouvait s'empêcher de lancer un coup d'œil alentour de temps à autre et cela l'agaçait.

Elle secoua la tête pour repousser ces pensées et défaussa une carte de sa main, ne réalisant que trop tard que cela venait de faire gagner la manche à lord Gantery.

— Ha ! Votre bonne étoile vous aurait-elle tourné le dos, milady ? fanfaronna ce dernier.

Margaret ne s'offusqua pas de son attitude vantarde : il avait toujours été remarquablement courtois les nombreuses fois où elle l'avait battu à plate couture. Il méritait que la chance tourne.

Même si sa chance était directement liée au manque d'attention de Margaret. Mais cela, il l'ignorait. Pirate séduisant ou non, Margaret allait devoir se reprendre. L'agence comptait sur elle. Sans parler du fait que, sans ses gains, Margaret ne pouvait subvenir aux besoins de son foyer, si petit soit-il.

Elle se concentra sur le jeu et chassa le duc de son esprit.

***

— Lady Margaret ?

Zut ! Elle avait réussi à l'oublier — autant que faire se peut — pendant une vingtaine de minutes et il avait dû arriver entre-temps, sans qu'elle entende l'annonce de sa venue. Elle était parvenue à récupérer sa mise et même un peu plus, mais ne s'était pas arrêtée là. Il n'y avait jamais trop d'argent quand il était question de venir en aide aux nécessiteux.

— Bonsoir, Votre Grâce.

Elle releva la tête et sa vision lui coupa le souffle. Le duc était resplendissant dans sa tenue de soirée : un pantalon noir sous une queue-de-pie assortie et une chemise d'un blanc éclatant surmontée d'un gilet strict. Et, bien sûr, un cache-œil attaché par un ruban de velours aussi sombre que le reste.

Absolument magnifique.

— Lady Margaret, dit-il en la fixant droit dans les yeux, j'espérais que vous me feriez l'honneur d'une danse, un peu plus tard dans la soirée, quand vous aurez terminé votre partie.

Il semblait nerveux. S'imaginait-il qu'elle puisse décliner son offre ?

Margaret n'avait pas pour habitude de se rendre sur la piste, sauf lorsque son beau-frère l'invitait. Trop souvent, les gentlemen qui le lui proposaient avaient des objectifs qui étaient tout sauf respectables. De plus, le temps passé à danser était autant de gains perdus aux tables de jeu. Mais elle ne put résister à l'éventualité d'être dans les bras du duc, de poser les mains sur ses larges épaules, d'embarquer enfin dans une aventure digne de ce nom.

— Avec plaisir, Votre Grâce. Je devrais avoir fini dans une dizaine de minutes.

Lasham s'inclina et, sans un mot, repartit dans la direction opposée. Margaret ne put s'empêcher de le suivre du regard. Son ami — celui qu'elle avait rencontré l'autre soir, qui arborait constamment ce sourire canaille et dont les yeux semblaient dévêtir chaque femme qu'il croisait — le rejoignit. Comment un homme aussi droit et respectable que Lasham s'était-il lié d'amitié avec quelqu'un d'aussi cavalier ? S'il fréquentait ce genre de personnes, tout espoir n'était pas perdu, songea Margaret.

— Bonsoir, Lash, lança Jamie d'un ton moqueur.

Il l'avait sûrement aperçu en train de parler à lady Margaret.

— Je viens de lui proposer une danse.

Autant dire à Jamie ce qu'il voulait entendre, sinon il ne cesserait de le harceler jusqu'à ce qu'il obtienne une réponse.

— Et elle a accepté ?

— Evidemment, rétorqua Lasham, agacé. Au cas où tu l'aurais oublié, je suis duc. Rejeter mon invitation serait absolument scandaleux de sa part.

Connaissant Margaret, cela ne l'en empêcherait pas. Après tout, il n'ignorait rien de l'affaire qui avait entaché sa réputation par le passé. Elle avait éconduit celui que ses parents avaient choisi pour elle. Son esprit de contradiction irait-il jusqu'à refuser de danser ?

Pourquoi se tracassait-il autant ? Il avait bien vu son visage s'illuminer quand elle l'avait aperçu. Elle était de toute évidence ravie qu'il soit là. Et puis il allait sans dire que cela faisait partie de leur décision commune de s'embarquer dans toute une série d'aventures, n'est-ce pas ?

Du moins, c'était ainsi qu'il considérait la chose. Devait-il lui poser la question pour en être sûr ? Et s'il s'avérait que c'était une expérience déplaisante pour elle ? Une activité qu'elle détestait et allait devoir endurer ? Ou pire : un fait tellement habituel qu'il n'avait plus rien d'extraordinaire à ses yeux ?

Il réfléchissait trop.

Heureusement, Jamie prit la parole, l'interrompant ainsi dans ses pensées.

— Que désirait-elle, l'autre soir ? chuchota Jamie pour être sûr que personne d'autre ne l'entende.

— Me demander quelque chose, répondit Lasham d'un ton sec qui aurait dissuadé quiconque de poursuivre son investigation.

Mais Jamie n'était pas comme tout le monde.

— De quel genre ? Que pouvait-elle bien vouloir à une heure pareille ?

— Et toi ? Après tout, je t'ai trouvé chez moi en arrivant, confortablement installé sur mon canapé, un verre de liqueur à la main.

Jamie lui assena un coup de coude dans les côtes.

— Crois-tu vraiment que je vais abandonner si facilement ? Ta technique de contre-attaque ne marchera pas avec moi. J'aurais cru que tu me connaissais mieux que cela.

Lasham laissa échapper un soupir exaspéré. Il n'ignorait pas que Jamie ne lâcherait pas le morceau avant qu'il n'obtienne satisfaction.

Que pouvait-il bien lui dire qui n'attise pas sa curiosité ? Qu'elle l'avait traité comme un homme, un vrai, et non une curiosité vivante ? Certainement pas. Qu'elle avait exigé qu'il lui explique la raison de sa présence à Soho ? Non plus. Qu'ils avaient mutuellement décidé de s'embarquer dans toute une série d'aventures ? Hors de question.

Et encore moins le fait qu'il n'avait pu s'empêcher de l'embrasser.

— Elle… Bon sang, Jamie, tu sais pertinemment qu'il n'y a rien que je puisse te dire qui n'ait pas l'air inconvenant.

Jamie lui administra une grande tape dans le dos.

— Précisément ! Elle est exactement ce qu'il te faut, Lash. Je n'ai pas vraiment envie de savoir ce qu'elle te voulait — même si je me ferai un plaisir de t'écouter si tu es disposé à me le dire. Je souhaitais simplement connaître ce que tu allais répondre. Très bonne idée, le coup de l'indécence.

— Ce n'est pas…, déclara Lasham.

Mais il s'interrompit. Que pouvait-il bien ajouter ? Il n'y avait rien de choquant à manger des glaces et à boire du vin, mais il n'avait jamais fait ni l'un ni l'autre et, étant donné qu'il se montrait toujours droit et correct, cela voulait certainement signifier que…

— Passons. Comment se porte ta mère ?

— Tu sors l'artillerie lourde, dis-moi ! Elle va bien. Elle est ravie que je sois à Londres, mais me demande déjà quand je reprendrai la route.

Jamie croisa les bras sur sa poitrine.

— Comment se fait-il que les parents soient toujours en train de questionner sur les arrivées et les départs de leur progéniture ? Au moment même où je passe le seuil de la maison, elle veut savoir quand je repars et, dès que je m'en vais, elle exige de connaître l'heure de mon retour. Cela n'a aucun sens.

Lasham haussa les épaules.

— Je ne sais pas. Je ne me suis pas retrouvé dans cette situation depuis un moment.

Jamie grimaça.

— Pardon, c'était indélicat de ma part.

Lasham balaya sa remarque d'un geste de la main.

— Ce n'est rien. C'était il y a des années, cela n'a plus d'importance.

Même si, il n'y a pas si longtemps, la mention de ses parents réveillait encore en lui des sentiments douloureux. Son père et sa mère étaient décédés du choléra à une semaine d'intervalle. A l'époque, Lasham était interne dans un établissement scolaire et il n'avait eu le droit de rentrer que lorsque le danger était passé.

Tout le monde pensait que les gens comme eux — riches et haut placés — étaient immunisés contre les maladies qui décimaient les populations pauvres de Londres. Celles-là mêmes qui vivaient dans le genre de quartier où Margaret et lui s'étaient récemment rendus. Mais les virus et les bactéries n'avaient que faire de la fortune ou du titre de leur victime. Ils s'installaient où bon leur semblait.

Jamie l'avait soutenu dans cette épreuve difficile et Lasham lui en serait éternellement reconnaissant.

Pas assez pour fermer les yeux sur certains de ses comportements, comme celui de faire irruption chez lui à n'importe quelle heure pour boire son brandy — il y avait des limites —, mais suffisamment pour être prêt à faire tout ce qu'il pouvait pour lui venir en aide au besoin.

— Au contraire, cela en a, rétorqua Jamie d'une voix solennelle. Personne ne tourne ce genre de page, surtout lorsque c'est aussi soudain que cela l'a été. Je te présente mes excuses.

Lasham se tourna vers son ami. Que n'aurait-il pas donné pour qu'ils ne soient pas au beau milieu de la foule ? Pour pouvoir le prendre dans ses bras sans que le public les regarde de travers ? Pour mettre des mots sur ce qu'il ressentait ? Il n'arrivait même pas à transformer ses émotions en actions, alors des paroles… Tout ce qui lui restait était des sentiments en ébullition qui n'attendaient qu'une chose : exploser. Ou cogner quelque chose. Ou embrasser quelqu'un. Si possible, pas Jamie.

— Merci.

Un silence s'ensuivit et tous deux se raclèrent la gorge, presque embarrassés. Lasham savait que Jamie lisait en lui comme dans un livre ouvert et il remerciait le ciel que ce soit le cas. Si seulement il pouvait être aussi perspicace que son ami quant à ses propres pensées, sa vie aurait été presque parfaite.

Du moins autant que c'était possible pour un duc pourvu d'une visibilité limitée et incapable d'exprimer le fond de sa pensée, et qui aurait aimé, rien qu'une fois, se comporter de manière inconvenante sans en subir les conséquences.

Georgiana et le dragon

Par lady Mystère

— Pourquoi ? demanda le dragon, curieux.

Il avait posé sa tête sur le sol et fermait les yeux, en proie à la douleur.

Fermement agrippés à la flèche, les doigts de Georgiana commençaient à la faire souffrir. Elle secoua la tête avant de se rendre compte qu'il ne pouvait pas la voir.

— Je ne vais pas m'en aller simplement parce que tu me le demandes, répondit-elle un sanglot dans la voix. Je resterai tant que tu auras besoin de moi.

La bête poussa un soupir mélancolique.

— Merci.

— Je n'ai pas l'intention de partir non plus, déclara la princesse derrière eux, son arc à la main.

Chapitre 10

— Merci à tous pour cette charmante partie. Si vous voulez bien m'excuser, je dois m'en aller à présent, annonça Margaret.

Elle n'ajouta pas qu'elle les quittait parce qu'un duc lui avait proposé une danse ; tous avaient parfaitement entendu sa conversation avec Lasham. Elle ramassa ses gains et les fourra dans son sac, soulagée que sa mauvaise fortune ait finalement tourné. En l'espace de moins d'une heure, elle avait amassé suffisamment d'argent pour les deux semaines à venir — non pas qu'elle n'eut pas quelques économies bien à l'abri dans une banque, mais il valait mieux se montrer prudente.

Isabella lui viendrait en aide au besoin, cela ne faisait aucun doute, mais demander la charité à sa sœur était la dernière chose dont Margaret avait envie.

A bien y réfléchir, c'était plutôt d'épouser quelqu'un qu'elle n'avait pas choisi, ce qui, ironiquement, était la raison pour laquelle elle se trouvait dans cette situation.

Elle adorait jouer : le risque permanent, l'impression de sauter d'une falaise vers des eaux inconnues chaque fois qu'elle pariait gros. Elle aimait se savoir meilleure que les autres participants et connaître la main de ses adversaires avant même qu'ils ne la posent sur la table.

Et si jamais elle n'aurait troqué son emploi d'écrivain pour se consacrer entièrement à cette activité, au moins pouvait-elle mettre à profit son sens de l'observation et sa capacité à mémoriser les actions de ses semblables.

— Vous devez me laisser une chance de récupérer ma mise, milady ! s'exclama lord Gantrey d'un ton joyeux.

Margaret lui rendit son sourire. Le pauvre homme était incapable de garder un visage de marbre quand il avait de bonnes cartes. Depuis qu'elle s'en était rendu compte, il était devenu extrêmement aisé de le battre. Et, pour couronner le tout, il ne se vexait jamais quand il perdait.

— Cet argent n'est plus le vôtre, milord, rétorqua Margaret en jetant un coup d'œil par-dessus son épaule pour s'assurer que Lasham était là en compagnie de son élégant ami. Mais je vous promets de revenir un peu plus tard pour vous laisser l'opportunité de prendre votre revanche.

— J'en serais ravi, ma chère, dit-il en tournant le regard dans la même direction que Margaret avant d'afficher un large sourire. Mais, en attendant, il me semble que vous avez d'autres engagements à respecter.

Un engagement ? Entendait-il par là une promesse de mariage ? Grand Dieu, Margaret espérait bien ne jamais se retrouver dans ce genre de situation.

— Je vous remercie. Bonne soirée, se contenta-t-elle de répondre poliment en s'adressant à toute la table.

Un jeune homme prit place sur le siège qu'elle venait de quitter — elle ne connaissait pas son nom, il venait d'arriver en ville — et dévisagea les autres joueurs avec enthousiasme.

Lord Gantrey n'aurait certainement aucun mal à battre le nouveau venu et Margaret put les quitter avec soulagement.

Elle se dirigea vers le duc d'un pas déterminé, mais ce dernier ne la vit pas s'approcher, car elle se trouvait dans son angle mort. Elle put dont admirer à loisir sa beauté masculine.

Avant de le rencontrer, elle ignorait qu'elle avait une préférence pour les hommes bien bâtis, aux larges épaules et à la poitrine imposante. Une telle stature éveillait en elle des instincts primitifs et elle se surprenait à s'imaginer dans ses bras. Mais pourquoi se leurrer ? Elle savait pertinemment l'effet que cela faisait puisque c'était déjà arrivé.

Elle aurait donné cher pour renouveler cette expérience incroyable ! Elle pouvait se mentir autant qu'elle le souhaitait : elle était loin d'être une demoiselle prude et choquée par de telles pensées inconvenantes. Au contraire, elle était parfaitement consciente de ce qu'elle voulait.

Et, à cet instant précis, elle ne désirait rien de plus que de se blottir contre lui et de sentir ses lèvres sur les siennes.

Mais il y avait peu de chances que cela arrive à nouveau : ils étaient en public et Lasham était le duc le plus convenable qu'elle connaisse (ce qui n'était pas difficile puisque le seul autre dans son répertoire était son beau-frère, et ce dernier était tout sauf correct).

Il faudrait qu'elle se contente d'une simple danse.

— Votre Grâce ?

Lasham sursauta en entendant sa voix et tourna la tête vers elle. Il semblait différent des autres fois, plus accueillant. Avait-il enfin réussi à se sortir de la tête sa liste d'obligations pour penser à ce qu'il désirait au fond de lui ?

Etait-ce la raison pour laquelle il l'avait invitée ? Elle n'ignorait pas — même si lui n'en était peut-être pas totalement conscient — qu'un homme de son rang n'était pas censé danser avec une femme comme elle.

Elle balaya mentalement ces réflexions d'un revers de la main et jeta un coup d'œil à l'ami de Lasham, qu'elle n'avait pas encore eu l'occasion de dévisager de près. Le jour où elle l'avait rencontré, il avait quitté les lieux juste après qu'elle était arrivée et puis, il fallait bien l'admettre, elle était dans une telle rogne qu'elle n'avait pas pris le temps de l'examiner.

Si Lasham avait vraiment été un pirate autoritaire, ce type aurait probablement été son second : un bras droit qui obéissait à tous ses ordres et profitait de chaque escale pour aller fricoter avec les demoiselles du port incapables de résister aux charmes d'un hors-la-loi.

— Lady Margaret, puis-je vous présenter James Archer. James, voici lady Margaret.

Elle serra sa main — chaude, même à travers son gant — qu'il lui tendait et ne put s'empêcher de remarquer l'étincelle qui s'alluma dans ses yeux bleus.

— Je suis ravi de faire votre connaissance, lady Margaret.

— Merci.

A en croire son expression, le duc avait mentionné son existence à son compagnon. Que lui avait-il révélé ? Qu'elle avait des goûts exécrables en matière d'art ? Qu'elle avait insisté pour que Lasham s'aventure dans des quartiers malfamés de Londres pour lui servir de garde du corps ?

Il ne lui avait tout de même pas raconté qu'il l'avait embrassée, si ?

C'était peu probable, mais, d'un autre côté, cet homme avait un petit sourire en coin qui semblait indiquer qu'il savait quelque chose. Après tout, peut-être était-ce sa façon habituelle de regarder les gens.

— La musique a commencé, lady Margaret. Puis-je ? demanda poliment Lasham en lui tendant le bras.

Margaret y glissa sa main et sentit la force de ses muscles sous ses doigts. Elle pria le ciel pour ne pas s'évanouir avant la fin de ce qui, elle venait de le réaliser, était une valse.

Pour son plus grand bonheur : cela voulait dire qu'elle serait plus proche de lui. Une quadrille ou une scottish aurait été moins adéquates, surtout pour elle qui passait si peu de temps sur la piste de danse. La chance lui souriait.

Ils s'avancèrent au milieu des autres convives et Lasham se rapprocha d'elle, posant une main sur sa taille tandis que l'autre trouvait celle de Margaret.

Le regard fixé sur elle, il ne prononça pas un mot pendant plusieurs secondes et Margaret eut beau s'efforcer de déchiffrer ce qu'il essayait de transmettre, elle en fut incapable.

Il ferait un excellent joueur de cartes, songea-t-elle.

— Je ne danse pas, d'ordinaire, finit-il par avouer de cette voix rigide qu'elle ne détestait plus autant qu'auparavant.

Il semblait ne pas vraiment savoir que dire, comme s'il n'était pas non plus dans ses habitudes de faire la conversation.

Peut-être devrait-elle lui écrire un dialogue, finalement.

— Moi non plus, répondit-elle.

Elle jeta un coup d'œil par-dessus l'épaule du duc aux autres couples qui tourbillonnaient autour d'eux. Les dames et leurs imposantes jupes colorées ressemblaient à des bouées malmenées par une mer agitée, tandis que les gentlemen et leurs énormes moustaches, bien que plus ternes que leurs partenaires, n'en étaient pas moins impressionnants.

La vue était magnifique, mais le fait d'être sur la piste en compagnie du duc en personne influençait peut-être son jugement.

Une autre femme aurait prétendu ne pas aimer danser et sous-entendu qu'elle ne le faisait que par obligation, parce qu'il le lui avait demandé. Mais Margaret n'aurait jamais pu se montrer aussi cruelle, surtout envers quelqu'un comme lui.

Loin d'elle l'idée de prétendre le connaître personnellement, même si elle n'était pas contre cette idée.

— Les gentlemen qui m'invitent ne me plaisent généralement pas. Mais il s'avère qu'avec vous, j'y prends grand plaisir, ajouta-t-elle en inclinant la tête sur le côté.

Ses lèvres se relevèrent en un sourire — un vrai, pas le genre de grimace qu'elle l'avait vu esquisser à maintes reprises.

— Il se trouve que moi aussi. Cela veut-il dire que je me comporte de manière trop avenante à votre goût ? demanda-t-il en haussant un sourcil.

Sa voix grave réveilla l'agréable fourmillement dans le ventre de Margaret.

— Cela dépend, répliqua-t-elle d'un ton séducteur qu'elle s'était efforcée de retenir jusqu'à présent. A quoi ressemblerait un comportement moins convenable ici, dans cette salle, où vous n'avez pas à prendre un air effrayant ?

Il lui décocha un regard presque charmeur et Margaret sentit un frisson remonter le long de son dos.

— Allons découvrir ce que je peux faire pour avoir l'air moins correct à vos yeux. Nous considérerons cela comme notre première aventure.

Sur ces mots, il retira la main de sa taille tout en resserrant sa prise autour de ses doigts et l'entraîna à travers la foule en direction du balcon. Margaret se laissa faire, le cœur battant et le corps en ébullition, impatiente de découvrir la suite des événements.

C'était l'acte le plus spontané de toute sa vie et il le devait à lady Margaret. Tout cela, c'était grâce à elle. S'il ne l'avait pas rencontrée, il serait encore debout dans un coin de la salle en train de siroter un verre de vin en attendant la première occasion pour déguerpir.

Mais aujourd'hui, il n'aurait échangé sa place pour rien au monde.

Quand il lui avait avoué ignorer le genre d'aventure — quel que soit ce qui pouvait se cacher sous ce terme — qu'il trouverait agréable, il n'avait pas réfléchi ; les mots étaient sortis de sa bouche comme s'ils avaient eu leur volonté propre. Pourtant, ce n'était rien d'autre que la vérité.

De plus, il était alors furieux qu'elle lui ait demandé d'arrêter de se comporter comme un gentleman.

Toute cette colère avait disparu depuis longtemps — dès qu'ils avaient passé leur pacte, en fait —, mais il n'en était pas moins agacé de ne pas pouvoir mettre de mots sur ses sentiments. Ce n'était pas nouveau.

Lasham la conduisit jusqu'au bout de la terrasse. La lune était exceptionnellement brillante — du moins pour Londres — et éclairait d'une douce lueur le visage de Margaret qui levait vers lui des yeux étincelants. Les perles dans ses cheveux brillaient telles des étoiles sur le ciel bleu marine de sa robe de bal.

Elle était belle, rayonnante de confiance et de charme. Lasham aurait voulu capturer un peu de sa lumière dans un flacon et la rapporter pour éclaircir ces moments d'ombre.

— Alors ? murmura-t-elle avec douceur. Quel est ce comportement inconvenant que vous souhaitiez me montrer ?

Lasham se figea, incertain. Il savait ce qu'il désirait, mais avait parfaitement conscience que c'était une très mauvaise idée.

Les secondes s'égrenèrent, les unes après les autres.

Alors, elle s'approcha de lui et leva les bras pour les passer autour de son cou.

— J'attends de voir, chuchota-t-elle avant de poser ses lèvres sur les siennes.

Lasham laissa libre cours à ses émotions, tandis que le besoin et l'envie se répandaient dans ses veines à la vitesse de l'éclair.

Il glissa ses paumes le long de son dos et vint lui agripper les hanches pour la presser contre lui avec force. Ce n'était pas assez. Le serait-ce même jamais ? Mais il savoura ce moment avec intensité ; leurs bouches qui se touchaient, ses mains sur le corps de Margaret et celles de la jeune femme qui empoignaient ses épaules comme si elle aussi en voulait plus.

Comment un baiser pouvait-il être aussi exceptionnel ? Etait-ce parce que c'était Margaret, ou bien eux deux, ou venait-il tout simplement d'ouvrir les vannes de ses sentiments, fatigué de toujours se comporter de manière prude et réservée ?

Il passa sa langue sur la lèvre inférieure de Margaret et elle le laissa entrer, l'accueillant en son sein avec ferveur, donnant autant qu'elle recevait.

Lasham s'avança encore et sentit la poitrine de Margaret, douce et voluptueuse, se presser contre son torse.

Il remonta la main le long de son flanc et laissa son pouce reposer à la naissance de son sein, caressant la courbe délicieuse à travers le tissu de sa robe. Sa bouche était si tendre, son corps si ferme. Il avait envie d'elle.

Margaret avait glissé les mains sous sa veste et avait agrippé le col de son gilet pour l'attirer encore plus près.

S'ils continuaient comme cela, elle allait finir par le traverser.

Elle laissa échapper un gémissement et Lasham sentit son sexe se durcir. Il la voulait, là, tout de suite.

C'était trop tôt, trop rapide. Submergé par les sensations, Lasham n'était pas certain de pouvoir les contenir.

Il se détacha de Margaret, tremblant de tout son être, et posa son front sur le sien en reprenant son souffle.

— C'était une excellente démonstration, Votre Grâce, murmura-t-elle avant de reculer.

Et elle s'en alla sans un mot, l'abandonnant sur la terrasse, avec pour seule compagnie sa soif d'elle et le chant des criquets dans la nuit.

L'aventure venait de commencer.

Georgiana et le dragon

Par lady Mystère

— Il est à moi, dit la princesse de cette même voix monotone.

Etait-elle capable de ressentir des émotions ?

— C'est faux ! rétorqua Georgiana, furieuse. Je parie que vous ne savez même pas son nom.

— Parce que vous le connaissez ? répliqua-t-elle d'un ton dédaigneux cette fois.

Au moins, elle n'était pas entièrement insensible.

— Euh..., non, admit Georgiana. Mais ce n'est pas la question. S'il vous appartenait, vous devriez être au courant de ce genre de choses. De plus, vous venez de tirer une flèche dans son flanc.

La jeune femme haussa les épaules.

— Je suis une altesse royale. Mes consœurs et moi avons toujours possédé des dragons. Si celui-là est ici, c'est qu'il me revient de droit.

— Que puis-je faire pour que vous le laissiez tranquille ? s'enquit Georgiana.

La demoiselle sourit, mais Georgiana ne vit aucune trace de joie sur son visage, comme si on lui avait simplement appris à relever les lèvres instinctivement sans rien ressentir.

— Excellente question, répondit-elle lentement.

Chapitre 11

— Il y a quelqu'un ? appela Margaret en entrant dans l'agence tandis qu'Annie refermait derrière elles.

La pièce était chichement décorée, mais propre et bien rangée. Sur leur droite, le long du mur, une étagère était remplie de paperasse. De l'autre côté, un bureau usé et deux chaises faisaient office d'accueil.

Carolyn Ames, l'une des propriétaires de l'association, entra par la porte de service, tout sourires.

— Margaret, Annie, quel plaisir de vous voir !

Elle prit les mains de Margaret dans les siennes avant de serrer celle qu'Annie lui tendait.

— Bonjour, Carolyn, la salua Margaret. Je voulais vous demander si les sœurs Banner étaient passées vous voir.

Carolyn leur fit signe de s'asseoir, puis prit place derrière son bureau. Elle croisa les doigts devant son visage et hocha la tête.

— Oui. Nous avons pu leur trouver un emploi rapidement. Elles font un travail remarquable. Merci de nous les avoir envoyées.

Plus âgée que Margaret, Carolyn devait avoir une trentaine d'années et une confiance inébranlable émanait d'elle. Mais cela n'avait pas toujours été le cas. Dans sa jeunesse, elle avait été charmée, comme beaucoup d'autres, par les belles paroles d'un gentleman qui avait fui aux premiers ennuis. Déterminée à venir en aide aux femmes qui se retrouvaient dans ce genre de situation qu'elle avait connue, et dont le passé les empêchait de trouver un emploi, Carolyn avait créé cette agence. Mais la porte n'était pas ouverte à tout le monde : seules les personnes motivées étaient retenues. Celles qui arrivaient sans compétences, mais prêtes à travailler dur, se voyaient offrir une formation préalable.

— Comment allez-vous ? Vous semblez fatiguée, dit Carolyn en dévisageant Margaret.

Annie étouffa un petit rire que Margaret choisit d'ignorer. Elle ne pouvait pas décemment expliquer à Carolyn qu'elle avait passé la nuit à ressasser ce baiser que le duc et elle avaient échangé sur la terrasse des Purseley, au vu et au su de tout le monde.

Lasham avait perdu la tête ! On aurait pu les apercevoir. Une telle imprudence ne lui ressemblait pas. Margaret se moquait bien de ruiner un peu plus sa réputation déjà mise à mal. Après tout, elle vivait seule, avec nulle autre chaperonne qu'une domestique aux manières qui laissaient à désirer et un foyer rempli d'individus rejetés par les bonnes mœurs. Tout comme elle.

Lui, en revanche, avait beaucoup à perdre et ne s'était pas privé de le lui rappeler. La société ne tolérait pas tout.

Et certainement pas le fait d'embrasser une femme aussi scandaleuse que Margaret à une soirée mondaine. S'ils s'étaient fait prendre en flagrant délit, l'aventure se serait mal terminée.

Elle repassa dans son esprit la scène de la veille : la sensation de la bouche de Lasham, chaude et humide contre la sienne, les muscles de son torse sous sa main, son pouce qui était passé si près de son sein.

Que n'aurait-elle pas donné pour qu'il ose aller plus loin ? Elle manqua s'évanouir en imaginant la sensation des doigts de Lasham sur sa chair et les frissons que cela déclencherait au plus profond de son être.

— Milady ?

La voix de Carolyn la ramena à la réalité. L'instant était mal choisi pour se perdre dans ce genre de pensées déplacées. De fait, ce ne serait même jamais le bon moment. Elle ne pouvait pas prendre le risque que cela se reproduise. Son bien-être ainsi que celui du duc en dépendaient. Il ne faisait aucun doute que ce dernier s'était laissé emporter par cette histoire. De plus, il avait clairement indiqué son refus de l'épouser.

Mais, d'un autre côté, il l'avait déjà embrassée deux fois. Peut-être valait-il mieux attendre qu'il prenne ses propres décisions, plutôt que d'essayer de tout contrôler. Elle avait suffisamment à faire avec les femmes auxquelles elle venait en aide.

Cette décision prise, elle dirigea de nouveau son attention vers Carolyn.

— Allez-vous me raconter, oui ou non ? s'exclama Annie une fois qu'elles eurent quitté l'agence.

Margaret soupira. Annie ne lâcherait pas le morceau tant qu'elle n'obtiendrait pas satisfaction. Ensuite, elle se vanterait certainement d'avoir joué un rôle dans le succès de Margaret auprès de Lasham, puisque c'était elle qui l'avait mise en beauté.

— Cela ne peut-il pas attendre que nous soyons rentrées ?

Je n'aime pas étaler ma vie privée devant tout le monde, expliqua Margaret en désignant les passants autour d'elles.

— Tout ce que je veux savoir, c'est si vous avez prévu de revoir le duc. Ce n'est pas un secret d'Etat, si ? grommela Annie.

Quel ne fut pas le soulagement de Margaret quand elle réalisa qu'Annie ignorait tout des événements qui s'étaient déroulés sur la terrasse des Purseley. Si les cœurs avaient eu une voix, celui de Margaret aurait poussé la chansonnette.

Elle réalisa alors qu'elle ne connaissait pas le prénom du duc. Etait-ce William de Lasham ? Samuel ? Aloysius ? Il faudrait qu'elle demande à Isabella de regarder dans le guide de Debrett.

A la réflexion, cela risquait de laisser entendre qu'elle était intéressée par cet homme, un fait qu'elle refusait d'admettre, tant à elle-même qu'à qui que ce soit.

Le patronyme de Lasham resterait donc un mystère, du moins pour le moment.

— Nous n'avons pas pris rendez-vous, si c'est ce que tu veux savoir, répondit Margaret d'une voix aussi prude que possible sans l'être suffisamment à son goût. Tu sais parfaitement que je ne me rendrais pas dans ces quartiers si je n'y étais pas obligée. Et je n'ai rien entendu dernièrement qui justifie que j'y aille. Il y a toujours du grabuge dans ce genre d'endroits et je n'ai pas l'intention de me mettre en danger inutilement. Nous y ferons un saut uniquement si quelqu'un a besoin de nous.

— En d'autres termes, vous n'avez aucune idée de quand vous le reverrez. C'est bien cela ?

Annie avait le chic pour aller droit au but. Peu lui importait que Margaret ait décidé d'aider des dames ou qu'il soit inapproprié de sa part de passer autant de temps seule en compagnie du duc. Tout ce qui l'intéressait, c'était de les voir ensemble. Voilà pourquoi elle posait autant de questions.

Heureusement qu'elle ignorait tout du baiser de la veille. Si jamais elle venait à l'apprendre, Margaret pouvait faire une croix sur le peu de tranquillité dont elle disposait.

Pour son bien comme pour celui de Lasham, elle allait devoir garder le secret.

— Les documents sur votre gauche doivent être réglés dès que possible, Votre Grâce. Et ceux sur votre droite en priorité.

Lasham s'adossa à sa chaise et haussa les sourcils en direction de son secrétaire.

— Donc, si je comprends bien, toute cette paperasse doit être traitée au plus vite, répliqua-t-il d'un ton morne.

Depuis le temps qu'il travaillait pour lui, M. Meecham avait l'habitude des manières froides de Lasham et de son apparence singulière.

— Tout à fait, Votre Grâce.

Lasham prit la première feuille de la pile et la plaça devant lui.

Ayant, à maintes reprises, exprimé les raisons qui nous conduisent à adhérer fermement aux principes de la Réforme…

— Et celui-ci est le plus important de tous ceux qui requièrent mon attention, c'est bien cela ? ajouta-t-il en lisant le reste du texte en diagonale.

— Tout à fait. Le sujet sera présenté à la Chambre des lords dans quelques jours et j'ai pensé qu'il serait préférable que vous soyez prêt.

— A quoi donc ? A soutenir des idées radicales ?

— Exactement.

Meecham avait des opinions bien arrêtées concernant la propriété, le travail de la terre et ce qui constituait un salaire décent. Ses conseils étaient inestimables aux yeux de Lasham qui, contrairement à ses pairs, ne souhaitait pas que les choses n'évoluent pas au fil du temps simplement parce que cela lui était profitable d'un point de vue personnel.

Une façon de procéder qu'il faudrait qu'il mette en pratique dans ses relations intimes, songea-t-il. Il allait sans dire qu'il était à la fois dangereux et tentant de considérer lady Margaret comme telle.

Au fond de lui, il était prêt à mettre un peu de nouveauté dans sa vie et dans celle de ses concitoyens.

Entre autres choses, il aurait aimé changer le fait qu'il n'avait pas encore eu l'occasion de voir lady Margaret moins habillée que jusqu'à présent.

Peut-être pourrait-il commencer par retirer ses gants, lentement, un bouton après l'autre. Puis il continuerait sur sa lancée révolutionnaire en délaçant sa robe, beaucoup plus rapidement cette fois.

Le moment était mal choisi pour se laisser aller à ce genre de rêveries ; du moins tant que son secrétaire était dans la même pièce que lui. Meecham avait beau se montrer conciliant, il y avait des limites à ce qu'il pouvait tolérer venant de son employeur ; les pensées grivoises ne faisaient pas partie de cette liste.

— De quoi est-il question ? demanda Lasham en désignant la montagne de documents sur la table. A moins que tu ne souhaites que je passe les trois prochaines heures assis sur cette chaise à lire toute cette paperasse, il va falloir que tu me fasses une synthèse.

— En résumé, Votre Grâce, ces gens vont venir vous

informer, vous et vos pairs, de leurs inquiétudes concernant leur emploi.

— Oh ! c'est tout ? rétorqua Lasham sèchement. Dans ce cas, passons à l'affaire suivante. Je lirai ce document plus tard, il a l'air important.

— Il l'est, acquiesça Meecham avec véhémence.

Lasham mit plusieurs heures à éplucher l'intégralité des papiers que Meecham lui avait présentés. Du moins, pour la journée.

Il savait que le lendemain, une autre pile au caractère tout aussi urgent l'attendrait bien sagement sur son bureau. A cette pensée, il eut l'impression de sentir ses responsabilités s'alourdir sur ses épaules.

Une sensation qui, telle une fidèle compagne, avait pris place à ses côtés et ne le quittait plus depuis l'âge de quinze ans. Seule la présence de Jamie — et plus récemment celle de lady Margaret — parvenait à lui faire momentanément oublier ce poids.

Il ne connaissait cette dernière que depuis quelques jours et ne souhaitait déjà qu'une chose : en apprendre davantage. Et pas seulement d'un point de vue intime, même si c'était également le cas : il voulait la connaître personnellement, découvrir ce qui la rendait courageuse au point d'avoir tenu tête à ses parents et pourquoi elle était tellement décidée à aider ces dames dans le besoin.

Non pas qu'il s'agisse d'un but vain, bien au contraire, mais, d'ordinaire, seules les personnes haut placées comme lui s'efforçaient de rendre le monde meilleur, pas les femmes à la réputation douteuse qui, en outre, n'étaient pas mariées.

Quand la reverrait-il ? Ils n'avaient pas convenu d'un

futur rendez-vous, l'autre soir. Mais étant donné ce qui s'était passé sur la terrasse des Purseley, ni l'un ni l'autre n'y avaient vraiment songé.

Quelqu'un frappa à la porte et, l'espace d'un instant, Lasham se demanda s'il ne l'avait pas fait apparaître par la seule force de son esprit.

— Votre Grâce ?

Williams, son majordome, se dressa dans l'encadrement de la porte et Lasham ne put s'empêcher de ressentir une pointe de déception qu'il regretta immédiatement. Après tout, c'était lui qui avait sonné pour faire venir le domestique.

— Pourriez-vous me servir une tasse d'Earl Grey, Williams ? Je vous remercie.

— Tout de suite, Votre Grâce.

William s'apprêtait à sortir de la pièce quand Jamie apparut sur le seuil.

— Ce n'est pas l'heure du thé, Lash, déclara-t-il en se dirigeant droit vers le buffet duquel il sortit une bouteille d'alcool qu'il déboucha d'un mouvement fluide.

— Avec un peu de lait, Williams, je vous prie, insista Lasham en faisant signe au majordome de se retirer.

— Tiens.

Jamie lui tendit un verre avant de s'en servir un autre, plein à ras bord. Puis il se laissa choir sur le canapé à côté de Lasham.

— Tu m'as manqué, hier soir. Aux dernières nouvelles, tu étais en train de danser avec une certaine demoiselle peu recommandable, puis tu as disparu de la circulation.

— Ne l'appelle pas comme cela ! répliqua Lasham en serrant les dents.

— Ne prends pas la mouche. Je te taquine. Et apparemment, cela fonctionne. A ma santé ! ajouta-t-il en avalant une lampée de liquide ambré.

Il secoua la tête.

— Décidément, être duc a des avantages. C'est le meilleur brandy que j'ai jamais goûté de ce côté-ci de la Manche.

Des avantages.

Il en avait de bonnes ! S'il avait été libre de faire ce que bon lui chantait, Lasham serait allé retrouver lady Margaret et lui aurait fait une proposition pour le moins licencieuse au sujet de déboutonnage, de rires et d'indécence.

— Lash ?

La voix inquiète de Jamie le tira de sa rêverie.

— Tu n'as pas l'air toi-même ces derniers temps.

Il but une deuxième gorgée.

— Non que ce soit une mauvaise chose, cependant. Mais ce n'est pas dans tes habitudes de te comporter autrement que comme tu es censé le faire.

Le fait que Jamie soit capable de lire dans ses pensées était à la fois curieux et inquiétant. Qu'aurait répondu lady Margaret dans une telle situation ?

— Que ferais-tu si tu pouvais agir selon tes propres désirs ? le questionna-t-il en trempant ses lèvres dans son verre.

Jamie avait raison : le brandy était délicieux et glissa dans sa gorge en laissant derrière lui une agréable traînée chaude.

Il faudrait qu'il s'accorde ce genre de plaisirs plus régulièrement s'il souhaitait améliorer son quotidien.

— C'est ainsi que je mène mon existence, répondit Jamie en lui adressant un clin d'œil.

Il s'adossa au canapé et leva les yeux au plafond d'un air pensif.

— Plus sérieusement, je crois que j'aimerais créer quelque chose.

Il se redressa et se tourna vers Lasham.

— Je collecte et vends des antiquités à quiconque est intéressé et possède les fonds nécessaires. Pour une fois, j'aimerais être celui qui innove, conclut-il en croisant les bras sur sa poitrine.

Lasham hocha la tête en prenant une autre gorgée de brandy, plus conséquente. La sensation qui se répandait en lui quand il buvait ressemblait étrangement à celle qu'il éprouvait quand il tenait lady Margaret dans ses bras. Pourtant, la première activité était bien mieux acceptée par les bonnes mœurs que la seconde.

Une société dans laquelle il était plus respectable de se soûler jusqu'à plus soif que de se rapprocher d'une charmante demoiselle plus de temps qu'il n'est nécessaire pour danser n'était-elle pas un peu aberrante ?

Lasham secoua la tête, perplexe, et vida son verre d'un trait avant de le poser sur la table basse.

La porte s'ouvrit brusquement et Jamie sursauta à côté de lui, tandis que Williams entrait dans la pièce en portant un plateau en argent. Lasham l'avait oublié.

— Tout compte fait, Williams, déclara Lasham en se levant, je crois que je me passerai de thé ce soir.

— Excellent choix, lança Jamie de sa voix de ténor.

Lasham le fusilla du regard avant de se tourner vers le majordome.

— Faudra-t-il autre chose, Votre Grâce ? demanda ce dernier.

— Ce sera tout, merci, répondit Lasham en se versant un deuxième brandy. Mais je vous en prie, servez-vous une tasse. Je ne voudrais pas qu'il soit gâché par ma faute.

Meecham s'inclina autant qu'il le put étant donné ses bras chargés.

— Certainement, Votre Grâce. Bonne soirée.

Il sortit du bureau en fermant la porte derrière lui et Lasham se laissa retomber sur le sofa.

— Jamie, j'ai besoin de ton avis sur un sujet délicat.

Georgiana et le dragon

Par lady Mystère

— Que voulez-vous ? s'inquiéta Georgiana.

Sous sa paume, le dragon avait cessé de bouger et elle espérait qu'il n'était pas en train de rendre l'âme. Hormis le faible bruit de sa respiration irrégulière, il était absolument immobile.

La princesse inclina la tête, pensive.

— Ce que toutes les femmes de mon rang souhaitent, je suppose.

Georgiana leva les yeux au ciel.

— Etant donné que je n'ai jamais rencontré un membre de la royauté et que je n'en fais pas partie moi-même, il va falloir que vous soyez un peu plus précise que cela.

La jeune femme se renfrogna. Apparemment, elle n'aimait pas qu'on lui demande de clarifier ses propos.

— Je veux un prince, déclara-t-elle.

Georgiana sentit alors tous ses espoirs s'envoler.

Chapitre 12

En allant prendre son petit déjeuner, Margaret trouva un courrier sur son siège. Elle le glissa rapidement sous son assiette en priant pour qu'Annie n'y ait pas déjà jeté un coup d'œil indiscret.

C'était un message du duc ; le sceau de sa famille ornait l'enveloppe crème dont la lourdeur reflétait la qualité du papier. Margaret ressentit une pointe de jalousie : elle écrivait ses histoires sur des feuilles fines qui se déchiraient à la moindre occasion, mais refusait d'investir dans des fournitures luxueuses. D'autant qu'elle noircissait des tonnes de pages par jour ; cela aurait été du gâchis.

Pourtant, quand elle fit courir ses doigts sur le parchemin, elle ne put s'empêcher d'envier le duc. C'était donc cela, la vie d'aristocrate : avoir un domestique à sa disposition pour transmettre des missives rédigées sur un riche support sans avoir à s'en remettre à la lenteur des services postaux.

Anxieuse, Margaret jeta un coup d'œil autour d'elle pour s'assurer qu'Annie n'était pas en train de l'espionner tapie dans un coin. Personne.

Elle sortit la lettre de sa cachette et l'ouvrit avec précaution. Le billet avait été rédigé à l'encre noire et l'écriture saccadée — il devait sûrement s'agir de celle de Lasham ;

Margaret doutait qu'il l'ait dicté à son secrétaire — dénotait un expéditeur sous le coup de l'émotion.

Ce qui n'était pas surprenant. Elle-même était encore tout émoustillée.

Ce deuxième baiser avait été tout simplement enivrant, encore mieux que le précédent. Elle n'avait jamais rien vécu de tel auparavant. Non pas qu'elle ait embrassé nombre d'hommes par le passé.

Cette sensation continuerait-elle à évoluer dans ce sens si Lasham et elle venaient à renouveler expérience ? Le plaisir finirait-il par avoir raison d'elle au bout de la dixième ou onzième fois ?

Elle secoua la tête pour chasser ces pensées ridicules de son esprit. Il était temps de lire ce que Lasham avait à lui dire.

Lady Margaret,

J'espère avoir le plaisir de vous retrouver à la Royal Academy vers quinze heures pour admirer des tableaux où figurent des êtres vivants.

Bien à vous,

Lasham

Court, mais charmant. Tout l'opposé du duc, dont la stature n'avait rien de concis et qui avait plutôt l'habitude de se montrer brusque et maladroit.

Qu'il se soit souvenu de ses goûts en matière d'art lui fit chaud au cœur.

Même si, au fond d'elle, l'idée de contempler le corps athlétique du duc l'attirait davantage que celle de fixer des peintures tout l'après-midi.

Margaret se réprimanda intérieurement. Décidément, il fallait qu'elle cesse d'être aussi concupiscente. Jamais un homme n'avait autant attisé son intérêt. Près de dix pour cent de son cerveau était désormais obnubilé par lui, alors qu'elle aurait pu mettre cette matière grise à profit pour trouver de nouvelles idées pour ses romans ou aider quelqu'un dans le besoin. Il fallait absolument qu'elle cesse de se demander constamment à quoi pouvait bien ressembler Lasham sans ses vêtements.

Elle avait l'impression d'avoir été victime d'un sort contre lequel elle ne pouvait rien faire.

Et elle était justement en train de s'interroger sur la présence ou l'absence de pilosité sur son torse lorsque la porte de la salle à manger s'ouvrit sur Annie. Margaret glissa rapidement l'enveloppe sous son assiette.

Malheureusement, sa bonne avait l'œil affûté.

— Il vous a écrit !

La jeune femme soupira. Pourquoi s'embêtait-elle à vouloir garder le secret ? Annie pouvait démasquer le moindre mystère. Un jour, il faudrait vraiment qu'elle lui apprenne à jouer aux cartes.

— Oui, répondit Margaret en dévoilant la lettre.

Elle épousseta quelques miettes de pain sur le parchemin et reprit.

— Il veut que nous nous retrouvions à la Royal Academy.

Annie leva les yeux au ciel.

— Encore des tableaux ? Non merci ! Mais je me ferai un plaisir de vous attendre dans la voiture pendant que vous êtes seule avec lui, ajouta-t-elle, une lueur malicieuse dans le regard.

— Nous serons dans un lieu public, Annie, rétorqua Margaret sèchement.

Ils n'allaient tout de même pas se laisser emporter par

leurs désirs au point de s'embrasser au beau milieu du musée, n'est-ce pas ?

Non pas que cela ne lui plairait pas, bien au contraire, mais Lasham n'était pas vraiment le genre de personne à se donner en spectacle. De fait, cette simple idée suffirait certainement à lui donner une crise cardiaque.

Margaret arriva en avance au rendez-vous et remarqua le fiacre de Lasham dès qu'elle posa le pied à terre. Il était venu encore plus tôt qu'elle et Margaret ne put s'empêcher de se sentir flattée.

Elle monta les marches du perron quatre à quatre, pleine d'entrain. Elle ne l'avait même pas encore vu et pourtant elle avait déjà le cœur qui battait la chamade. Pourquoi était-elle autant excitée ? C'était ridicule.

Probablement une passade, tenta-t-elle de se rassurer. Dans un mois ou deux, le côté fade et ennuyeux du duc finirait par prendre le dessus et elle se lasserait de lui.

Mais une petite voix en elle — vraisemblablement celle qui ne cessait de se demander à quoi il ressemblerait dans le plus simple appareil — lui chuchota que ce ne serait pas le cas et que plus le temps passerait, plus elle le trouverait fascinant.

Il était là, en haut des marches, à l'attendre, et Margaret sentit sa poitrine se serrer à sa vue. Si elle ne s'était pas retenue, elle lui aurait sauté dans les bras.

Que lui arrivait-il donc ?

— Lady Margaret, lâcha Lasham dans un souffle quand il la vit s'approcher, un grand sourire aux lèvres.

Comment pouvait-elle se montrer aussi expressive et exubérante ? Il enviait ce côté de sa personnalité et était jaloux de sa tendance à faire et à dire tout ce qui lui plaisait, sans aucune restriction.

— Bonjour, Votre Grâce, le salua-t-elle, une étincelle dans ses yeux noisette. Je crois me souvenir que vous avez promis de me montrer des êtres vivants aujourd'hui.

Elle glissa son bras sous le sien. Lasham acquiesça d'un signe de tête en s'efforçant de ne pas penser à sa jupe qui effleurait sa jambe.

— C'est très gentil de votre part d'avoir trouvé des tableaux représentant des humains, lança-t-elle en riant. Mais peut-être n'était-ce qu'une tactique pour éviter de m'entendre râler, vu la manière dont j'ai raillé ces paysages que nous avons admirés la dernière fois.

— En aucun cas, balbutia-t-il comme à son habitude. Je veux dire, vous avez simplement exprimé votre opinion et j'ai fait de même. Les gens devraient pouvoir dire à voix haute ce qu'ils pensent et désirent. N'est-ce pas votre philosophie ?

Quelle est la première chose que vous feriez, si vous n'étiez pas duc ?

— C'est effectivement ma façon de voir les choses, répondit-elle étonnée.

Etait-elle surprise d'avoir eu ce genre d'idées ou bien que Lasham ait été suffisamment perspicace pour le remarquer ?

— J'ai pensé, déclara-t-il en priant le ciel pour que Jamie ait raison, qu'il serait agréable d'observer des œuvres d'art ensemble.

— *Observer des œuvres d'art ?* répéta-t-elle.

Lasham n'était pas idiot : il savait parfaitement à quoi elle pensait et ce n'était certainement pas lié aux peintures de la Royal Academy.

— Exactement, rétorqua-t-il en s'efforçant de prendre un ton aussi neutre possible.

Il avait vu l'expression sur le visage de Margaret le jour où il l'avait abandonnée au beau milieu du musée et ne voulait surtout pas la décevoir à nouveau.

— Vous avez raison, Votre Grâce, dit-elle d'une voix beaucoup plus naturelle que la sienne. C'est une excellente suggestion, je suis certaine que nous y prendrons grand plaisir.

Elle fit une pause avant de poursuivre.

— Ce sera une aventure.

Au fond de lui, Lasham se sentit soulagé, comme si une corde tendue dont il ignorait l'existence jusqu'à présent venait de se relâcher.

Ils entrèrent dans la galerie que Lasham n'avait visitée que deux ou trois fois dans sa vie. Comme il l'avait fait remarquer, il préférait de loin les paysages aux représentations humaines. Même immobiles sur un canevas, ses semblables le mettaient mal à l'aise. Il n'aimait pas les observer et, qui plus est, son apparence embarrassait ces derniers.

Margaret et lui entrèrent dans une grande pièce dotée d'un haut plafond et dont les murs étaient recouverts de visages qui le regardaient d'un air impressionné.

Une pensée quelque peu prétentieuse, même pour un homme de son rang, songea-t-il après réflexion. Ces personnes étaient probablement satisfaites d'avoir leur portrait et n'avaient que faire d'un duc à moitié aveugle et misanthrope.

— Oh! comme elle a l'air drôle! s'exclama Margaret en retirant son bras du sien pour s'approcher d'un cadre.

Lasham vint se placer derrière la jeune femme et ne put s'empêcher de remarquer sa tenue colorée. Jusqu'à présent, il l'avait vue porter plusieurs nuances de bleu, mais, aujourd'hui, elle avait revêtu une robe aussi verte que la tige d'un crocus venant de percer la terre glacée après un long hiver. Elle était aussi resplendissante qu'un rayon de soleil.

Décidément, l'imagination de Lasham était en pleine croissance.

Margaret avait opté pour un bonnet moins grandiose que la dernière fois qu'ils avaient foulé le sol de la Royal Gallery et Lasham put détailler son visage à loisir. Quitte à choisir, il aurait préféré qu'elle le retire, mais peut-être était-ce trop choquant, même pour elle.

— Oui, elle est très amusante, acquiesça Lasham en souriant, le regard baissé sur Margaret et non sur le tableau.

Margaret rougit, mais ne détourna pas la tête. Quelque chose au fond de ses yeux se fit plus tendre et, l'espace d'un instant, il crut qu'elle allait relever le menton pour qu'il l'embrasse, en public, au vu et au su des centaines de portraits accrochés au mur.

— Merci, murmura-t-elle d'une voix douce sans prétendre ne pas avoir compris l'allusion.

N'était-il pas extraordinaire qu'elle ne s'encombre pas de faux-semblants et choisisse de répondre de manière appropriée ?

Combien de personnes feignaient l'ignorance ou la pudeur plutôt que d'avoir à se retrouver dans une situation inconfortable ? Margaret n'était pas de celles-là. Elle était ouverte et ne se cachait pas derrière un masque. Tout le contraire de lui, en fait.

Lasham releva la tête pour jeter un coup d'œil au tableau. La femme représentée sur la toile semblait effectivement avoir une bonne blague au bord des lèvres. Une étincelle pétillait au fond de ses pupilles et elle avait un petit sourire en coin, comme si elle s'efforçait de ne pas rire.

Elle était assise à une table, un verre de vin devant elle et un livre sur les genoux. La scène semblait si paisible que Lasham poussa un petit soupir de jalousie.

— Qu'y a-t-il ? s'enquit Margaret en haussant un sourcil d'un air comique qui lui rappela celui de la dame sur le tableau.

— Je… Je ne sais pas, répondit Lasham mal à l'aise en se frottant la mâchoire. Je crois que je l'envie.

— Pourquoi ? insista Margaret en penchant la tête.

Elle paraissait sincèrement curieuse.

— Elle semble si heureuse, si satisfaite de sa vie. Je dois avouer que j'ignore ce que c'est.

Margaret n'éclata pas de rire comme l'aurait fait Jamie s'il avait entendu Lasham sous-entendre qu'il n'avait pas un quotidien facile.

Lasham savait pertinemment que sa situation était parfaite en tout point. Simplement, elle n'était pas faite pour lui.

Mais puisque le sort avait voulu que ce soit Lasham qui hérite de ce titre et personne d'autre, il devait faire avec. Il s'y était toujours efforcé par le passé et ne risquait pas de cesser de sitôt.

— Peut-être a-t-elle un compagnon d'aventures, suggéra-t-elle dans un murmure qui lui fit l'effet d'une décharge dans l'entrejambe.

Au cerveau également, dans une moindre mesure, mais il décida focaliser son attention sur ce dernier.

— Peut-être a-t-elle mangé trop de crème glacée.

Il fronça les sourcils avant de poursuivre.

— Même si je doute qu'ils aient déjà inventé ce genre de mets au XVIe siècle.

— Ils devaient avoir l'équivalent de l'époque, dans ce cas.

Elle se pencha vers lui et des effluves de son parfum frais remontèrent jusqu'à lui.

— Il est aisé de penser à nos ancêtres comme à des gens incultes, mais leur existence était très semblable à la nôtre. Ils riaient, aimaient, mangeaient trop de lapin rôti et buvaient de l'hydromel à foison. En outre, je ne pense pas qu'ils passaient leur temps avec ces vêtements ridicules sur le dos.

Lasham étouffa un petit rire.

— Et dire que je pensais que mes prédécesseurs étaient aussi convenables et ennuyeux que je le suis.

Margaret releva la tête et le fixa avec sérieux.

— Ce n'est pas vrai, Votre Grâce, dit-elle avant de s'adoucir. Vous êtes peut-être un peu trop… raisonnable, mais vous êtes loin d'être assommant, je vous l'assure.

Lasham sentit son cœur se réchauffer à ces paroles.

Margaret poursuivit :

— Il suffirait simplement de parsemer votre attitude irréprochable de quelques actes un peu plus amusants, mais pas « pas corrects », si vous voyez ce que je veux dire. Une aventure, par exemple, conclut-elle en lui décochant un regard complice.

Lasham secoua la tête d'un air faussement dépité.

— Pas « pas corrects » ? se moqua-t-il gentiment. Tout compte fait, je crois que je ne vous laisserai pas rédiger mes dialogues.

Margaret éclata de rire.

— Je vous comprends. Ce n'était pas la meilleure façon de s'exprimer. Décidément, je n'honore guère ma profession, s'exclama-t-elle en levant les yeux au ciel. Je voulais simplement dire que vous devriez continuer de faire votre devoir, tout en y ajoutant deux ou trois choses plaisantes. Est-ce plus clair ?

— Comme de l'eau de roche.

Lasham lui prit le bras et la conduisit devant un autre tableau, beaucoup mois drôle mais cependant non dénué d'intérêt, représentant un homme d'un certain âge habillé à la mode datant d'une centaine d'années, se tenant fièrement à côté de son cheval.

— Il semble bien orgueilleux, ne trouvez-vous pas ? demanda Margaret en pressant ses doigts gantés contre son poignet.

Lasham sentit sa gorge se serrer.

— Il me fait songer à ces gens qui pensent avoir agi de manière irréprochable toute leur vie et que personne n'ose contredire.

Lasham se rapprocha du portrait.

— Mais si je devais émettre une critique, je crois que je mentionnerais sa pilosité faciale. On dirait un morse, conclut-il en reculant d'un pas.

Margaret éclata d'un rire sonore et porta la main à sa bouche.

— Vous avez entièrement raison. Tellement d'hommes se laissent pousser la barbe de nos jours. Je suis ravie que ce ne soit pas votre cas.

Elle tapota son index sur sa lèvre d'un air penseur.

— Je serais curieuse d'en connaître la raison, poursuivit-elle. Après tout, vous vous conformez toujours à ce que l'on attend de vous et la mode actuelle est clairement en faveur de ceux qui portent la barbe. Pourquoi pas vous ?

Lasham se frotta la mâchoire, qui piquait.

— J'ai toujours pensé que ce truc-là était amplement suffisant, expliqua-t-il en désignant son cache-œil de l'index.

Davantage de choses sur mon visage ne feraient qu'attirer encore plus l'attention. Les gens me dévisagent déjà assez comme cela, quand ils ne détournent pas carrément le regard, l'air choqué.

Margaret semblait boire ses paroles pour les analyser avec ce que Lasham supposait être un remarquable cerveau.

— Je sais l'effet que cela fait.

Elle grimaça.

— Je veux dire, pas autant que vous bien sûr, mais après le scandale qui m'a éclaboussée, tout le monde s'est mis soit à me fixer intensément, soit à m'ignorer de façon délibérée. De plus, ma sœur est duchesse et elle est constamment la cible de tous les regards.

Elle ne put réprimer un frisson d'effroi.

— Pas étonnant que vous préfériez éviter la foule.

Margaret jeta un coup d'œil alentour et porta la main au niveau du visage de Lasham. Elle caressa sa barbe naissante, puis secoua la tête et retira son gant avant de reposer les doigts sur sa joue.

— Je préfère de loin la sensation d'un homme mal rasé à celle d'un barbu.

Lasham balaya la galerie du regard, paniqué à l'idée que quelqu'un puisse les apercevoir. Cela provoquerait un scandale et il serait obligé de l'épouser alors qu'elle lui avait clairement fait comprendre qu'elle ne le souhaitait pas. Heureusement, la pièce était vide et il enroula ses doigts autour de ceux de Margaret.

— J'aime ce que vous faites, murmura-t-il d'une voix grave.

— Moi aussi, chuchota-t-elle.

Presque inconsciemment, Lasham se pencha vers Margaret,

follement attiré par sa bouche. Une énergie nouvelle venait de se répandre dans ses veines.

Margaret sourit et posa un doigt sur les lèvres de Lasham.

— Pas ici, dit-elle doucement. On pourrait nous surprendre.

Elle réfléchit un instant avant de reprendre :

— Que diriez-vous de me raccompagner jusqu'à chez moi, Votre Grâce ?

— N'êtes-vous pas venue avec votre voit… Oh ! s'interrompit-il soudain.

Il était décidément bien lent à comprendre.

— J'en serais ravi, répondit-il.

Lasham salua le gentleman sur le tableau d'un signe de tête, serra le bras de Margaret sous le sien et ils se dirigèrent en toute hâte vers la sortie.

Georgiana et le dragon

Par lady Mystère

— Où diable suis-je censée trouver un prince ? s'exclama Georgiana. On n'en croise guère tous les jours.

Son interlocutrice haussa les épaules.

— Vous m'avez demandé ce que je voulais : je vous ai répondu, rétorqua-t-elle en croisant les bras sur sa poitrine. Je vous suggère d'en ramener un au plus vite, avant que le dragon ne rende l'âme.

Georgiana fut soudain prise d'une furieuse envie de lui envoyer son poing dans la figure, mais elle se contint. Cela n'aurait fait qu'aggraver la situation.

— Resterez-vous à ses côtés pour vous assurer qu'il survive le temps que je m'occupe de votre requête ?

Georgiana n'était pas certaine de pouvoir lui faire confiance, mais, si elle ne satisfaisait pas les désirs de Son Altesse, la bête mourrait et elle s'en voudrait jusqu'à la fin de ses jours.

— Entendu, déclara la jeune femme après un temps de réflexion. A condition que vous soyez de retour d'ici vingt-quatre heures.

Georgiana laissa échapper un soupir exaspéré.

— Etait-ce vraiment nécessaire de m'imposer un délai ? demanda-t-elle agacée.

— Ce ne serait pas drôle autrement.

— J'imagine, conclut Georgiana de mauvaise humeur.

Chapitre 13

Margaret venait de suggérer la chose la plus scandaleuse de toute sa vie. Il était vrai qu'elle avait mauvaise réputation, mais, hormis refuser un homme qu'elle ne souhaitait pas épouser — et qui ne voulait pas non plus se marier avec elle —, son acte le plus choquant avait été de coucher des mots sur le papier, ce qui ne concernait personne d'autre qu'elle et n'impliquait en aucun cas l'éventualité d'embrasser quelqu'un.

Néanmoins, elle ne regrettait rien. Lasham savait ce qu'elle ressentait et ce qu'elle attendait de lui, et l'inverse était tout aussi vrai. Tout ce qu'il se passerait désormais serait pour le plaisir.

Le duc marchait à grands pas et Margaret dut trotter à son côté pour rester à sa hauteur, ce qui n'était pas chose aisée vu la longueur des jambes de ce dernier. Pourtant, pour rien au monde elle ne lui aurait demandé de ralentir. Elle était tout aussi excitée que lui à l'idée d'atteindre leur destination.

Ce qui se déroulerait ensuite serait indécent, impudent et inconvenant. Même torturée par le désir, Margaret trouva le temps d'apprécier l'assonance. Son esprit littéraire ne la quittait-elle donc jamais ?

Ils avançaient bien trop vite pour qu'elle puisse y réfléchir, mais elle ne put s'empêcher de se sentir fière.

Mais aussi impatiente, désirable, intriguée et tout un tas d'émotions qu'une jeune femme non encore mariée en compagnie d'un duc — pas si irréprochable que cela en fin de compte — n'était pas censée ressentir. Pourtant, c'était le cas.

Ils sortirent du bâtiment et descendirent les quelques marches jusqu'à l'énorme fiacre du duc qui patientait bien sagement devant le musée, tandis que celui de Margaret, beaucoup moins imposant, était garé au bout de la rue. Margaret y jeta un coup d'œil avant de retirer son bras de celui de Lasham à contrecœur.

— Je vais leur dire de rentrer sans moi. Il serait impoli de les laisser attendre indéfiniment, expliqua-t-elle.

— Je n'y avais pas songé, répondit Lasham. Souhaitez-vous que je vous accompagne ?

Margaret secoua la tête avant même qu'il n'ait fini sa phrase.

— Non, je ne veux pas que… Je reviens tout de suite.

Lasham hocha la tête et Margaret se dépêcha de rejoindre son véhicule.

— Annie ! appela-t-elle en ouvrant la porte de la voiture sans attendre que son cocher descende de son siège.

Elle passa la tête à l'intérieur de l'habitacle et étouffa un petit rire en voyant Annie émerger de ce qui semblait être un profond sommeil.

— Quoi ? Qu'y a-t-il ? demanda Annie en battant des paupières.

— Le duc va me reconduire à la maison. Tu peux rentrer sans moi.

Cette réplique acheva de réveiller la domestique.

— Vous ramener chez vous ? Quelle charmante idée ! Un bonheur que Sa Grâce y ait songé.

Margaret ne prit pas la peine de préciser que l'initiative venait d'elle. Annie avait beau désirer tout un tas de choses pour Lasham et Margaret, elle n'aimerait sûrement pas savoir à quel point cette dernière s'était montrée entreprenante. Ou, plutôt, s'apprêtait à l'être.

— Tu trouves aussi ? répondit Margaret avec un grand sourire.

Annie plissa les yeux d'un air soupçonneux et Margaret s'empressa d'avoir l'air moins enjoué. Elle ne voulait pas que son employée devine les plans à la fois délicieux et infâmes qu'elle avait derrière la tête.

— A très vite, conclut-elle en redescendant du marchepied.

Elle remonta la rue à la hâte jusqu'à la voiture de Lasham, pressant le pas pour éviter qu'Annie ne la suive. Cette dernière était capable de courir après sa maîtresse pour exiger de connaître ses intentions envers le duc.

Et celles-ci étaient tout sauf respectables. Restait à découvrir si celles de Lasham étaient du même acabit.

Il l'attendait de pied ferme, sa vaste carrure déployée, magnifiquement dangereux, la porte de son fiacre grande ouverte. A cette vue, Margaret sentit un frisson lui remonter le long de l'échine, mais sa détermination n'en fut que renforcée.

— Pouvons-nous emprunter la route de St. James Park ? demanda-t-elle, consciente que le cocher du duc pouvait les entendre.

Lasham fronça les sourcils, perplexe.

— Mais ce n'est pas notre… Oh !

Son visage s'illumina quand il comprit ce qu'elle voulait dire.

— Oui, excellente idée. Je meurs d'envie de voir des… euh… des fleurs, balbutia-t-il, mal à l'aise.

Il fut sur le point d'ajouter quelque chose, mais se contenta de lever les yeux au ciel en secouant la tête d'un air exaspéré, comme pour se réprimander intérieurement.

N'était-il pas adorable (à supposer qu'un tel adjectif puisse être employé pour qualifier un aristocrate d'un mètre quatre-vingts à la stature impressionnante et portant un bandeau de pirate) ?

— Parfait, déclara Margaret en prenant la main qu'il lui offrait pour monter dans le véhicule.

Il transmit ses instructions au conducteur et grimpa derrière elle. Margaret sentit son estomac fourmiller, ce qui était compréhensible : elle était seule en compagnie d'un duc aux allures de boucanier dans un habitacle fermé.

L'intérieur était spacieux et aurait pu accueillir deux personnes de plus. Pourtant, on aurait dit que Lasham emplissait l'espace tout entier. Sa présence était telle que Margaret eut l'impression de manquer d'air, d'une manière absolument délicieuse.

— Votre Grâce, je sais que tout cela est très direct, dit-elle en faisant un geste vague de la main.

— Ça l'est, répondit-il simplement.

— J'ai conscience que votre opinion rejoint la mienne et qu'un attachement permanent n'est pas désirable.

Elle marqua une pause et prit une profonde inspiration. Il aurait été préférable qu'elle se taise, mais elle ne put s'empêcher de poursuivre.

— Quoi qu'il en soit, il semblerait qu'il existe quelque chose de plus éphémère qui soit tout de même… agréable, ajouta-t-elle en reprenant le mot qu'il avait utilisé en parlant d'admirer des œuvres d'art.

Il ne s'agissait plus de peinture. Leur conversation avait pris un tour bien plus choquant et Margaret peinait à en croire ses propres oreilles. Mais après tout, quel était l'intérêt d'avoir une mauvaise réputation si on ne pouvait pas en profiter ?

Le duc resta silencieux un moment et elle en vint à se demander s'il n'allait pas arrêter le fiacre et la jeter dehors pour s'être montrée aussi franche.

Puis il tourna la tête et posa sur elle un regard intense qui la fit frissonner.

— Oui, lady Margaret. Cela me semble une excellente idée, finit-il par répondre en l'attirant dans ses bras pour poser ses lèvres sur les siennes.

La bouche de Margaret était si chaude que Lasham eut l'impression de se brûler les lèvres. Le feu se répandit à travers ses veines et il sentit la chaleur, l'étincelle, la beauté, l'esprit et l'humour de Margaret l'envahir.

Il avait embrassé suffisamment de femmes par le passé pour savoir que ce qui était en train de se dérouler était spécial. C'était tellement merveilleux que, pendant un instant, il se demanda même s'il serait capable d'apprécier le baiser de quelqu'un d'autre à l'avenir.

Mais ce n'était pas le moment de penser à ce genre de choses, pas alors que la langue de Margaret venait délicatement chercher la sienne et que ses mains s'affairaient sur son cou et dans ses cheveux.

Elle l'embrassait avec passion, lui répondant avec fougue. La situation avait beau être tout ce qu'il y avait de plus indécent et inapproprié, deux notions entièrement nouvelles pour Lasham, Margaret ne semblait pas se formaliser et préférait laisser libre cours à ses désirs.

Pourquoi Lasham n'avait-il jamais rien fait de la sorte ?

Ah oui, se remémora-t-il, le danger était trop élevé et la récompense trop maigre. Mais ce qui était en train de se passer valait de prendre tous les risques du monde.

Assis sur la banquette, tournés l'un vers l'autre, leurs deux corps se touchaient en de nombreux endroits tous plus délicieux les uns que les autres.

Une de ses mains était posée sur l'avant-bras de Margaret, tandis que la seconde la tenait fermement par la taille, se délectant des courbes sensuelles qu'il percevait sous les multiples couches de tissu. Ou plutôt qu'il imaginait, car il était difficile de ressentir quoi que ce soit à travers tous ses vêtements. Son imagination à présent fertile compensait largement le manque de sensations et suffisait à lui donner envie de la déshabiller, de la toucher et de la faire vibrer.

Margaret avait glissé les mains sous son manteau et lui caressait les flancs. Frustré par tant d'obstacles entre eux, Lasham interrompit leur baiser, ôta précipitamment son pardessus, défit les boutons de son gilet d'un geste aussi vif que possible et tira sa chemise de son pantalon pour que Margaret puisse, si elle le souhaitait, le toucher de manière plus intime.

Elle lui décocha un sourire taquin et coula ses doigts sous son vêtement pour les faire courir sur sa poitrine, les enroulant çà et là autour de ses poils.

Lasham ne put empêcher sa respiration de s'emballer tandis qu'elle explorait chaque centimètre carré de son torse, les yeux écarquillés, comme si elle avait voulu le dévorer du regard.

Margaret se déplaça légèrement sur son siège pour lui faire face et leva la tête vers lui sans équivoque.

Lasham se baissa pour l'embrasser, la serrant dans ses bras avec force, se délectant de la sensation de ses mains si féminines sur sa peau nue et des petits gémissements qui s'échappaient de sa gorge.

De toute évidence, c'était le tour en voiture le plus agréable de sa vie.

Grand Dieu, quand le duc voulait quelque chose, il le faisait savoir. Les deux premières fois qu'ils s'étaient embrassés avaient été extrêmement plaisantes, mais elles n'égalaient en rien ce qui était en train de se dérouler en ce moment. Initialement, dans son bureau, il s'était simplement laissé emporter par ses émotions et avait eu besoin de les exprimer par des actions. Puis elle l'avait provoqué tant et si bien que l'incident s'était reproduit sur la terrasse des Purseley. Mais à présent qu'ils étaient en tête à tête dans l'intimité de son véhicule, il n'affichait plus l'ombre d'une hésitation et prenait naturellement les rênes, en tout cas en ce qui concernait le déshabillage. Et c'était absolument fantastique.

Margaret n'avait pu s'empêcher de sourire quand il avait ôté sa chemise, elle-même ayant pensé exactement la même chose à peine quelques secondes plus tôt.

Son torse l'attirait irrésistiblement. Tout en muscles et en fermeté.

De toute évidence, le duc paraissait apprécier ses caresses, laissant échapper un petit son guttural de temps à autre et se tortillant sur son siège pour être toujours plus près d'elle, une entreprise rendue difficile par la taille de l'habitacle et les nombreuses couches de vêtements qu'ils portaient encore.

Cette pensée déclencha une vague de possibilités dans l'esprit imaginatif de Margaret, qu'elle s'empressa de repousser pour profiter du moment présent.

Elle était en train d'embrasser l'homme le plus séduisant qu'elle connaissait, tandis que ses doigts s'affairaient sur sa peau nue. Elle aurait tout le temps de se laisser aller à ses rêveries plus tard.

Elle passa les mains dans son dos et les glissa jusqu'au creux de ses reins, qu'il avait larges et solides, comme le reste de son corps.

Décidément, les hommes et les femmes étaient différents de bien des manières. Son esprit créatif ne l'avait pas préparée à ce qu'elle allait ressentir en touchant un homme comme le duc. Elle ignorait que ses seins se feraient lourds, et que certaines parties de son corps se réveilleraient, brûlant d'un désir innommable.

Cela dura encore quelques minutes, puis le fiacre ralentit et ils se détachèrent l'un de l'autre, conscients que ce qu'ils venaient de faire finirait à un moment ou à un autre. Et notamment à la fin de leur trajet.

Le duc la fixait d'un regard intense et elle y lut cette même envie qu'elle découvrait tout juste en elle et dont elle se savait être la cause.

Le fait qu'elle — une femme à la réputation scandaleuse — puisse avoir un tel effet sur lui — ce duc à la voix si délicieuse qui lui donnait des papillons dans le ventre — était merveilleux. Presque autant que les baisers eux-mêmes.

Mais elle devait admettre qu'elle était tout aussi bouleversée que lui.

— J'ignorais…, déclara-t-elle avant de se raviser en portant la main à ses lèvres gonflées.

— Quoi donc ? chuchota-t-il d'un ton rauque.

Il était complètement débraillé : la chemise sortie de son pantalon, le manteau grand ouvert et les cheveux en bataille là où elle avait passé ses doigts.

— Que ce… tout ceci…, dit-elle en désignant vaguement l'intérieur du véhicule de la main.

— Oh ! Cela veut-il dire que cela ne vous arrive pas souvent ?

Elle fronça le nez à cette question.

— Non, Votre Grâce, ce n'est pas dans mes habitudes.

Elle se pencha en avant pour l'embrasser avec douceur.

— Quel est votre prénom ? demanda-t-elle dans un murmure.

— Ne le savez-vous pas ?

— Non. Je n'ai pas consulté le guide de Debrett — *même si l'idée lui avait effleuré l'esprit.* Tout le monde vous appelle par votre titre et non lord James, lord Michael ou lord Aloysius. Vous ne vous appelez pas Aloysius, n'est-ce pas ? s'enquit-elle inquiète.

Lasham se gratta la tête d'un air gêné.

— Est-ce Mortimer ? poursuivit-elle d'un ton bienveillant.

Elle lui prit la main et lui caressa la paume.

— Archibald ? Silas ?

Il ne répondit pas.

— Uriah ? ajouta-t-elle.

— C'est Vortigern, lâcha-t-il d'une voix si basse qu'elle ne fut pas certaine d'avoir bien entendu.

— Comment ?

Il se racla la gorge.

— Vortigern, répéta-t-il un peu plus fort.

Margaret écarquilla les yeux, surprise, et s'efforça de ne pas éclater de rire, ce qui n'était pas chose aisée face à l'air si penaud du duc.

Elle aurait voulu lui enjoindre de se détendre, que ce n'était qu'un nom, un titre, un rang au sein de la société. A la réflexion, cela n'aurait réussi qu'à l'inquiéter davantage.

Ce n'était pas étonnant qu'il apprécie tellement ces petits interludes, si irréels soient-ils. Margaret savait pertinemment que tout cela prendrait bientôt fin : ils sortiraient du véhicule, reprendraient le cours de leur vie comme avant et redeviendraient de simples connaissances.

Elle ne pouvait se permettre de laisser cet incident se renouveler : son cœur n'était pas assez fort. Ils avaient clairement établi que ni l'un ni l'autre ne souhaitait se marier.

C'était comme si elle venait de découvrir un secret merveilleux qui, s'il venait à être révélé au grand jour, perdrait tout son charme. Il fallait donc tout arrêter avant que cela n'arrive.

— Cela veut dire seigneur de guerre, expliqua-t-il. Mon père enseignait l'histoire à l'université d'Oxford et Vortigern était un militaire gallois, il y a de cela plusieurs siècles. Il imaginait probablement que s'il m'affublait d'un tel nom, je deviendrais quelqu'un d'important. C'est le patronyme le plus ridicule que je connaisse.

— Ce n'est pas vrai, rétorqua-t-elle fermement en levant la main vers son visage, comme elle l'avait fait plus tôt, pour caresser sa barbe naissante en s'efforçant de ne pas penser à ses lèvres si douces et pulpeuses, de peur de se remettre à l'embrasser sans retenue.

Le fiacre ralentit un peu plus. Leur histoire arriverait bientôt à son terme, songea-t-elle attristée. Ils mettraient pied à terre et elle ne pourrait plus jamais se comporter de manière inappropriée, du moins en compagnie de Vortigern.

— Merci, répondit-il en lui baisant les doigts.

La voiture s'arrêta et la porte s'ouvrit. Margaret descendit et jeta un dernier coup d'œil par-dessus son épaule.

— Bonne nuit, Vortigern, dit-elle avec douceur.

— Bonne nuit, lady Margaret, riposta-t-il d'une voix plus enrouée que d'ordinaire.

Georgiana et le dragon

Par lady Mystère

Le bois était dense et se frayer un chemin à travers les branches et les buissons n'était pas chose aisée. Comment Georgiana avait-elle fait pour se fourrer dans un tel pétrin ?

Elle chassa ces vilaines pensées de son esprit et se concentra sur sa tâche : localiser un homme de sang royal et le persuader de la suivre jusqu'au fin fond de la forêt pour lui présenter la princesse.

Qui, soit dit en passant, n'avait pas peur de faire usage de son arc et de ses flèches pour transpercer la peau de quiconque ne la satisfaisait pas.

Georgiana se figea. Elle poussa un profond soupir et fit volte-face.

Chapitre 14

Margaret avait l'impression de sortir d'un rêve.

Le duc l'avait embrassée. Merveilleusement bien qui plus est. Ce n'était pas une surprise, bien sûr — elle avait à maintes reprises analysé sous toutes les coutures son magnifique visage et son corps d'athlète, et puis ce n'était pas la première fois qu'il posait ses lèvres sur les siennes — mais elle ne s'était pas attendue à une telle explosion de sensations.

Etait-il remarquablement doué ou bien Margaret était-elle induite en erreur par le fait qu'il s'agisse de lui et de personne d'autre ? Probablement un peu des deux. Mais quelle que soit la réponse à cette question, cela ne changeait rien au fait que c'était une surprise incroyable.

Elle en vint à se demander pourquoi les gens ne passaient pas leur temps la bouche collée à celle de leur moitié. Après tout, les seules personnes qu'elle avait vues en train de s'adonner à une telle activité avaient été sa sœur et son beau-frère, quand elle les avait accidentellement surpris en entrant dans une pièce alors qu'ils ne s'y attendaient pas.

Elle n'avait jamais aperçu un homme embrasser sa femme dans la rue et, étant donné l'effet que cela faisait, son respect pour la race humaine n'en fut que renforcé. Vu le plaisir que l'on pouvait retirer d'un simple baiser, ses congénères faisaient preuve d'une retenue qui forçait l'admiration.

Un peu comme ce qu'Annie ressentait envers un pudding de Noël : les quelques semaines qui précédaient le 25 décembre, Margaret était contrainte de mettre les gâteaux sous clé pour éviter que sa domestique ne les dévore tous avant la célébration.

Mais le duc était bien plus délicieux que la meilleure des pâtisseries et elle ne pouvait pas l'enfermer à double tour pour éviter de succomber à la tentation.

Même si cette idée n'était pas dépourvue de charme.

Elle tenta de chasser ces pensées et de se concentrer sur le dernier épisode de sa série.

Les mots ne sortaient pas. Assise derrière son bureau, un crayon à la main, elle fixait la feuille vierge devant elle. Tout ce qui lui venait à l'esprit était « bouche », « poitrine », « bras » et « merveilleux ».

Rien qu'elle ne puisse décemment écrire. Le simple fait d'y penser était déjà inconvenant. Mais après tout, elle avait la réputation d'être une femme scandaleuse. Cela expliquait certainement pourquoi elle ne pouvait s'empêcher de songer au duc et à ce qui s'était passé dans l'intimité de son fiacre.

Margaret secoua la tête et se réprimanda intérieurement. Il n'était plus temps de penser à tout cela : à la manière dont il avait soulevé sa chemise, impatient qu'elle pose les mains sur son torse, à son expression gênée quand il lui avait avoué son nom, à la passion presque tangible qu'elle avait devinée dans ses baisers.

Elle sentit un frisson lui remonter le long des reins à ce souvenir. Décidément, elle était incapable de se contrôler.

— Auriez-vous attrapé froid ? s'inquiéta Annie en la voyant trembler.

Annie et elle étaient rentrées depuis près de deux heures. Margaret avait un délai à respecter et tout ce qu'elle avait réussi à gribouiller était le titre de son nouveau roman et sa signature. Son éditeur n'allait certainement pas se contenter d'un travail aussi superficiel.

— Je vais bien, Annie, comme chaque fois que tu me poses la question, rétorqua Margaret agacée. Et puis même si j'étais malade, cela ne change rien au fait que je dois finir cette histoire.

— Distraite ? demanda Annie d'un air entendu.

Pourvu qu'elle n'ait rien deviné.

— Pas le moins du monde, répondit Margaret d'une voix qu'elle-même trouva incertaine et forcée.

Un fait qui n'échappa pas à Annie la détective.

— Oh si, s'exclama Annie avec satisfaction. Cela se voit sur votre visage. Pas étonnant, après que Sa Grâce vous a escortée jusqu'à chez vous. Que s'est-il passé pendant le trajet ?

Il m'a embrassée, j'ai fait de même, et je peux maintenant affirmer avec certitude que sa poitrine n'est pas imberbe.

Mais Margaret ne pouvait se permettre de relater tout cela à sa domestique, même si cette dernière serait certainement enchantée de l'apprendre. Pas autant que Margaret elle-même, bien sûr, mais tout de même ravie.

C'était encore trop tôt. Ce qui avait eu lieu dans l'habitacle du fiacre ducal était magique, précieux, et elle ne voulait le partager avec personne, pas même sa plus fidèle amie. Margaret commençait à comprendre pourquoi Isabella ne lui avait rien dit au début de sa relation avec son époux. Décrire tous ses sentiments par des mots aurait nécessité un écrivain bien plus chevronné que ne l'était Margaret.

Elle baissa les yeux sur sa feuille blanche — hormis les

quelques mots du titre — et tenta de se concentrer sur son intrigue. Elle n'avait peut-être aucune idée du tournant qu'allait prendre sa vie, mais, au moins, elle pouvait contrôler ce qui se passerait dans celle de son héroïne.

Si seulement les rôles étaient inversés ! Mais était-ce vraiment ce qu'elle souhaitait au fond de son cœur ?

Quelques jours plus tard, Margaret avait réussi à rédiger non pas un, mais trois épisodes. Elle avait également trouvé un emploi à temps plein pour les sœurs Banner, rendu visite à sa sœur et sa nièce, gagné un petit pactole à une soirée de cartes chez lord Gantrey et calculé ses dépenses pour les six mois à venir.

Elle n'avait, en revanche, ni contacté le duc ni mis le pied aux endroits où elle risquait de le croiser. Elle ne s'était pas rendue dans ces quartiers où elle avait promis de ne pas aller sans lui et ne lui avait envoyé aucune information concernant leur prochaine aventure. Elle avait même évité tout ce qui ressemblait de près ou de loin à un événement mondain.

Et ce comportement l'inquiétait presque autant qu'il dérangeait Annie.

— Pourquoi l'évitez-vous avec tant de ferveur ? questionna cette dernière quand Margaret eut fini son petit déjeuner.

Trop occupée à ne pas penser à lui, Margaret avait mangé sans même faire attention à ce qu'elle avalait. Une pile de lettres était posée sur la table, mais les ouvrir était au-dessus de ses forces. Aucune d'entre elles ne comportait l'écriture de Lasham et, étant donné son état d'esprit actuel, elle n'était de toute manière pas certaine d'être capable de comprendre ce qu'elle lirait.

Margaret haussa les épaules, reconnaissant ainsi ce qu'elle essayait de dissimuler.

— Je l'ignore, répondit-elle d'une voix hésitante, presque fragile, qui n'était pas dans son habitude.

Il y a une première à tout, s'éleva une petite voix dans sa tête, *du baiser le plus divin au fait de se cacher comme une lâche.*

Je ne suis pas une poule mouillée, répliqua avec force une autre personne dans son cerveau.

— Vous ne m'avez jamais raconté ce qu'il s'était passé la dernière fois que vous l'avez vu, ajouta Annie en reniflant d'un air mécontent. Je pense que vous devriez aller le voir et régler votre problème, quel qu'il soit.

— Facile à dire, rétorqua Margaret.

Annie prit le plat de Margaret sur la table. Cela ne faisait pas partie des tâches qui lui incombaient, mais elle saisissait toujours la moindre opportunité de titiller Margaret. Et ça non plus ne figurait pas dans la liste de ses attributions, mais elle prenait un malin plaisir de ne jamais y manquer.

Annie leva les yeux au ciel.

— C'est tout simple, soupira-t-elle exaspérée. Quelle autre solution s'offre à vous ? Rester enfermée ici pour toujours ?

Elle secoua la tête, à bout de patience.

— La lady Margaret que je connais ne se montrerait pas aussi veule.

Touché. Annie avait raison. Margaret se comportait comme une lâche. Mais ce n'était qu'une manière de se protéger. Elle était assez bonne romancière pour deviner ce qui allait se passer si elle était amenée à le revoir : son imagination s'emballerait, son cerveau se remplirait d'idées indécentes auxquelles elle donnerait peut-être vie, elle apprendrait à connaître le duc et tomberait amoureuse de lui, ce qui finirait par lui briser le cœur.

Il était préférable de tout arrêter tant qu'il en était encore temps. Peu importait qu'elle se soit sentie si bien dans ses bras, que sa poitrine ait été si ferme et chaude sous ses doigts et qu'il l'ait embrassée comme s'il voulait lui faire comprendre des choses qu'il ne pouvait dire à voix haute. Non seulement parce que cela entraînerait des sujets tels que le mariage, la vie et autres points qu'aucun d'entre eux n'avait envie d'aborder, mais également parce qu'elle le savait incapable de trouver les mots pour exprimer ce qu'il ressentait.

En tout cas, il n'avait aucun problème à transmettre ses sentiments par des actions.

Margaret en avait fait les frais.

Elle se leva précipitamment et se cogna la hanche contre le bord de la table, n'ayant pas prévu la faiblesse dans ses genoux que ces pensées avaient déclenchée.

— Je dois aller travailler, annonça-t-elle à Annie. Pourrais-tu s'il te plaît ouvrir toutes ces invitations et trouver celle à laquelle je suis le plus susceptible de croiser le duc ce soir ? Après cela, je te serais reconnaissante de bien vouloir préparer ma robe jaune.

Annie acquiesça d'un signe de tête satisfait.

— Absolument, milady. Si je puis me permettre…

— Depuis quand as-tu besoin de demander la permission ? l'interrompit Margaret.

— Vous êtes davantage vous-même ainsi, conclut-elle.

— Merci, Annie.

*
* *

Bonsoir, Votre Grâce.

Margaret regarda les mots qu'elle venait de coucher sur le papier. C'était un bon début.

— Bonsoir, lady Margaret, dit-elle en imitant la voix grave du duc.

Telle serait probablement sa réponse.

— Puis-je vous parler en privé ? ajouta Margaret.

Il lui jetterait alors un regard horrifié. Après tout, ils ne s'étaient pas vus depuis une semaine. Et s'il regrettait ce qui s'était passé et se réjouissait de s'être débarrassé d'elle ?

En public, alors.

— Pourrions-nous discuter un instant ? corrigea-t-elle.

Cela semblait idiot puisqu'elle était en train de lui adresser la parole au moment où elle lui posait la question, mais, avec un peu de chance, il ne pointerait pas la contradiction du doigt.

— Bien sûr, lady Margaret, répondrait-il avant de la fixer en attendant qu'elle poursuive.

Elle devrait alors trouver la meilleure chose à dire.

Nerveuse, Margaret reposa son crayon.

— Votre Grâce, j'aimerais vous décharger de votre devoir de m'accompagner lors de mes excursions dans les quartiers dangereux de cette ville. Je reconnais avoir besoin de protection et par conséquent…

Elle fronça les sourcils et réfléchit. Il lui fallait un plan.

— J'ai engagé les services d'un coureur de Bow Street.

Ce serait une charge financière supplémentaire qui en vaudrait la peine si cela lui permettait de se débarrasser de la peur que Lasham finisse par lui tenir le même genre de discours un peu plus tard dans leur relation, lui brisant ainsi le cœur.

Ensuite, le duc s'inclinerait poliment, lui indiquant ainsi

qu'il avait compris, et Margaret s'en irait en quête d'un verre de vin bien rempli.

Elle reprit son stylo et nota le dialogue, modifiant un ou deux mots çà et là, puis le répéta à voix haute plusieurs fois pour s'assurer d'avoir l'air crédible.

Se conduisait-elle lâchement ? Etait-ce la plus grosse erreur de sa vie ? Avait-elle peur de ses propres sentiments ou bien donnait-elle trop d'importance à une chose insignifiante ?

Peut-être tout à la fois.

— Que diriez-vous d'une tasse de thé, Votre Grâce ? demanda Meecham.

Lasham releva la tête de ses papiers. Son secrétaire semblait désespéré.

— Excellente idée, répondit-il en se frottant les tempes du bout des doigts. Quelle heure est-il ?

— Presque dix-sept heures, Votre Grâce.

Dix-sept heures. Il n'avait pas quitté son bureau depuis près de six heures. Tout comme la veille, le jour d'avant et tous ceux qui avaient précédé depuis qu'il avait embrassé lady Margaret, avait ressenti l'envie irrésistible de la toucher et lui avait révélé son nom sans qu'elle se moque de lui.

Cela faisait maintenant une semaine et il n'avait toujours pas réussi à l'extirper de ses pensées.

— Je vous remercie, Meecham. Une pause me fera le plus grand bien.

S'il avait eu le cœur à rire, il se serait esclaffé en voyant l'expression soulagée sur le visage du pauvre homme.

Lasham n'arrivait pas à oublier ce qu'il s'était passé — il ne le voulait pas non plus — et, pour tout dire, il n'attendait qu'une chose, que cela se reproduise.

Tout cela était beaucoup trop réel et ressemblait à s'y méprendre à ce que l'on appelait une émotion. S'il se laissait aller avec Margaret, abandonnerait-il aussi ses autres responsabilités ? Il ne pouvait se le permettre. Pour couronner le tout, elle n'avait pas donné signe de vie depuis lors, ne lui avait envoyé aucun message, pas une note, rien qui puisse indiquer qu'elle souhaitait qu'il l'escorte de nouveau, encore moins qu'ils s'embarquent dans une quelconque aventure commune.

Si jamais il apprenait qu'elle s'était rendue dans ces quartiers malfamés toute seule, il serait furieux. Plutôt passer plusieurs soirées embarrassantes en public que de la savoir en danger. Mais elle lui avait promis de ne pas y aller sans lui et il lui faisait confiance.

Il en était donc réduit à sursauter chaque fois qu'il entendait la porte s'ouvrir, son majordome discuter avec quelqu'un dans le hall ou le facteur apporter une missive.

Et comme sa maison était remplie de domestiques affairés, que ses devoirs nécessitaient une correspondance régulière et qu'il y avait toujours beaucoup de mouvement dans l'entrée, cela arrivait très souvent.

Lasham avait fini par s'immerger totalement dans son travail, de sorte que plus rien autour de lui ne semblait compter. Il espérait ainsi se débarrasser de toutes ces émotions et ces envies indésirables.

Et il devait admettre que cela ne fonctionnait pas du tout.

Le point positif était que la liste de ses tâches fondait comme neige au soleil. Tout n'était peut-être pas si négatif en fin de compte.

Il grimaça à cette pensée et prit plusieurs documents sur la pile devant lui : une demande de fonds pour améliorer la terre, une éventuelle loi dont il fallait discuter à la Chambre des lords, et plusieurs lettres provenant de membres éloignés de sa famille qui avaient besoin de son aide.

Autant de requêtes légitimes qui nécessitaient son attention, pourtant, une partie de son cerveau ne pouvait s'empêcher de penser à lady Margaret.

Tout bien réfléchi, tenter de l'oublier était peut-être une mauvaise stratégie. Surtout qu'il savait parfaitement qu'elle n'attendait rien de lui. S'il passait un peu de temps en sa compagnie, cela pourrait probablement calmer ses ardeurs, songea-t-il sans grande conviction.

Deux jours plus tôt, il avait failli se rendre à la National Gallery dans l'espoir de la croiser, mais s'était ravisé au dernier moment. Etait-il lâche ou simplement effrayé à l'idée d'admettre combien il avait envie de la revoir ?

Si seulement elle avait été là ! Elle lui aurait écrit son dialogue et lui aurait expliqué ce qu'il se passait dans son propre cerveau. Tout seul, il était incapable de comprendre, encore moins de l'exprimer. Peut-être avait-il besoin de l'aide d'une romancière.

Ou d'elle, tout simplement.

Meecham revint et s'assit en face de lui.

— Le thé sera bientôt prêt, Votre Grâce.

Au diable tout cela, songea Lasham. Son approche ne fonctionnait pas. Autant faire ce dont il avait envie.

— Y a-t-il des événements prévus aujourd'hui ? Des soirées pour lesquelles j'aurais reçu une invitation ?

Meecham haussa les sourcils, mais ce fut l'unique réaction qu'il se permit.

— Plusieurs, Votre Grâce. Vous m'aviez dit de décliner chacune d'entre elles, mais si vous avez changé d'avis…

— C'est le cas, l'interrompit Lasham en s'adossant à sa chaise, les paumes sur la table. Trouvez celle qui vous semble la plus importante en termes de participation et je m'y rendrai.

— Certainement, répondit Meecham sans oser poser la question qui, de toute évidence, lui brûlait les lèvres.

Tant mieux : Lasham ignorait ce qu'il allait y faire et pourquoi il avait finalement décidé d'y aller.

— A présent, dites-moi ce que vous pensez de cette proposition de loi concernant la taxe sur le textile, déclara-t-il en s'emparant d'un document sur la table.

Si elle ne venait pas à lui, il irait la trouver. Après tout, elle lui devait une aventure.

Georgiana et le dragon

Par lady Mystère

Rebroussant chemin à la hâte, Georgiana secoua la tête et se réprimanda intérieurement pour sa stupidité.

Comment pouvait-elle affronter une magnifique princesse armée d'un arc et d'un carquois plein à ras bord ?

Elle n'était que la fille d'un forgeron et son plus grand triomphe jusqu'à ce jour consistait à transporter de l'eau dans un seau sans en renverser.

Pourtant, si elle ne retournait pas se mesurer à elle, qui le ferait ?

Si Georgiana se détournait, le dragon mourrait et elle devrait vivre le restant de ses jours avec ce poids sur les épaules et l'écho de sa voix éplorée dans son esprit. Le pauvre ne s'attendait pas à ce que Son Altesse Royale le trahisse.

Georgiana atteignit la clairière et s'arrêta net, avant de sauter sur la jeune femme qui tentait d'extraire la flèche plantée dans le flanc de la bête.

Chapitre 15

— Le duc de Lasham, annonça le majordome d'une voix forte.

Des dizaines de têtes pivotèrent dans sa direction, mais, pour une fois, Lasham n'eut pas envie de rentrer sous terre.

Aucune d'entre elles n'était lady Margaret.

Il balaya la foule du regard en descendant l'escalier, conscient que son expression impénétrable garderait la plupart des gens à distance.

— Votre Grâce !

Lady Dearwood — la meneuse de la petite troupe des barbouilleuses amateurs qui se donnaient rendez-vous au musée une fois par mois seulement — ne faisait pas partie de cette catégorie.

— Bonsoir, lady Dearwood.

Lasham la salua d'un hochement de tête et n'ajouta mot. Il n'avait pas besoin de prendre l'air inaccessible : c'était devenu naturel, chez lui. Mais quand quelqu'un l'abordait malgré tout, il se contentait de rester silencieux en attendant que son interlocuteur, gêné, batte en retraite.

— Votre Grâce, mes amies et moi-même sommes curieuses de connaître votre opinion au sujet des nouveaux tableaux accrochés à la galerie. Auriez-vous l'obligeance de vous joindre à nous ? C'est tout à fait respectable, je vous l'assure, dit-elle en gloussant, la main devant sa bouche.

Respectable. N'était-ce pas la dernière chose qu'il avait envie d'être ? Il avait passé plus de trente ans à se comporter de manière convenable et cela ne l'avait mené nulle part : il n'avait qu'un seul véritable ami, était mal à l'aise en société et possédait un sens du devoir exagérément développé. Ce n'était pas une vie.

Il était vrai qu'il avait aidé beaucoup de gens qui dépendaient de son duché. Mais il pouvait toujours continuer de leur apporter son soutien tout en s'amusant un peu, non ?

Du moins, il l'espérait.

Il s'inclina.

— Je vous remercie de votre invitation, lady Dearwood. Je verrai avec mon secrétaire si je peux me libérer.

Une manière détournée de refuser implicitement.

Mais lady Dearwood ne parlait pas ce genre de langage. Elle lui décocha un sourire radieux.

— Excellent ! Rendez-vous mercredi prochain à dix heures.

Lasham ne répondit pas.

Lady Dearwood cligna plusieurs fois des paupières, puis remit de l'ordre dans sa coiffure du plat de la main.

— A présent, si vous voulez bien m'excuser, Votre Grâce, je m'en vais prendre un rafraîchissement.

Ce n'était pas trop tôt. Lasham ne prit pas la peine de la regarder s'éloigner, tout occupé qu'il était à tenter d'apercevoir Margaret.

Soudain, il la vit et son cœur s'emballa.

Elle était rayonnante, dans une robe d'un jaune aussi vif que le soleil qui étincelait de mille feux.

Il la dévora du regard, du haut de sa chevelure chatoyante jusqu'au bout de ses pieds chaussés de ballerines crème sur lesquelles avaient été brodées de petites perles, s'attardant plus longtemps que nécessaire sur sa silhouette, la courbe de sa poitrine et son décolleté.

Sa bouche s'assécha quand il réalisa que, selon ce qui allait se passer ce soir, il pourrait peut-être la toucher.

Plus tard, quand ils seraient enfin seuls, il pourrait sentir son sein sous sa main et goûter ses tétons.

Lasham secoua la tête et prit une profonde inspiration. Il fallait qu'il reste maître de ses émotions. Avoir l'air d'apprécier calmement l'événement du haut de sa grandeur était une chose — il se comportait ainsi chaque fois qu'il se retrouvait obligé d'assister à ce genre de soirées —, dévisager une demoiselle en public les yeux pleins de désir en était une autre beaucoup moins souhaitable.

Que n'aurait-il pas donné pour faire courir ses doigts sur sa peau nue, comme elle avait caressé son torse quand il l'avait raccompagnée chez elle ? Elle avait paru apprécier ce moment, à en croire le petit soupir de satisfaction qu'elle avait poussé et la manière dont elle avait collé son corps contre le sien quand ils s'étaient embrassés.

Ces pensées étaient loin de l'aider à garder le contrôle.

Il releva le menton et se dirigea vers elle.

Cette aventure, il était bien décidé à l'obtenir.

Lasham était là, tout proche. Margaret le savait. Elle percevait sa présence, même si elle ne le voyait pas. Elle avait entendu le majordome annoncer son arrivée, mais ne s'était pas tournée pour l'apercevoir ; elle savait ce qu'elle avait à faire, même si cela lui brisait le cœur, et le corps si séduisant du duc risquait de la détourner de son but.

— Lady Margaret.

Même sa voix suffisait à lui donner des frissons.

Margaret pivota pour lui faire face.

Il était toujours aussi beau, grand, large et imposant, et Margaret sentit ses genoux se dérober sous elle, une faiblesse qu'elle s'était récemment découverte.

— Bonsoir, Votre Grâce.

Parfait. Exactement comme prévu. Si elle suivait son dialogue à la lettre, tout se passerait bien.

Mais il avait parlé en premier et une vague de terreur s'empara de Margaret quand elle se rendit compte que, contrairement à ses histoires, la vie n'était pas couchée sur le papier.

Ils se tenaient debout, l'un en face de l'autre, muets comme des carpes. Si elle ne disait rien, peut-être pourrait-elle rester silencieuse jusqu'à ce que mort s'ensuive.

Décidément, elle avait vraiment de drôles d'idées parfois.

Comment avait-elle pu croire que la vue du duc ne lui ferait rien ? Qu'elle pourrait lui annoncer ce qu'elle avait décidé sans en souffrir ?

Son cœur n'était pas encore irrémédiablement perdu, mais il avait besoin d'une carte pour l'aider à retrouver le chemin de sa poitrine.

Elle se racla la gorge.

— Pouvons-nous parler, Votre Grâce ?

Les lèvres de Lasham se soulevèrent en un demi-sourire.

— N'est-ce pas ce que nous sommes en train de faire ?

Maudit soit-il !

— Peut-être pourriez-vous m'accompagner. J'allais justement me chercher… une boisson, conclut-elle maladroitement.

Pas ce verre de vin bien rempli qu'elle avait imaginé. Pas encore. Il fallait qu'elle ait l'esprit clair pour aller jusqu'au bout de sa décision. Trop d'alcool risquait de mettre à mal sa volonté.

— Bien sûr.

Il lui tendit le bras et elle y glissa les doigts, se délectant de la sensation de ses muscles avant de se souvenir que c'était la pire chose à faire.

Lasham et elle se dirigèrent vers le fond de la pièce sous les yeux des curieux et Margaret releva le menton, tant pour éviter de croiser leurs regards que pour montrer qu'elle n'avait pas peur du duc aux allures de pirate.

Il l'intriguait, l'attirait, et elle voulait apprendre à le connaître, mais en aucun cas il ne l'effrayait.

Ce n'était vraiment pas le moment de penser à ce genre de choses, songea-t-elle.

Elle commanda un verre de punch au valet, mais Lasham le lui prit des mains et lui tendit de nouveau le bras sans un mot.

N'était-ce pas étrange qu'un homme dont la communication n'était pas le fort soit si attirant à ses yeux ?

Il la conduisit jusqu'aux portes qui donnaient sur le jardin et attendit patiemment qu'elle soulève son imposante jupe pour enjamber la marche qui les séparait de l'extérieur.

Une fois dehors, il jeta un coup d'œil derrière lui et la prit par le bras pour l'attirer sur le côté, hors de la vue des convives.

Margaret passa la langue sur ses lèvres soudain sèches. Lasham baissa le regard sur sa bouche et elle sentit ses genoux faiblir une fois de plus.

Il déposa son verre sur le sol. Si elle ne prenait pas garde, c'était probablement là qu'elle finirait, songea-t-elle en s'efforçant de reprendre le contrôle de ses jambes, de son cœur et de toutes les parties de son anatomie qui ne désiraient qu'une chose : être avec lui. Autrement dit, son corps tout entier.

— Vous ne m'avez pas écrit, déclara-t-il le visage rigide. J'aurais cru qu'après la façon dont nous nous sommes séparés la dernière fois, vous m'enverriez un message.

Oh! vous voulez dire quand j'ai posé les mains sur votre torse et que vous m'avez embrassée comme si vous souhaitiez me dévorer tout cru?

— Je n'ai rien reçu non plus, rétorqua Margaret en réalisant soudain qu'elle avait attendu quelque chose de sa part, un signe prouvant que ce qu'il s'était passé n'était pas seulement merveilleux, mais aussi important.

Lasham se raidit.

— Cela n'aurait pas été convenable.

Margaret éclata d'un rire cassant.

— Parce que ce qui a eu lieu dans votre voiture l'était?

Il secoua la tête d'un air frustré.

— Voyez-vous, c'est précisément la raison pour laquelle je ne vous ai rien envoyé : je suis incapable de m'expliquer correctement, même en chair et en os.

Il retira le gant de sa main droite, puis fit de même avec celle de Margaret et lui prit les doigts.

Margaret fut sur le point de défaillir, mais elle se contint : si elle perdait connaissance, ce moment magique disparaîtrait.

— Vous m'avez manqué.

Ce n'était pas dans le scénario qu'elle avait imaginé.

Margaret baissa les yeux.

— Vous aussi, répondit-elle d'une voix douce.

Cela non plus, ce n'était pas prévu.

La poigne du duc se fit un peu plus forte.

— Cela signifie-t-il que vous êtes toujours prête à m'accompagner dans une aventure?

Il semblait si désireux que Margaret sentit sa poitrine se serrer.

Rien de ce qu'elle avait planifié n'était en train de se dérouler.

Voilà pourquoi elle avait besoin d'un éditeur. Mais le sien n'était pas présent en cet instant précis. Elle décida donc de parler avec son cœur, sans être vraiment certaine que ce soit la meilleure chose à faire.

— Oui, répondit-elle en avançant vers lui, le visage levé vers le sien.

Au début, Lasham s'était demandé ce qu'elle pouvait bien vouloir lui dire. Mais à présent que sa bouche était posée sur celle de lady Margaret, discuter était la dernière chose dont il avait envie. Faire les deux en même temps aurait été étrange et, pour le moment, il préférait de loin la première activité à la seconde.

Lady Margaret gémit et il introduit la langue entre ses lèvres.

Elle répondit à ses avances avec ardeur et pressa son corps contre le sien, resserrant sa prise sur ses avant-bras, ses seins doux et moelleux sur son torse et son bas-ventre collé contre son érection.

Le fait que tout cela soit interdit rendait l'événement encore plus excitant.

Soudain, elle glissa les doigts à l'intérieur de sa veste et les fit courir le long de sa cage thoracique.

Les femmes qu'il avait embrassées par le passé s'étaient toujours montrées passives dans le baiser, le laissant prendre toute initiative.

Mais Margaret n'était pas de ce genre-là. Elle contreattaquait chacune de ses caresses. Ses mains étaient à présent passées dans son dos et le pressaient si fermement qu'il avait l'impression de ne faire plus qu'un avec elle. Pourtant, plusieurs couches de tissu les séparaient.

S'ils n'avaient pas été à quelques mètres de pas moins d'une centaine de paires d'yeux, Lasham lui aurait demandé qu'elle en ôte quelques-unes.

Dieu qu'elle était délicieuse. Les courbes féminines qu'il devinait sous sa robe faisaient gonfler son désir chaque fois qu'il les effleurait. Il laissa ses doigts descendre jusqu'à sa taille et l'étreignit un peu plus fort. La respiration de Margaret se fit plus intense, plus rapide et elle s'avança comme pour fusionner avec lui.

Puis elle se recula et leva vers lui des yeux lourds de désir.

— Allons autre part, murmura-t-elle d'une voix rauque.

— Oui, répondit-il sans se préoccuper un seul instant de savoir si c'était convenable ou non.

Peu importait que les invités le voient quitter la soirée avec une femme à la réputation aussi scandaleuse, ni que le duc de Lasham ne soit arrivé que vingt minutes plus tôt, lui qui s'efforçait de toujours rester au moins une demi-heure à ce genre d'événement.

Il n'avait qu'une envie : se retrouver en tête à tête avec lady Margaret dans un lieu où il pourrait lui retirer ses vêtements à loisir et où elle pourrait faire de même. Après tout, il était important de se montrer équitable, songea-t-il.

— J'y vais la première. Je récupère mon châle et je vous rejoins dans l'entrée d'ici peu. Je dirai à mon cocher de rentrer sans moi et vous pourrez me prendre à bord de votre fiacre.

Elle lui décocha un regard sensuel et il ne put s'empêcher d'apprécier sa franchise. Jamais encore il n'avait rencontré une femme aussi honnête, déterminée et sûre d'elle. D'ordinaire, les demoiselles de sa classe se cachaient derrière un masque faussement pudique.

— Entendu, je vous prendrai dans mon véhicule, répéta-t-il.

Il écarquilla les yeux, horrifié, en se rendant compte des mots qu'il venait de prononcer. C'était exactement ce qu'il avait envie de faire, mais il était extrêmement indécent de le dire à voix haute à une dame, même aussi remarquable et rayonnante que lady Margaret.

Pourtant, elle ne sembla pas se formaliser et se contenta de lui renvoyer un sourire entendu avant de retourner dans la salle de bal.

Qu'était-il censé faire à présent ? Il jeta un coup d'œil alentour : la terrasse était déserte. Devait-il patienter à l'extérieur ? Et si quelqu'un sortait et engageait la conversation, le retardant malencontreusement ? Margaret penserait qu'il avait changé d'avis. Et si, en la rejoignant sur le perron, il la trouvait en pleine discussion avec un invité qui n'était pas censé savoir que Margaret et lui étaient… Il n'était pas certain de savoir comment nommer leur relation.

Et depuis quand était-il devenu cet homme incapable de décider de ses propres actions ?

Ah oui, se souvint-il : il avait toujours été ainsi, depuis la première fois où ses parents l'avaient envoyé à l'école jusqu'à aujourd'hui, que ce soit dans sa famille ou à la Chambre des lords. Il ne savait peut-être pas comment se comporter en public, mais, au moins, il connaissait la réponse à cette question.

Son rang lui donnait un statut dans la société, mais il n'avait jamais vraiment eu le sentiment d'y avoir sa place.

Etait-ce en train de changer ? Lady Margaret avait-elle été à l'origine de ce bouleversement ?

Il repoussa ces pensées dans un coin de son esprit : il était de toute manière incapable de réfléchir dans l'état où il se trouvait. Il ne songeait plus qu'à une chose : être seul avec elle pour qu'ils puissent poursuivre ce qu'ils avaient commencé.

Il prit une grande inspiration, lissa sa veste de la main et enjamba le seuil de la porte d'un pas décidé.

Georgiana et le dragon

Par lady Mystère

Georgiana crut qu'elle n'allait jamais réussir à faire reculer la princesse. Cette dernière semblait avoir été dotée d'une force aussi impressionnante que sa beauté. Comment la vie pouvait-elle se montrer aussi injuste ?

Mais Georgiana finit par sentir sa poigne se relâcher. Elle serra les dents, prit appui sur ses talons et la poussa de toutes ses forces en s'aidant de ses épaules.

Le dragon gémit de douleur, mais elle s'efforça d'ignorer sa plainte : si elle se laissait distraire, elle ne parviendrait jamais à faire fléchir son adversaire et le pauvre n'en serait que davantage meurtri.

La jeune femme finit par lâcher un grognement irrévérencieux et s'écroula par terre, sa flèche à la main.

Du sang se mit à couler de la plaie béante sur le flanc de la bête. Paniquée, Georgiana balaya les environs du regard à la recherche d'un objet pour stopper le flot.

Chapitre 16

Finalement, hormis « Bonsoir, Votre Grâce », Margaret n'avait pas prononcé un seul mot du dialogue qu'elle avait rédigé avec tant de soin.

Au lieu de cela, elle lui avait avoué qu'il lui avait manqué et lui avait fait savoir — par des gestes et non des paroles — qu'elle souhaitait qu'il l'embrasse de nouveau.

Quelle mouche l'avait piquée ?

Elle l'ignorait. La seule chose dont elle était certaine était qu'elle n'avait plus les idées en place. Si cela avait été le cas, elle n'aurait pas été en train de récupérer son châle auprès du valet, ni n'aurait calmement franchi le seuil de la porte d'entrée, un sourire aux lèvres, sur le point de retrouver le duc aux allures de pirate qui était incapable de s'exprimer autrement que par ses actions.

Une fois à l'extérieur, elle scruta la rue à la recherche de sa voiture et l'aperçut au bout de la file.

— Souhaitez-vous que je fasse venir votre fiacre, milady ? lui proposa le domestique.

Margaret ne voulait pas laisser le pauvre homme affronter la réaction d'Annie quand celle-ci apprendrait que sa maîtresse ne rentrerait pas à bord de son propre véhicule.

— Non merci, ce ne sera pas nécessaire, répondit-elle

poliment avant de se diriger vers le bas de la rue comme s'il était parfaitement coutumier pour une demoiselle de son rang de parcourir plusieurs dizaines de mètres sans escorte.

Ce n'était absolument pas fréquent, mais, après tout, rien ne l'était, ni ne l'avait été, depuis le jour où elle avait refusé d'épouser Collingwood, comme l'auraient souhaité ses parents, et que son activité de romancière fantastique dépeignant des héroïnes anormalement banales faisant face à des dangers hors du commun avait été mise au jour.

Peut-être était-il temps qu'elle s'habitue aux actes extraordinaires, comme celui de quitter une soirée étrangement tôt pour partir à l'aventure en compagnie d'un duc remarquablement beau et bien bâti.

Elle sourit intérieurement, releva sa jupe et remonta la file des voitures.

— Où allons-nous ? s'enquit Lasham.

Lady Margaret s'était brièvement entretenue avec le cocher quand elle l'avait rejoint, puis était montée du côté de la route afin d'éviter qu'on l'aperçoive.

Lasham ignorait où ils se rendaient et combien de temps cela prendrait. Il ne pensait qu'à une chose : il était seul dans sa voiture en compagnie de Margaret. Une multitude de scénarios se bousculaient dans son esprit.

Et dire qu'à une époque, il avait cru manquer d'imagination. Que nenni ! Il en avait même à revendre, surtout lorsqu'il était question de se représenter lady Margaret nue dans son lit, les yeux étincelants de passion, le corps négligemment recouvert d'un drap trop léger pour dissimuler quoi que ce soit, tandis qu'il ferait courir ses doigts sur sa peau délicate tout en se délectant de la sensation de ses mains à elle sur son torse, ses muscles, son sexe…

Surtout cette dernière partie, d'ailleurs.

Il dut réprimer un petit gémissement de plaisir à cette idée. Il avait beau le souhaiter de tout son cœur, il doutait fortement que la soirée prenne un tel tournant. Elle ne pouvait pas être aussi scandaleuse que cela, si ?

Grand Dieu ! Et si c'était le cas ?

— C'est cela, l'aventure, Votre Grâce : le fait de ne pas savoir ce qu'il va se passer. L'anticipation n'est-elle pas presque aussi délicieuse que le résultat final ?

Elle semblait avoir l'habitude de ne pas contrôler le cours des choses, ce qui n'était pas son cas.

Le dernier événement inattendu dans sa vie avait été le décès de ses parents, un sujet qu'il ne souhaitait pas évoquer.

Depuis lors, il avait toujours eu les rênes en main. Se sentir démuni face à l'avenir était une sensation étrange, à laquelle il n'était pas habitué, mais qui, il devait l'admettre, n'était pas totalement déplaisante.

C'était même libérateur en un sens. D'ordinaire, il refusait de lâcher prise ou de déléguer ses responsabilités.

— Merci.

Il se pencha vers Margaret et lui prit la main. Mais une fois leurs doigts entrelacés, il resta le bras en l'air, n'osant pas le poser sur les genoux de Margaret de peur d'avoir l'air trop présomptueux. Et il n'allait certainement pas le mettre sur sa cuisse, à quelques centimètres de son érection qui n'avait fait que s'intensifier depuis qu'ils avaient pris place dans l'habitacle.

Pendant un court instant, ils conservèrent cette position quelque peu inconfortable, jusqu'à ce que Margaret éclate d'un rire doux avant de laisser leurs mains retomber sur sa jambe, si près de son sexe endurci et pourtant si loin.

— En quel honneur ? murmura-t-elle en déposant un baiser sur sa joue.

Lasham déglutit. Comment pouvait-il expliquer quelque chose dont lui-même n'était pas certain ?

— De… De ne pas vous être moquée de moi.

Perplexe, elle eut un mouvement de recul.

— Quand vous m'avez révélé votre nom ?

Lasham secoua la tête et serra les doigts de Margaret entre les siens.

— Non, ce n'est pas cela. Enfin si, ça aussi. Mais ce n'est pas ce que je voulais dire.

Il soupira.

— Je vous suis reconnaissant de ne pas avoir ri quand je vous ai demandé de m'accompagner dans mes futures aventures.

Il ne voulait pas avoir l'air de souffrir de solitude.

Pourtant, c'était le cas. Hormis Jamie, qui était rarement là, il n'avait aucun ami avec qui s'esclaffer, discuter ou admirer des œuvres d'art.

Et personne à embrasser. Pourtant, il avait envie de faire toutes ces choses avec elle. Le connaissant, c'était absolument stupéfiant.

Il savait pertinemment que leur histoire ne durerait pas plus de quelques semaines ; quand les rumeurs commenceraient à circuler, ils seraient obligés d'y mettre fin de manière irrévocable.

— Jamais je n'agirais de façon aussi cruelle, répondit-elle d'un ton ferme. A moins que vous ne me fassiez une bonne blague.

Elle se tut un instant avant de reprendre.

— Racontez-vous des histoires drôles, Votre Grâce ?

Lasham en aurait presque éclaté de rire. Amuser la galerie était une chose dont il était incapable.

— Pas que je sache, rétorqua-t-il. Cela m'est peut-être arrivé par inadvertance, mais jamais volontairement.

Pour tout dire, cela avait certainement dû se produire plusieurs fois. Quand il était gêné, tout un tas d'idioties sortaient de sa bouche. Et il était souvent mal à l'aise en société.

— Il faudra que nous y remédiions, déclara Margaret. C'est tout un art, vous verrez. Considérez cela comme votre prochaine aventure.

— Nous y voilà, déclara Margaret en jetant un coup d'œil par la fenêtre.

Le cocher avait eu l'air surpris quand elle lui avait annoncé leur destination, mais, heureusement, il n'avait pas posé de questions. Après tout, il était préférable pour un domestique employé par une maison ducale d'acquiescer sans rien dire, même lorsque celui qui donnait les ordres n'était pas leur maître.

Il vint leur ouvrir la porte et Margaret mit pied à terre la première, suivie de près par Lasham, Vortigern de son prénom.

Devant eux se dressait un grand immeuble miteux aux fenêtres illuminées par lesquelles s'échappait de la musique entraînante. Quelques personnes patientaient à l'extérieur.

— C'est un… club de danse ? demanda Lasham, surpris.

Ce n'était pas étonnant : il n'en avait probablement jamais vu de sa vie, n'y avait encore moins mis les pieds.

— Oui, répondit-elle en le tirant par la main. C'est Caldwell, mon préféré.

Sans compter que c'était un endroit respectable, même pour une femme seule.

— Vous êtes déjà venue ici ? s'exclama-t-il.

Son air choqué la prit au dépourvu. Comment diable aurait-elle pu l'y amener si elle n'avait jamais fréquenté l'établissement ? Pour être certaine qu'il s'agirait d'une aventure, il fallait bien qu'elle connaisse cet endroit.

Soit il manquait de bon sens, soit il n'avait pas pris le temps d'y réfléchir.

— Absolument, confirma-t-elle en se tournant vers lui. Je viens à l'occasion en compagnie des dames auxquelles j'apporte mon aide. Nous aimons nous amuser de temps à autre.

Elle ne put s'empêcher de prendre un ton de défi. La jugeait-il parce qu'elle allait danser dans un salon populaire ?

Et si c'était le cas, pourquoi le prenait-il ainsi alors qu'il n'avait rien objecté en apprenant le genre de quartiers dans lesquels elle se rendait à l'occasion ? Décidément, son côté irréprochable reprenait le dessus au mauvais moment.

— Entrons, dit-elle en faisant un pas vers le bâtiment, avant de s'arrêter dans son élan et de froncer les sourcils. Tout compte fait non, il faut d'abord que nous arrangions un peu votre apparence.

Elle s'avança pour défaire la cravate de Vortigern, qu'elle fourra dans sa poche, et un frisson lui remonta le long du dos quand elle effleura son cou du bout des doigts, ne manquant pas de remarquer les quelques poils sombres qui dépassaient de sa chemise. A cet instant, elle aurait donné n'importe quoi pour l'embrasser dans le creux juste au-dessous de sa pomme d'Adam.

Elle repoussa cette envie — l'esprit aventurier du duc n'était pas encore prêt à tout — et porta sa main à son crâne pour lui ébouriffer les cheveux.

Puis elle tira sur son col pour le tordre légèrement, recula d'un pas et admira le résultat.

— A présent, votre tenue est en phase avec le lieu. Si quelqu'un vous demande qui vous êtes, contentez-vous de grogner. Ne dites pas un mot : votre voix vous trahirait.

Lasham haussa un sourcil interrogateur.

— S'agit-il d'un jeu? questionna-t-il comme s'il était impatient de commencer la partie.

Margaret eut un frisson d'excitation.

— Oui, acquiesça-t-elle en hochant la tête. Le but est de s'amuser sans que personne découvre votre véritable identité.

Elle baissa la voix et poursuivit d'un ton plus sérieux :

— Nous ne voulons pas que le public apprenne que le duc de Lasham fréquente les salons de danse populaires, n'est-ce pas? Les gens se feraient de fausses idées à votre sujet.

Il la détailla de pied en cap.

— Et vous? N'est-il pas nécessaire de vous débrailler?

Margaret sentit le rouge lui monter aux joues.

— Oh! non. Tout le monde pensera que je suis votre… votre…

Elle fit un geste vague de la main, n'osant pas poursuivre.

— Votre maîtresse que vous entretenez généreusement, finit-elle par marmonner.

— *Ma maîtresse*, répéta-t-il d'une voix plate.

Etait-il contrarié? Avait-elle poussé l'aventure un peu trop loin?

Au bout d'un long moment de silence tendu — encore un —, il reprit la parole.

— Très bien. Dans ce cas, allons jouer.

Vortigern lui tendit le bras, un sourire presque malicieux au coin des lèvres, et Margaret se détendit. Il l'escorta jusqu'à l'intérieur, non sans glisser quelques pièces dans la main de l'employé chargé des admissions à l'entrée. Tout cela, sans prononcer un mot.

La musique était beaucoup plus forte une fois dedans et il était presque impossible de s'entendre parler. Ce qui était probablement une bonne chose, songea Lasham, puisque lady Margaret estimait préférable qu'il n'ouvre pas la bouche. Il désigna la piste du menton et l'invita du regard.

Margaret sourit et acquiesça de la tête avant de le conduire par le bras au milieu des danseurs.

La mélodie était entraînante, vivante, compensant en énergie et en volume son manque de précision. Apparemment, Margaret connaissait le morceau, car elle lui prit les mains et se mit à bouger tout en riant de voir sa piètre tentative de suivre le mouvement.

Comme il l'avait déjà mentionné par le passé, Lasham n'aimait pas danser. Le risque que quelqu'un le bouscule sans qu'il le voie venir était trop élevé. Par ailleurs, sa grande taille rendait presque impossible de trouver une partenaire adéquate. Il ne s'adonnait à cette activité que lorsqu'il y était expressément obligé : quand un bal était rempli de demoiselles faisant leurs débuts dans la société, par exemple, ou quand il prenait une pauvre vieille fille déprimée en pitié. Dans ces cas-là, il serrait les dents et attendait que ça passe.

Mais cet endroit ne ressemblait en rien à ce dont il avait l'habitude.

Premièrement, il ne s'agissait pas d'une valse. D'ailleurs, rien ne semblait avoir été chorégraphié au préalable. Les couples autour d'eux se contentaient de bouger en rythme, se heurtant parfois sans jamais cesser de sourire, ni même s'arrêter.

De plus, Margaret avait les yeux rivés sur lui et rayonnait de bonheur, comme si tout l'or du pays n'aurait pas suffi à lui donner envie de quitter cet endroit.

Et Lasham se rendit compte que lui aussi n'aurait échangé sa place pour rien au monde.

La chanson dura plusieurs minutes durant lesquelles Lasham remarqua un semblant de schéma dans les pas de danse des gens autour de lui, même si cela manquait de précision. Naviguer au milieu de la foule devint un peu plus aisé qu'au départ et l'approbation qu'il lut sur le visage de Margaret lui réchauffa le cœur.

Tant de vigueur fit bientôt monter le rouge aux joues de Margaret, tandis que sa poitrine rebondissait délicieusement sous son corsage. Leurs doigts étaient entrelacés, peau contre peau — porter des gants les aurait démarqués des autres danseurs —, et Lasham se délecta de la sensation du corps de Margaret frôlant le sien de temps à autre. Elle rejetait parfois la tête en arrière avant d'éclater de rire ou bien lui lançait un regard malicieux, et la voir aussi heureuse le remplit de joie.

La musique s'arrêta et ils restèrent plantés l'un en face de l'autre, sans se quitter des yeux. Lasham souriait comme un idiot, mais il s'en moquait.

Puis un nouveau rythme s'éleva, différent cette fois, mais tout aussi entraînant, et ils se remirent à danser. Ils s'accordaient parfaitement, devinant à l'avance les pas de l'autre et se déplaçant en conséquence.

Jamais il ne s'était autant amusé.

C'était un bonheur pur, vierge et non dilué dans l'alcool, les jeux d'argent ou la luxure.

Il repoussa intérieurement cette dernière pensée ; s'il se mettait à s'imaginer combien il serait plaisant d'avoir un rapport sexuel avec elle, il ne réussirait qu'à se ridiculiser devant tous ces gens qu'il ne connaissait pas et qui ignoraient qui il était.

Sans cesser de danser, il manœuvra habilement jusqu'au coin de la pièce où le risque de collision entre les danseurs était moindre.

Il attira ensuite Margaret derrière une rangée de chaises, près d'un grand pilier.

Ainsi dissimulés, il s'avança vers elle jusqu'à ce qu'elle se retrouve dos au mur, la prit par la taille et l'embrassa sans retenue.

Georgiana et le dragon

Par lady Mystère

— Cela ne marchera pas, vous savez.

La princesse avait repris son ton monocorde.

Georgiana se contenta de secouer la tête. Elle attrapa le bas de sa jupe et déchira le tissu qu'elle roula en boule pour le placer sur la blessure dans l'espoir d'arrêter le flot de liquide rouge qui s'en échappait.

Le sang finirait-il par coaguler comme celui d'un être humain ? Elle n'en avait aucune idée.

— Vous ne parviendrez pas à le sauver, poursuivit la jeune femme, avec mépris cette fois.

Au moins n'était-elle pas entièrement dépourvue d'émotions.

— Puisque vous avez l'air de vous y connaître, pourquoi ne m'aidez-vous pas ? rétorqua Georgiana.

Son interlocutrice haussa les épaules.

— Je vous l'ai dit : j'ai besoin d'un prince et aucun des dragons que j'ai rencontrés jusqu'à présent n'a été capable de m'en donner un.

Georgiana la fixa, perplexe.

— Vous êtes belle, forte et probablement intelligente : vous n'avez besoin de personne d'autre que de vous-même.

Elle désigna la créature qui semblait à présent dormir.

— En revanche, vous devez aider cette pauvre bête parce que notre empathie est ce qui différencie les humains des

animaux, quel que soit l'être vivant auquel vous portez secours.

La demoiselle se figea et ses yeux s'écarquillèrent.

— Oh! je vois, finit-elle par dire d'un air pensif. Peut-être n'en ai-je pas besoin, tout compte fait.

Chapitre 17

Lasham l'embrassait encore, mais cette fois, il avait pris les commandes et Margaret s'était entièrement abandonnée à son baiser, se délectant de la façon dont il semblait vouloir la dévorer. Il avait posé les mains sur sa taille, mais elles n'y restèrent pas longtemps et remontèrent bientôt le long de ses flancs, ses pouces justes sous la courbe de ses seins.

Un peu plus haut, l'implora-t-elle en silence.

Il avait dû l'entendre car il fit courir ses doigts sur ses tétons tout en se collant contre elle, la poussant un peu plus contre le mur. Ses lèvres l'embrassaient avec avidité et sa langue avait franchi la barrière de sa bouche.

C'était à la fois merveilleux et envahissant, et pour rien au monde Margaret n'aurait voulu que cela cesse.

Elle vint poser les paumes sur son dos, le caressant de haut en bas, avant de les faire glisser, hésitante, sur ses fesses rebondies pour l'attirer encore plus près d'elle.

De toute évidence, cela eut un effet considérable sur Lasham, car il poussa un grognement venu du plus profond de lui, un peu similaire à celui qu'elle lui avait conseillé d'éructer si quelqu'un lui posait trop de questions.

Ce qui n'était pas le cas de Margaret, non seulement parce que sa bouche était trop occupée pour cela, mais aussi parce que, pour une fois, elle n'était pas certaine de savoir ce qu'elle voulait lui demander.

Pourquoi ne pas aller quelque part où vous pourrez me faire grimper aux rideaux ?

Non, ce n'était pas tout à fait ce qu'elle avait envie de lui proposer. Pas exactement.

Allons là où je pourrai vous retirer vos habits pour découvrir ce qui se cache en dessous, pour me rendre incapable d'apprécier la vue des statues de marbre et de mon potentiel futur époux.

Je vous en prie, prenez-moi, là tout de suite, faites-moi oublier tout ce qui n'est pas votre peau, vos baisers et vos doigts sur mon corps.

Ces pensées envahirent son esprit sans prévenir, la faisant sursauter, et elle posa les mains sur son torse pour le repousser, remarquant au passage combien son cœur battait la chamade.

Lasham baissa sur elle un regard à la fois intense et abasourdi.

— Je suis désolé, balbutia-t-il de cet horrible ton guindé qu'elle lui connaissait.

Comment pouvait-elle le désirer autant ? Et pourquoi voulait-elle succomber à ses charmes sans la moindre résistance ? Elle savait pertinemment que c'était la pire chose à faire.

Elle n'aurait jamais dû l'amener ici, ni le rendre encore plus irrésistible en lui ébouriffant les cheveux et en lui retirant sa cravate, lui donnant ainsi envie de lui embrasser la gorge.

— Voulez-vous partir ? demanda-t-il incertain.

Margaret sentit son cœur se serrer en le voyant aussi hésitant. Elle savait que derrière ses grands airs de duc, il était perdu, indécis, et avait autant de confiance en lui qu'un homme qui n'aurait possédé ni son titre, ni sa beauté, ni sa taille, ni sa fortune, ni son intelligence, ni son goût pour l'art.

Quelqu'un qui ne lui ressemblerait en rien.

Que s'était-il passé dans sa vie pour qu'il manque autant d'assurance ? La romancière en elle voulait le savoir, mais la femme — celle dont le corps tremblait de désir et dont la bouche était encore douloureuse de l'avoir tant embrassé — avait envie de le rassurer, de lui faire comprendre qu'il méritait d'être aim… Non ! Elle ne pouvait se permettre d'avoir ce genre de pensées !

— Je ne veux pas partir.

Les mains toujours sur son torse, elle sentait sa poitrine se soulever rapidement au rythme de sa respiration saccadée. Elle les laissa retomber mollement.

— C'est juste que je…

Je n'ai pas envie d'arrêter de vous embrasser et cela m'effraie. C'est pourquoi, faisant fi de toute logique, j'ai interrompu ce baiser.

— J'apprécie ceci, ajouta-t-elle en esquissant un geste de la main. Beaucoup, même. Mais je ne voudrais pas vous entraîner dans une situation qui provoquerait un scandale et vous mettrait dans l'embarras.

Lasham la dévisagea pendant un long moment en silence. La musique était forte, mais Margaret eut l'impression de pouvoir entendre chacune de ses pensées.

— Cela vous effraie, finit-il par dire.

Etait-il fâché ? Impossible de le savoir.

Elle ouvrit la bouche pour rétorquer, mais se ravisa au dernier moment. Il avait raison.

Le regard de Lasham se fit lointain.

— Je ne peux vous blâmer. Je suis tout aussi terrifié.

Il baissa la tête vers elle.

— Je n'ai jamais connu quelque chose d'aussi intense.

Ses lèvres esquissèrent un sourire triste.

— Sauf peut-être avec Jamie, que vous avez rencontré il y a quelques jours, mais soyez assurée que je ne m'adonne pas à ce genre d'activités avec lui.

— Voyez-vous, déclara Margaret en prenant sa main dans la sienne, vous me faites peur.

Elle releva les yeux vers lui, devinant déjà ce qu'il devait penser et qui était à mille lieues de ce qu'elle voulait dire.

— Pas parce que vous êtes duc, que vous portez un bandeau ou que vous êtes de manière générale grand et impressionnant.

— Dans ce cas, pourquoi ? s'enquit-il de cette voix de velours qui résonnait jusqu'au plus profond d'elle-même.

Elle réprima un frisson.

— Parce que je sais que nous ne pouvons continuer. Nous savons tous les deux que notre… amitié ne peut pas durer et j'en suis d'ores et déjà dévastée. Mais je ne veux pas que vous preniez des risques à cause de moi.

— Qu'ai-je à perdre ? demanda-t-il de ce timbre si grave que Margaret le sentit sourdre au creux de sa poitrine.

— Une chance d'être heureux, répondit-elle en baissant la tête.

Une chance d'être heureux.

Jusqu'à aujourd'hui, alors que ces mots flottaient dans l'air entre Margaret et lui, Lasham n'avait jamais songé au bonheur comme à un but atteignable.

Il n'était même pas certain de pouvoir le définir. Etait-ce de savoir que l'on rendait le monde, ou tout du moins le minuscule coin de terre que l'on habitait, meilleur par nos actions ? De passer un moment agréable à siroter du whisky avec un ami cher ?

Ou d'embrasser une femme jusqu'à en oublier momentanément votre propre nom et tout ce qu'il y avait autour de vous hormis elle ?

Rien de tout cela, conclut-il. Ce qu'il ressentait était de la satisfaction, du confort, du désir, mais pas de la joie.

Une boule se forma dans sa gorge tandis qu'il réalisait qu'il ne savait pas ce qu'était le bonheur.

Margaret ne l'avait pas quitté du regard et attendait patiemment qu'il prenne conscience des mots qu'elle venait de prononcer. Il aimait cela chez elle : le fait qu'elle ne le presse pas, qu'elle ne le force pas à parler tant qu'il n'était pas prêt.

— J'ignore ce que c'est que d'être heureux, avoua-t-il en se penchant vers elle pour qu'elle l'entende malgré la musique.

Sa main droite était posée sur l'épaule nue de Margaret, tandis que la gauche se trouvait sur son avant-bras. Il la sentait étinceler et rayonner, si près de lui, comme s'il s'agissait d'une chose tangible, cachée sous le tissu de sa robe, qui se déversait de son corps à chacun de ses mouvements.

Margaret prit une inspiration avant de répondre.

— C'est bien triste. Vortigern, ajouta-t-elle.

Cela faisait des années que Lasham n'avait entendu quelqu'un prononcer son nom. Pendant si longtemps, il l'avait trouvé ridicule, mais, dans la bouche de Margaret, il semblait spécial, comme si le dire à voix haute sous-entendait davantage.

Un peu comme lui, songea-t-il, qui était incapable d'exprimer ce qu'il ressentait et se retrouvait obligé de s'en remettre à ses actions et à ses gestes pour communiquer.

Il se félicita intérieurement de n'avoir laissé personne

l'appeler par son prénom jusqu'alors : ce privilège appartenait désormais à Margaret et il était impatient de le voir de nouveau sortir de ses lèvres.

— Cependant, je ne suis pas pour autant malheureux, précisa-t-il. Il se peut que j'aie connu le bonheur par le passé. J'imagine que je ressens de la joie, parfois.

Quand je suis à vos côtés, ajouta-t-il en son for intérieur.

— Mais je ne sais pas précisément ce que c'est, ni comment reconnaître quand cela m'arrive.

Margaret recula d'un pas et esquissa un petit sourire compatissant.

— C'est la raison pour laquelle nous sommes en quête d'aventure, n'est-ce pas ? Le bonheur est une épopée. Est-ce que tout cela vous rend heureux ? demanda-t-elle en désignant la salle, les danseurs et les musiciens derrière elle.

Lasham jeta un coup d'œil à la foule par-dessus son épaule, puis prit sa main dans la sienne et la serra contre sa poitrine.

— Oui, répondit-il en espérant qu'elle comprenne ce qu'il voulait dire.

Même s'il n'en était pas certain lui-même.

Georgiana et le dragon

Par lady Mystère

Bouche bée, Georgiana lança un regard surpris à la princesse.

— L'ignoriez-vous ? demanda-t-elle en levant les yeux au ciel. Je ne suis que fille de forgeron et je sais que je n'ai besoin de personne. Que vous a-t-on appris dans votre enfance ?

Son interlocutrice haussa les épaules et Georgiana comprit que son ton monocorde reflétait en fait un sentiment de supériorité inculqué dès le plus jeune âge, ainsi qu'un certain inconfort quand elle se retrouvait hors de son environnement royal. L'admiration qu'elle avait éprouvée pour la jeune femme jusqu'à présent retomba quelque peu.

— Ce que l'on enseigne aux demoiselles de mon rang : repérer un petit pois sous mon matelas, reconnaître un roi d'un indigent et renifler avec mépris.

— Ah ! lâcha Georgiana en tentant tant bien que mal de dissimuler à quel point elle était horrifiée par ces paroles. Donc, si je comprends bien, votre attitude envers ce dragon est une conséquence de votre éducation.

La belle hocha la tête en caressant son arc du bout des doigts.

— On m'a dit de leur tirer dessus et d'attendre l'arrivée de mon prince.

— Je crois que l'heure est venue pour une nouvelle leçon, répondit Georgiana.

Chapitre 18

Margaret était bien embarrassée. Le visage de Lasham quand il avait avoué ignorer ce qu'était le bonheur, l'exubérance avec laquelle il avait dansé et la manière dont il l'avait attirée dans un coin de la pièce pour pouvoir l'embrasser avec fougue, tout cela lui donnait des jambes en coton. Il l'avait touchée droit au cœur et celui-ci s'en était retrouvé affaibli. Ou fortifié, selon la façon dont on voyait la chose.

Il était hors de question qu'elle tombe amoureuse de lui. Elle savait pertinemment, et le lui avait clairement expliqué, que, quel que soit ce qu'il y avait entre eux, leur relation prendrait fatalement fin à un moment ou à un autre. Elle ne pouvait pas continuer indéfiniment. Et peu importaient les sentiments de Margaret à ce sujet.

Pourtant, elle était incapable de lui résister. Surtout quand il retroussait les lèvres en ce sourire vulnérable qu'il affichait à cet instant précis et que ses mains la touchaient à des endroits qui la faisaient frissonner. Sa simple présence lui donnait l'impression de revivre, d'avoir plus d'énergie et d'oxygène que d'ordinaire. Même si, parfois, il lui coupait le souffle, auquel cas c'était plutôt le contraire.

Elle se mit sur la pointe des pieds pour approcher ses lèvres de son oreille.

— Que pensez-vous d'aller poursuivre notre quête de bonheur ?

Il sursauta, surpris, puis battit des paupières et baissa le regard sur elle d'un air embarrassé.

— Vous voulez dire sur la piste ? demanda-t-il d'une voix rauque.

Margaret sentit une décharge lui remonter le long de la colonne vertébrale quand elle comprit qu'elle était la cause de ce changement de timbre.

— Pour le moment en tout cas, répondit-elle en lui décochant un sourire coquin.

Elle se retourna, lui prit la main et l'attira au milieu de la salle. Il la suivit de près et la présence de son corps fort et imposant derrière elle faillit lui faire perdre une fois de plus l'usage de ses genoux.

Ce qui n'était pas pratique pour danser, songea-t-elle. Mais elle aurait tout le temps de trouver une solution à ce problème plus tard.

La musique avait repris, plus lente, sans pour autant s'apparenter à une valse. De toute évidence, Vortigern ne perçut pas la différence, car il attira Margaret dans ses bras et la serra contre son torse, plus qu'il ne l'aurait fait à un bal mondain.

Ils restèrent immobiles, les yeux dans les yeux, tandis que les couples flottaient autour d'eux, certains serrés les uns contre les autres à l'image du duc et de Margaret, d'autres les mains simplement jointes.

— Je me ferai un plaisir de prendre les rênes, milady, dit-il une étincelle malicieuse dans son œil sombre.

Margaret sentit ses tétons se durcir à ce sous-entendu à peine dissimulé. Elle passa la langue sur ses lèvres et Voltigern pressa sa main.

— Je suis impatiente de voir cela, Votre Grâce, murmura-t-elle.

Et c'était vrai : elle était curieuse de voir jusqu'où il l'emmènerait.

Même après avoir refoulé le parti choisi par ses parents et s'être attiré une réputation douteuse, elle n'arrivait pas à croire qu'elle se comportait de manière aussi osée, elle qui avait l'habitude de se moquer de l'opinion que les gens avaient d'elle.

Elle avait provoqué cet esclandre et l'admettait volontiers, mais elle n'avait jamais approché le scandale, ni désiré en profiter autant qu'elle avait envie de Voltigern. Tous deux étaient parfaitement conscients de leurs actes et des événements qui en découleraient, tant à court terme que sur une période plus longue et davantage préjudiciable à leur tranquillité d'esprit. Il était inutile de se voiler la face. Ce qui devait arriver aurait lieu.

Une fois le moment passé, les genoux et le cœur de Margaret s'en remettraient et elle serait en mesure de tourner la page. Mais pas avant d'avoir exploré chaque centimètre du corps de Voltigern.

Soudain, l'idée de danser ne l'attirait plus du tout.

— Partons, souffla-t-elle alors qu'il s'apprêtait à entamer le premier pas.

Elle vit sa pomme d'Adam monter et descendre dans sa gorge et sentit son propre corps réagir comme s'il venait de la toucher quelque part d'indécent.

— Oui, répondit-il d'une voix rauque semblable à un grognement. Allons-y.

***

Pour une fois, Lasham ne se contentait pas d'observer, ni de se laisser dévisager par des inconnus. Il était acteur. Le bras enroulé autour des épaules de Margaret, il la guida à travers la foule vers la sortie. En d'autres circonstances, jamais il ne se serait permis de tenir une femme de la sorte.

Mais la situation était tout sauf ordinaire.

Ils étaient ici, tous les deux, seuls et anonymes, sans aucune surveillance, et ils venaient de se mettre d'accord — du moins il l'espérait — sur leur désir mutuel de passer à la vitesse supérieure. De partager un moment dans un cadre que la société aurait jugé inapproprié.

Il faudrait qu'il trouve un moyen de se débarrasser de son incapacité à s'exprimer clairement afin d'en avoir le cœur net. Et ce, même si parler était la dernière chose qu'il avait envie de faire à ce moment précis.

Ils sortirent dans la nuit et Margaret frissonna. Etait-ce le froid ou autre chose ? Lasham l'ignorait, mais il saisit l'occasion de l'attirer un peu plus contre lui, se délectant de la sensation de ses jupes qui frottaient contre ses jambes.

Son cocher les salua d'un signe de tête impassible.

— Ramenez-nous à la maison, ordonna-t-il à son employé qui acquiesça sans un mot, comme si Lasham avait l'habitude de rentrer chez lui en charmante compagnie à une heure avancée de la nuit.

Ou même de la journée.

En fait, ce n'était jamais arrivé auparavant. Il avait eu l'occasion de passer du temps avec certaines dames, mais jamais à son domicile, et il avait toujours veillé à ce que cela ne se sache pas.

Le domestique referma la porte derrière eux tandis que l'anxiété gagna soudain Lasham. Se pouvait-il qu'il ait mal interprété les paroles de Margaret ? Et si elle exigeait qu'il l'épouse après coup ? Ou allait raconter à tout le monde les avances indécentes qu'il lui avait faites ?

— Alors ? s'enquit-elle amusée en lui prenant la main.

Au fond de lui, Lasham sentit un nœud se défaire.

— Alors quoi ?

Il n'était pas devenu l'homme le plus loquace du monde, encore moins de Londres ; un désir intense, une chance de connaître le bonheur et un sens de l'humour partagé ne pouvaient pas faire de miracle en si peu de temps.

— Nous sommes en route pour votre demeure, dit-elle avant de prendre une profonde inspiration, comme pour se donner du courage. J'imagine que nous serons seuls. C'est pourquoi je souhaite réitérer le fait que vous n'avez aucune obligation envers moi, quoi qu'il arrive.

Quoi qu'il arrive. Cela signifiait qu'il allait se passer quelque chose. Lasham l'avait déjà deviné ; après tout, c'était elle qui avait demandé à quitter le club de danse. Mais l'entendre le dire à voix haute confirmait ce qu'il espérait secrètement et il fut rassuré.

— Merci, déclara-t-il simplement.

Qu'aurait-il pu répondre d'autre à une demoiselle qui venait de dire à un gentleman qu'elle avait l'intention de s'adonner à des actes indécents en sa compagnie, sans pour autant exiger ni s'attendre à un certain engagement mutuel ?

C'était le genre d'aventure qu'il n'avait jamais cru possible quand il avait accepté leur arrangement. Pourtant, c'était exactement ce qui manquait à sa vie : la passion, le désir, les caresses, la proximité et un secret des plus précieux.

— Margaret…

Il s'interrompit horrifié : il l'avait appelée par son prénom et avait omis son titre ! Mais après tout, n'était-il pas ridicule de se plier à toutes ces formalités étant donné ce qui s'était passé entre eux ? Et ce qui allait probablement avoir lieu ? Il décida donc de poursuivre.

— Avez-vous déjà…

Elle retira brusquement sa main de la sienne, lui laissant une sensation de vide au creux de la poitrine.

— Si j'ai déjà fait cela par le passé ? Non, rétorqua-t-elle d'une voix tremblante de colère. Pensez-vous réellement que j'ai l'habitude de m'embarquer dans ce genre d'aventure avec le premier venu. C'est juste que… Avec vous, je…

Elle s'arrêta, apparemment incapable de trouver les mots justes. Bienvenue au club, songea Lasham.

— Ce n'est pas ce que j'allais dire, reprit-il en lui reprenant la main qu'elle avait posée sur ses genoux. Je voulais vous demander si vous aviez déjà ressenti ce genre de connexion avec quelqu'un auparavant. Parce que moi, non.

Il ne put s'empêcher de remarquer à quel point sa voix était vibrante d'émotion. C'était la première fois qu'il s'exprimait ainsi.

— Sauf peut-être avec Jamie, d'une certaine manière. J'ai l'impression que vous me comprenez, même quand je ne dis rien.

Margaret éclata d'un rire quelque peu gêné.

— Oh ! je vois. Pardonnez-moi. J'ai cru que vous pensiez que mes actes étaient aussi scandaleux que ma réputation. Mais puisque je me suis fourvoyée, j'imagine que votre question n'est pas aussi sincère que vous le pensiez.

— Si, elle l'est.

Il souleva sa main et lui embrassa le poignet. Voir cette femme forte et passionnée perdre ses moyens à l'instant même où il avait été question des rumeurs sur son compte venait de lui prouver qu'il faudrait qu'il se montre extrêmement discret quant à leur relation. Il ne pouvait pas se permettre de ruiner son image plus qu'elle ne l'était déjà. Il se devait de lui offrir une échappatoire, même si c'était la dernière chose dont il avait envie.

— Nous ne sommes pas obligés de…

Il s'arrêta, incapable à son tour de trouver les mots adéquats. S'il avait mal interprété ce qu'elle avait voulu dire, il ruinerait ce merveilleux moment, ce sentiment qu'il n'avait jamais ressenti auparavant.

— Non, c'est vrai, répondit-elle d'une voix fragile. Mais nous devrions faire ce qui nous attire.

Lasham ne put s'empêcher de sourire.

— C'est ce que vous m'avez dit le jour où nous nous sommes rencontrés. *Si vous n'aimez pas cela, vous pouvez toujours arrêter. Mais, au moins, vous aurez tenté.*

Lasham prit une profonde inspiration.

— Je suis d'avis que nous essayions.

Georgiana et le dragon

Par lady Mystère

— Quel genre de leçon ?

Le dragon releva la tête tandis que Georgiana réfléchissait.

— Excusez-moi, dit-il. Je suis toujours là et j'ai besoin d'aide.

Georgiana porta la main à sa bouche et laissa échapper une petite exclamation.

— Mon Dieu, quelle idiote je fais. Je suis horriblement confuse.

Elle prit la princesse par le bras et la força à s'agenouiller près de la bête.

— Votre premier enseignement sera la compassion. Aidez-le, ordonna-t-elle en posant la main de Son Altesse sur le flanc de l'animal.

— L'aider ? répéta la jeune femme pensive. Je crois que je peux faire cela. J'en suis capable.

Chapitre 19

Je suis d'avis que nous essayions.

Margaret retint son souffle à ces mots, laissant les vibrations de sa voix résonner dans tout son corps.

Essayer. Cela semblait si innocent, comme s'il s'agissait d'une simple tentative, sans possibilité d'échec.

Mais il fallait bien qu'ils se lancent. Si elle n'allait pas jusqu'au bout, Margaret savait qu'elle s'en voudrait toute sa vie. Et lui aussi, probablement. Le fait qu'il soit prêt à oser quelque chose au-delà de tout ce qu'il avait entrepris jusqu'à présent lui faisait chaud au cœur. Il était prêt à prendre le risque pour elle. Elle était spéciale à ses yeux.

Elle serra les doigts de Vortigern entre les siens et se pencha sur son épaule. Elle se sentait si bien à son côté, si sereine, comme s'ils se connaissaient depuis des années.

Pourtant, ce n'était pas le cas et, tôt ou tard, il faudrait que tout cela prenne fin.

Mais elle aurait tout le temps de penser à cela plus tard. Elle devait cesser d'essayer de deviner la fin de sa propre histoire. Après tout, l'avenir était empli d'inconnu. Et puis elle n'était pas toute seule, dans cette aventure. Comment aurait-elle pu prévoir le futur ?

— Merci, dit-il à voix basse.

Margaret releva la tête. Son visage était difficilement visible dans l'obscurité de l'habitacle, mais elle discerna la tache sombre de son bandeau et aperçut une étincelle dans son œil droit.

— Pour quoi ? demanda-t-elle en jouant avec les boutons de sa veste du bout de son index.

— D'essayer avec moi, répondit-il en venant poser sa main sur celle de Margaret. D'avoir accepté tout cela, quel que soit le nom que vous lui donnez.

Margaret se recula pour l'observer.

— Dans ce cas, je dois aussi vous remercier. Vous m'avez montré que j'avais besoin d'un peu d'aventure dans mon existence. Et vivre cela ensemble rend la chose encore plus exceptionnelle, ne trouvez-vous pas ?

Elle ne put réprimer un frisson d'excitation ; ils allaient *le* faire.

— Alors, nous sommes tous les deux reconnaissants, conclut-il en lui soulevant le menton pour l'embrasser avec douceur.

Mais cela ne dura pas. A peine quelques secondes plus tard, son baiser se fit plus entreprenant, plus fougueux.

Elle empoigna son avant-bras et le déposa sur sa taille, se tournant un peu pour se rapprocher de lui. Il lui mordilla la lèvre et elle ne put s'empêcher de gémir tandis qu'il ouvrait la bouche et venait à la rencontre de sa langue. Margaret se tortilla sur son siège. Elle aurait voulu se coller à lui, mais n'était pas certaine de la façon dont il fallait s'y prendre.

De toute évidence, Vortigern, lui, le savait. Il la souleva comme si elle n'avait pas pesé plus lourd qu'une plume et la plaça sur ses genoux avec délicatesse, sans cesser de l'embrasser.

Elle aurait presque pu complimenter l'agilité de ses

mouvements, mais elle était trop occupée à enregistrer mentalement une myriade de sensations : le corps de Vortigern si près du sien, ses cuisses qu'elle sentait sur son postérieur à travers le tissu de sa robe, son érection — car c'était bien de cela qu'il s'agissait, elle en était persuadée, même si c'était la première fois qu'elle était confrontée à ce genre de situation — pressée contre sa hanche, ses doigts qui la serraient comme s'il avait peur qu'elle ne s'échappe.

Elle se pencha contre lui, plaquant ses seins contre son torse musclé, ce qui la ravit au plus haut point. Qui aurait pu penser que son corps était capable de ressentir autant de choses à la fois ?

Vortigern, pour une fois, était parfaitement à son aise.

Une main enroulée sur son sein, il tira sur le décolleté de sa robe en laissant échapper un grognement impatient. Margaret ne pouvait guère lui en vouloir : elle aussi était excitée à l'idée d'éprouver sa peau nue contre la sienne.

Elle n'avait pas oublié la fois où elle avait caressé son torse sous sa chemise. Et elle ne voulait pas s'arrêter là.

Vortigern passa la main sous le tissu de son corsage et entreprit de titiller son téton du pouce, lui envoyant des frissons dans tout le corps. Une vague de chaleur se répandit à travers ses veines, à commencer par son ventre, et même plus bas que cela.

Et dire qu'ils ne s'étaient même pas encore déshabillés, ni n'avaient fait autre chose que s'embrasser. Margaret était impatiente de découvrir les autres sensations qu'il serait capable de déclencher chez elle.

Alors qu'elle était encore en train d'imaginer ce qu'il était possible de faire dans l'intimité d'un fiacre, celui-ci ralentit et finit par s'arrêter. Elle descendit des genoux de

Vortigern, remonta le col de sa tenue et tenta tant bien que mal d'arranger ses cheveux.

A ses côtés, Vortigern faisait de même et elle se souvint de sa cravate qu'elle avait au fond de sa poche, mais ne la lui rendit pas. Non seulement elle voulait la garder en souvenir, mais encore le duc était irrésistiblement beau et séduisant sans cet ornement.

Amener une femme à son domicile était déjà scandaleux ; se présenter la gorge nue devant ses employés revenait à admettre ce qu'ils venaient de faire.

Pourtant, ce n'était pas assez, songea Margaret. Elle voulait explorer chaque centimètre de sa peau et découvrir ce que cela faisait d'être intimement proche de quelqu'un.

Elle l'admettait volontiers : elle avait envie de lui. Elle ne pouvait ni ne souhaitait l'épouser, mais cela ne changeait en rien le désir qu'elle éprouvait pour lui. Et, de toute évidence, le sentiment était partagé.

Elle continuerait donc dans cette voie jusqu'à ce qu'elle obtienne satisfaction.

Le cocher ouvrit la porte et Vortigern mit pied à terre avant de lui tendre la main pour l'aider à descendre. Il était tard : hormis le majordome qui les attendait sur le perron, une bougie à la main, la rue était déserte.

— Aimeriez-vous prendre une boisson chaude à l'intérieur ? suggéra Vortigern d'une voix sûre.

Peut-être que son manque de confiance ne se reflétait que dans ses paroles, parce que de toute évidence ses actions, et notamment celles auxquelles il s'était livré dans la voiture, étaient tout sauf hésitantes.

Margaret sentit le rouge lui monter aux joues à ce souvenir.

— Oui, merci, murmura-t-elle en prenant le bras qu'il

lui offrait pour monter les quelques marches qui conduisaient à sa demeure.

Pendant une seconde, l'employé eut l'air surpris, mais reprit rapidement une expression neutre et courtoise.

— Veuillez nous servir un thé dans la bibliothèque, ordonna Vortigern en faisant signe à l'homme de déguerpir.

Ils pénétrèrent à l'intérieur de la maison et Vortigern conduisit Margaret dans sa bibliothèque, cette pièce dans laquelle elle avait fait irruption quelques semaines plus tôt pour exiger qu'il lui explique pourquoi il l'avait suivie. L'endroit où ils s'étaient embrassés pour la première fois.

Il referma la porte derrière eux et désigna le canapé.

— Est-ce ici que vous passez vos journées ? demanda-t-elle en jetant un regard alentour.

Un grand bureau avait été placé près d'une gigantesque étagère remplie de livres de toutes les tailles et de toutes les couleurs. De toute évidence, Vortigern les avait souvent feuilletés : les tranches étaient abîmées et certaines lettres s'étaient effacées.

Plutôt que de s'asseoir, Margaret s'avança vers les rayonnages et fit courir ses doigts sur les couvertures en cuir.

— Je ne pensais pas que vous aviez le temps de lire, avec toutes les responsabilités qui pèsent sur vos épaules.

Elle se retourna et lui lança un petit sourire espiègle.

— J'avais cru comprendre que vous ne négligiez jamais vos devoirs et que vous vous comportiez toujours de manière responsable.

Il lui décocha un regard malicieux qui lui donna la chair de poule.

— J'ai dit que je faisais toujours ce qu'il fallait, c'est différent.

Il s'avança rapidement et passa derrière le bureau, l'acculant contre l'étagère.

Bloquée par son corps large comme une armoire, elle s'adossa aux livres, croisa les mains derrière son dos et leva la tête vers lui.

— J'ignorais que vous accordiez autant d'importance à la signification des mots, Votre Grâce, se moqua-t-elle gentiment.

Vortigern posa son avant-bras au-dessus de sa tête, sur l'étagère, et Margaret sentit la chaleur de sa peau, à quelques centimètres à peine de la sienne.

— A vrai dire, je n'y avais jamais vraiment songé auparavant, répondit-il le regard rivé sur la bouche de Margaret, qui eut soudain les lèvres très sèches.

— Et votre récent intérêt pour la terminologie a-t-il révélé quelque chose… d'intéressant ?

Elle secoua la tête, dépitée face à sa propre redondance.

— En effet, acquiesça-t-il sans se formaliser du manque de vocabulaire de Margaret.

Elle posa la main sur le visage de Vortigern et caressa sa barbe mal rasée, juste au-dessous de son bandeau. Que n'aurait-elle pas donné pour savoir comment il avait perdu son œil ? Mais elle savait que cette révélation — ce fait que personne ne semblait connaître — était un secret encore plus grand que celui de son nom, que n'importe qui pouvait découvrir en feuilletant le guide de Debrett.

La porte s'ouvrit et Vortigern s'empressa d'attraper un livre au-dessus de Margaret. Il l'ouvrit et fit glisser son index le long d'une page.

— C'est ici que vous trouverez ce que vous cherchez, milady, dit-il d'une voix étonnamment neutre.

— J'en doute, murmura Margaret.

Elle le vit rougir et faillit éclater de rire, mais se retint en présence du domestique occupé à déposer une théière sur la table basse en face du canapé.

— Faudra-t-il autre chose, Votre Grâce ?

Le ton du majordome semblait parfaitement normal, comme si rien d'extraordinaire n'était en train de se dérouler sous ses yeux. Mais peut-être que le duc avait l'habitude d'inviter de jeunes demoiselles à prendre le thé à son domicile au milieu de la nuit, après tout. Qu'en savait-elle ?

— Non, ce sera tout, répondit Vortigern.

Il regarda l'homme sortir de la pièce, puis poussa un soupir de soulagement.

— Mes employés sont remarquables, s'exclama-t-il. Je ne me suis jamais retrouvé dans une telle situation. Pourtant, ils agissent comme si de rien n'était. Rappelez-moi de leur donner une petite prime à Noël.

Non seulement il n'avait pas pour coutume d'amener des femmes chez lui, mais en plus il supposait que leur relation serait toujours d'actualité d'ici les fêtes de fin d'année.

Elle n'aurait pas dû en être ravie, mais elle ne put s'empêcher de sourire.

Il lui prit la main et la conduisit jusqu'au canapé, attendant qu'elle soit confortablement installée avant de s'asseoir. Margaret se tourna vers lui avant de réprimer une petite exclamation. Elle était à sa gauche, du côté de son œil aveugle.

— Nous ferions mieux d'échanger de place.

Il eut l'air embarrassé, mais pourquoi ? Après tout, personne n'ignorait son handicap. Il avait déjà expliqué que c'était la première chose que les gens remarquaient chez lui, alors d'où venait cette gêne ? Cela n'avait aucun sens.

Décidément, le duc aux allures de pirate recélait beaucoup plus de mystères qu'elle ne l'avait cru initialement.

Elle s'assit à sa droite et s'adossa au canapé — une position des plus scandaleuses : toute femme de la haute société veillerait à adopter une attitude toujours très digne — avant de relever les yeux en souriant.

— Un peu de thé ? proposa-t-il d'un ton ordinaire comme si elle avait été en visite de courtoisie à une heure décente et accompagnée d'un chaperon.

Ce qui était loin d'être le cas. En fait, c'était même la situation la plus indécente qu'elle pouvait imaginer.

Non, se reprit-elle, ce n'était pas vrai : il existait bien d'autres manières de se montrer inconvenant, mais ce n'était pas le moment d'y penser. Pas tant que Vortigern ne souhaitait rien de plus que lui offrir une collation.

— Oui, merci.

Il prit la théière et versa le liquide brûlant dans sa tasse.

— Lait ? Sucre ?

Margaret hocha la tête en se délectant de cette agréable sensation qu'était celle de voir un homme la servir. Celui-ci en particulier.

Bien sûr, ce n'était pas la première fois qu'un représentant de la gent masculine remplissait cette tâche pour son plaisir, mais cela avait toujours été un domestique. Pas un gentleman, et encore moins un duc.

Consciente qu'il voulait lui plaire — la rendre heureuse en préparant sa boisson de la meilleure façon qu'il soit —, elle frissonna.

— Merci, dit-elle en prenant la soucoupe.

Vortigern se servit à son tour, mais laissa son thé sur la table basse et s'adossa au canapé comme elle l'avait fait un peu plus tôt. Elle l'imita et tourna la tête vers lui.

— Parlez-moi de votre travail à Soho et dans les quartiers populaires, demanda-t-il. Je n'ai pas eu l'occasion d'en apprendre beaucoup, tout occupé que j'étais à veiller à votre sécurité.

— Et à engager les filles de Mme Beecham. Sont-elles ici ? Comment vont-elles ?

Jusqu'à ce qu'il y fasse allusion, elle avait complètement oublié qu'il leur avait suggéré de se rendre à son domicile pour trouver un emploi. Cela voulait-il dire qu'elle ne se préoccupait guère de leur devenir ? Qu'obnubilée par la possibilité de voir Lasham sans ses vêtements, elle avait négligé son devoir ?

Elle aurait dû avoir honte. Pourtant, la première chose à laquelle elle pensa fut au fait qu'il n'avait toujours pas répondu à sa question.

Cela non plus ne présageait rien de bon quant à la direction qu'était en train de prendre sa morale.

— Très bien. Elles travaillent toutes les deux en cuisine. La chef n'a certainement pas manqué de les terroriser d'ailleurs.

Margaret se redressa d'un bond, les yeux écarquillés.

— *Les terroriser ?* s'exclama-t-elle, sur le point de se lever.

Vortigern posa une main sur son avant-bras.

— Du calme, vous ne pouvez pas résoudre les problèmes de tout le monde. Ce que je veux dire par là, c'est que Cook fait montre de sympathie envers les filles en s'inquiétant outre mesure pour elles.

Il grimaça.

— Si seulement je pouvais exprimer ce que j'ai à l'esprit.

Margaret se détendit et un large sourire éclaira son visage.

— Si c'était le cas — si tout le monde parlait sans réfléchir —, la société serait beaucoup plus rude qu'elle ne l'est. Plus honnête, certes, mais plus hostile.

Elle inclina la tête sur le côté et haussa un sourcil dans sa direction.

— Que diriez-vous si vous pouviez retranscrire vos pensées par des mots ?

Il aurait dû s'attendre à ce qu'elle lui pose la question, mais, à en juger par son expression, c'était loin d'être le cas.

Peut-être ne se comprenaient-ils pas autant qu'il l'avait laissé entendre, après tout. Mais ce n'était pas le moment de le lui faire remarquer, songea Margaret.

— Je l'ignore.

Il marqua une pause et secoua la tête, comme irrité par sa propre réponse.

— J'aimerais avoir des idées arrêtées sur certaines choses, plutôt que d'être constamment en train de peser le pour et le contre, de considérer les différentes possibilités. Ce doit être merveilleux de savoir ce que l'on veut.

Margaret leva les yeux au ciel.

— Si vous aviez des pensées figées, cela voudrait dire que vous ne prendriez même pas la peine d'écouter les arguments d'autrui. Le fait que ce ne soit pas le cas prouve au contraire que vous êtes une personne aimable et intelligente.

Vortigern prit un air songeur.

— Cela signifie-t-il que mon incapacité à prendre des décisions reflète certaines facultés mentales ?

— Vous n'êtes pas aussi inapte que cela, dit-elle en riant et en lui envoyant un petit coup de coude dans les côtes. Vous faites une multitude de choix tous les jours : celui de supporter une loi plutôt qu'une autre à la Chambre des lords, de dépenser votre argent dans une infrastructure plutôt qu'une autre, d'escorter ou non une certaine demoiselle dans les quartiers populaires de Londres…

Elle s'interrompit un instant, attendant qu'il réplique.

— Une excellente initiative, si vous voulez mon avis, affirma-t-il en croisant les bras sur sa poitrine.

— Exactement. Préféreriez-vous être stupide au point d'opter pour telle ou telle solution sans vous informer au préalable ?

— J'imagine que non, répondit-il en se rapprochant d'elle. Mais je ne mentais pas quand je vous ai dit que je n'avais plus l'intention de me comporter de manière aussi responsable qu'avant. Je veux faire ce dont j'ai envie.

Il prit la main de Margaret entre les siennes et baissa le regard sur leurs doigts entrelacés.

— Et cela, ajouta-t-il, me plaît énormément.

Il releva la tête vers elle et elle lut l'espoir, le désir et la force au fond de sa pupille, si ardemment qu'elle sentit ses genoux flageoler de nouveau, et ce, bien qu'elle fût assise.

— Oui, murmura-t-elle. A moi aussi.

Georgiana et le dragon

Par lady Mystère

— Tout d'abord, il va falloir que vous me coupiez.

La princesse sortit une lame de son corsage et la tendit à Georgiana.

— Pourquoi ? demanda Georgiana, même si elle commençait à comprendre.

— Seul le sang d'une personne de descendance royale peut me sauver, expliqua le dragon à voix basse.

Georgiana leva les yeux au ciel.

— Evidemment ! Et j'imagine qu'elle doit aussi être jolie !

S'il avait eu des épaules, il les aurait haussées.

— Belle ou non, cela n'a pas d'importance. Il suffit qu'elle appartienne à la monarchie.

— Tenez, dit la jeune femme en relevant sa manche pour tendre le bras au-dessus de la blessure de la bête. Les gouttes tomberont directement sur la plaie.

— J'ai un seau, rétorqua Georgiana en cherchant frénétiquement autour d'elle.

Il devait bien être quelque part.

— Oubliez cela. Nous n'en aurons pas besoin.

Georgiana frissonna à l'idée de taillader la chair d'un

autre être humain, mais elle s'exécuta d'un rapide coup de couteau entre le coude et le poignet.

Immédiatement, le liquide rouge se mit à couler sur les écailles de l'animal qui poussa un rugissement terrifiant, comme en proie à une terrible douleur.

Chapitre 20

Lasham sentit sa gorge se serrer sous l'effet du désir et de l'envie. Mais surtout, pour la première fois de sa vie, il avait l'impression d'être le bienvenu. N'était-il pas étrange de réaliser que cela n'avait jamais été le cas auparavant ?

La société tolérait sa présence et on l'invitait aux événements mondains, car son titre était synonyme de prestige, mais il était rare que l'on souhaite réellement le voir.

Même à son domicile, où Margaret et lui se trouvaient en ce moment précis, il n'y avait personne pour attendre son retour et l'accueillir. Les domestiques qui résidaient chez lui n'étaient là que pour son plaisir et ne pouvaient décemment jouer ce rôle.

Néanmoins, Margaret le pouvait. Elle était assise sur son canapé, dans sa bibliothèque, qui elle-même se trouvait dans sa maison, et, pourtant, il avait le sentiment que c'était elle qui venait de le faire entrer dans sa demeure, et non l'inverse.

Il voulait la toucher, bien sûr, mais désirait également tout apprendre d'elle, absorber jusqu'à la dernière goutte d'information à son sujet, telle une délicieuse boisson qui le soûlerait et lui ferait oublier qui il était, le temps d'un instant, ce que le vin n'était pas en mesure de faire.

— A quoi pensez-vous ? demanda Margaret.

Elle semblait réellement intéressée par sa réponse, contrairement aux nombreuses femmes qui, par le passé, lui avaient posé la même question en espérant simplement être la cause de son remue-méninges.

L'ironie voulut qu'elle soit effectivement celle qui occupait son esprit en ce moment même.

Il se redressa sur le canapé, prit sa tasse et but une gorgée. Le thé était tiède ; il avait attendu trop longtemps. Il secoua la tête et le reposa sur la soucoupe.

— A vous.

Elle battit des paupières.

— Vraiment ? Ce n'est pas ce que je voulais…

— Je sais, la coupa-t-il en souriant.

Il posa sa cheville droite sur son genou gauche et s'adossa de nouveau au fond du sofa, une posture qu'il savait choquante, même s'il avait été seul dans la pièce. Mais en présence de Margaret, c'était absolument scandaleux. Et encore, le mot était faible.

Il n'en connaissait pas de plus fort. Il faudrait qu'il lui pose la question. Elle saurait probablement lui répondre, elle qui avait l'habitude de manier la langue.

— Et que pensiez-vous de moi ? s'enquit-elle en haussant un sourcil à la fois provocateur et séducteur.

Sa marque de fabrique, songea-t-il.

— Je suis impressionné par tout ce poids que vous avez volontairement décidé de placer sur vos épaules pour aider votre prochain, répondit-il en haussant les épaules. Il est rare que les gens de notre monde fassent attention à ce qui se passe dans ce genre de quartiers, sauf quand il est question de faire un discours à la Chambre des lords.

— Si je pouvais m'adresser à ceux qui y siègent, croyez-moi que je le ferais, rétorqua-t-elle avec vigueur. Mais c'est impossible. Et je ne vais pas rester les bras croisés pour autant.

— Pourquoi pas, si cela vous tient tellement à cœur ?

Margaret ouvrit la bouche, prête à répliquer, mais il l'arrêta d'un geste de la main.

— Je ne dis pas que ce que vous faites est mal, au contraire, mais je n'ai encore jamais vu une femme s'atteler aux problèmes que vous essayez de combattre, avec ou sans escorte.

Il fit une pause pour organiser sa pensée, dans l'espoir de s'exprimer clairement pour une fois.

— J'admire votre travail. Tout d'abord, j'ai trouvé cela imprudent, et c'est peut-être le cas, mais au moins, quand vous constatez que quelque chose ne va pas, vous tentez d'y remédier.

Tout comme lui. Seulement, son souci ne résidait pas dans la souffrance d'autrui, mais dans son incapacité à être heureux, ce qui pouvait sembler trivial en comparaison. Mais il faisait déjà de son mieux pour rendre le monde meilleur, du moins à son échelle, peut-être l'heure était-elle venue de s'intéresser à sa propre personne.

A quoi pouvait bien ressembler le bonheur ?

Margaret parut comprendre ce qu'il voulait dire, car son expression changea et se fit pensive.

— Je crois que ce qui me motive, c'est que j'aurais très bien pu finir à leur place. Pas dans des conditions aussi difficiles bien sûr, ma sœur ne l'aurait jamais permis. Mais ces dames n'ont aucun soutien de la part de leur famille et, pourtant, elles s'en sortent. Après avoir quitté Londres, j'ai longtemps réfléchi à la différence entre vivre et subsister. Ce que je veux, c'est faire en sorte que ces personnes, chacune d'entre elles, aient une existence digne de ce nom.

Lasham lui prit la main, ému. Il avait l'impression de se tenir au bord d'un précipice. A la différence que s'il faisait un pas en avant, au lieu de s'écraser au sol plusieurs mètres plus bas, il se serait envolé vers le ciel. *Ce que je veux, c'est faire en sorte que ces personnes, chacune d'entre elles, aient une existence digne de ce nom.* Cela pouvait s'appliquer autant à un duc qu'à un ramoneur.

Il inspira un grand coup, le cœur rempli d'une émotion intense qu'il ne pouvait taire, et prit la parole sans quitter Margaret du regard, observant avec attention la moindre de ses réactions.

— Nous parlions un peu plus tôt du bonheur et de sa définition. Je pense que, jusqu'à présent, je n'ai fait que survivre.

Il dut s'interrompre une minute pour trouver le courage de poursuivre.

— Et je crois qu'à vos côtés, je réapprends à vivre tout doucement.

Margaret se mordit la lèvre et acquiesça en silence. Pour une fois, elle était sans voix.

Lasham ne désirait pas l'embrasser, pas à cet instant précis. Enfin, si, mais il ne voulait pas qu'elle s'imagine qu'il ne s'agissait que de cela. Il se contenta donc de lui caresser la main du bout des doigts, s'arrêtant un peu plus longtemps que nécessaire sur la callosité sur son majeur, à l'endroit où elle tenait son crayon, et l'intérieur de son poignet où sa peau était si douce qu'il eut envie de la frotter contre sa joue.

— C'est également ce que je souhaite, finit-elle par murmurer en baissant les yeux. Subsister n'est pas suffisant.

C'était ce que Margaret avait fait, quand elle avait quitté la ville. Mais à présent qu'elle était de retour, qu'elle revoyait sa sœur et sa nièce, qu'elle aidait ces femmes dans le besoin et se sentait utile, elle avait l'impression de renaître.

Et puis il y avait le duc. Sa simple présence semblait donner un sens à son existence. Cela n'aurait pas dû être le cas — elle n'avait nullement l'intention de résumer son existence à celle d'un homme et d'oublier ce pour quoi elle était revenue —, mais, au fond d'elle-même, elle se savait bouleversée. Grâce à lui, elle aspirait à davantage que la vie elle-même.

Elle balaya hâtivement cette pensée d'un revers de la main, embarrassée, car qu'y avait-il de plus fort, à part l'amour ?

Elle ne pouvait pas se permettre de tomber amoureuse de Lasham.

Si ses sentiments pour lui en arrivaient à ce point, tous ses talents de romancière ne suffiraient pas à écrire une fin heureuse.

Georgiana et le dragon

Par lady Mystère

— Qu'y a-t-il ? Est-ce douloureux ? s'inquiéta Georgiana en tentant de retenir en vain les gouttes de sang entre ses mains.

La créature gémit.

— Il est en train de guérir, expliqua la princesse en la repoussant. Cela fait partie du processus.

— Comment pouvez-vous en être sûre ? demanda Georgiana en essuyant ses doigts tachés sur le tissu de sa robe.

— Ce n'est pas la première fois que je porte secours à un dragon. D'ailleurs, maintenant que j'y pense, poursuivit-elle en fronçant les sourcils, je crois bien que c'est mon douzième.

Elle baissa les yeux.

— Et aucun d'entre eux ne s'est transformé en prince.

Alors que les mots s'échappaient de ses lèvres, la bête se mit à changer, sa peau devint plus douce, ses écailles tombèrent, pour révéler…

Un homme. Entièrement nu, allongé sur le sol et entouré de volutes de fumée.

Georgiana poussa un cri d'effroi tandis qu'un large sourire se dessinait sur le visage de Son Altesse.

Chapitre 21

Margaret ne s'attendait pas à ce que tout cela soit aussi intense. De fait, elle n'avait rien prévu du tout. Pourtant, elle aurait dû s'en douter, surtout après s'être rendu compte que sous le masque de duc bien sous tous rapports aux allures de pirate se cachaient une montagne d'émotions, refoulées si profondément que lui-même n'en avait probablement pas conscience. Mais Margaret avait l'œil pour ce genre de choses. Chaque fois qu'il la touchait, l'embrassait ou la dévorait du regard, elle sentait tous ces sentiments bouillonner sous sa peau, presque palpables. Elle aurait donné cher pour les faire sortir, les exposer à la lumière du jour pour les examiner d'un peu plus près !

Mais c'était trop demander. Il se renfermerait probablement à double tour dès l'instant où elle aborderait le sujet, comme il l'avait fait auparavant. Après tout, il avait à peine réussi à lui avouer son nom. Comment pouvait-il lui ouvrir son cœur ?

Néanmoins, ses actes n'avaient-ils pas déjà parlé pour lui ?

Margaret rougit.

— J'aimerais beaucoup que vous m'embrassiez, murmura-t-elle d'une voix douce.

Vortigern sourit et une étincelle s'alluma au fond de sa pupille.

— Je peux faire cela, répondit-il en se penchant vers elle.

Ce fut absolument splendide, comme les fois précédentes, à la différence que Margaret avait l'esprit entièrement tourné vers Vortigern et les sensations qu'il déclenchait en elle.

Il lui tenait le visage avec tendresse, pourtant, il ne faisait aucun doute que c'était lui qui menait la danse.

Lentement, comme pour l'amadouer — comme si une telle tactique était nécessaire! —, il fit courir sa langue sur les lèvres de Margaret, léchant et savourant jusqu'à ce qu'elle le laisse entrer, submergée par tant de délices.

Si elle n'avait pas été assise, ses genoux lui auraient fait défaut et elle se serait effondrée à terre.

Combien de temps s'embrassèrent-ils ainsi? Etait-ce plusieurs heures ou un simple battement de cils? Impossible de le savoir, mais c'est le souffle court que Vortigern finit par rompre le baiser pour venir appuyer son front contre celui de Margaret.

— Je n'aurais jamais cru..., déclara-t-il.

Margaret le coupa en posant son index sur ses lèvres.

— Moi non plus, dit-elle.

Elle ne s'attendait pas à ce qu'il prenne son doigt dans sa bouche et le suce avec ardeur, déclenchant en elle une vague de frissons.

— Oh! fut le seul mot qu'elle réussit à prononcer, tandis que son imagination s'emballait à la pensée de ce qu'il pouvait lui faire d'autre.

Ils s'étaient mis d'accord sur un certain degré de débauche, mais si y penser était une chose, en parler était totalement différent.

Vortigern remonta la main sur l'épaule de Margaret et s'attarda le long de son cou.

— Vous avez la peau si douce, murmura-t-il.

Il se recula et plongea son regard dans le sien.

— Je veux faire durer ce moment le plus longtemps possible, vous savourer telle une délicieuse liqueur.

Il marqua une pause avant de poursuivre :

— C'est pourquoi, malgré le fait que tout mon être me crie de remonter votre jupe sur vos cuisses et de vous prendre sans ménagement, nous ne ferons pas l'amour ce soir.

— Ah bon ? s'exclama-t-elle surprise.

Elle ne put s'empêcher d'être déçue, même si, d'un autre côté, elle appréciait qu'il prenne soin d'elle, comme si elle était précieuse et non scandaleuse. D'ailleurs, si leur relation était découverte, l'esclandre serait terrible. Margaret ne pouvait pas prendre le risque que cela arrive. Peu importait sa réputation à elle, mais le duc avait tout à perdre. Son titre et le respect que lui vouaient ses pairs comptaient énormément pour lui et lui permettaient, à sa façon, d'apporter sa pierre à l'édifice en tentant de bâtir un monde meilleur. Elle-même n'avait ni propriété à protéger ni honneur à sauvegarder et c'était la raison pour laquelle elle pouvait également s'atteler à cette tâche à sa manière.

— Non, répondit-il simplement.

Il s'installa au bout du canapé et la prit dans ses bras, de sorte qu'elle se retrouva allongée, dos contre lui. Le mouvement ne lui prit qu'un quart de seconde, prouvant une fois de plus l'étendue de sa force et de son agilité. Qu'est-ce que cela donnerait une fois entre les draps ?

— Est-ce que tout va bien ? demanda-t-il, visiblement inquiet.

Comment aurait-elle pu lui avouer qu'elle était justement en train de l'imaginer en train de faire montre de toute sa puissance masculine ?

— A merveille. Pourquoi ?

— Vous avez émis une sorte de grognement.

Margaret sentit le rouge lui monter aux joues.

— Ce n'est rien, se hâta-t-elle de répondre.

Elle prit les bras de Lasham et les enroula autour d'elle.

— Parlez-moi de vous. Pour quelle raison votre père vous a-t-il nommé Vortigern ?

Il laissa échapper un soupir de mépris.

— Il voulait que son fils porte le nom d'un grand chef. Il aurait pu choisir George, William ou même Arthur, mais non.

— J'aime bien Vortigern. C'est différent.

— Justement. Vous n'imaginez pas à quel point les jeunes garçons peuvent se montrer cruels quand il s'agit de se moquer du patronyme de quelqu'un.

Margaret éclata de rire.

— En effet, je n'en ai aucune idée. Racontez-moi.

Il la serra un peu plus fort et elle se lova contre son torse. C'était si confortable. Comment quiconque aurait pu, en les voyant ainsi, considérer cela comme un acte scandaleux, simplement parce qu'ils n'avaient pas l'intention de se dire oui pour la vie ?

Et pourquoi ne pouvait-elle s'empêcher d'y penser, alors que leur relation venait à peine de débuter ? Imaginer constamment la fin d'une histoire à peine celle-ci entamée était l'un des inconvénients du métier de romancière.

— Parmi les nombreux sobriquets dont on m'a affublé,

l'avorton figurait en tête de liste. Mortifère arrivait en deuxième place. J'ai eu le droit à Germe, une ou deux fois, puis Gerne. Ce dernier n'obéissait à aucune logique, mais cela ne les a pas empêchés de l'utiliser néanmoins.

— Gerne me fait penser à un rocher. Des arbres avaient poussé à quelques pas du gerne, récita-t-elle à l'improviste. J'aime bien.

Pourvu que cela le fasse rire, songea Margaret.

Fort heureusement, ce fut le cas.

— Ou à quelque chose de déplaisant, comme une maladie, poursuivit-il. Le gerne a causé la mort de trois fermiers. Dieu soit loué, il a depuis été éradiqué.

Margaret sourit, heureuse de le voir prendre part à la plaisanterie.

— Vous ne pouvez pas gerner ici. Prière de vous rendre dans la zone réservée à cet effet, déclara Margaret en prenant un fort accent londonien. Cela semble presque réel. Je me demande ce que pourrait être la signification du verbe dans une telle phrase.

— Probablement rien d'aussi délicieux que ce moment, lui murmura-t-il à l'oreille.

Margaret sentit un frisson lui parcourir l'échine. Par chance, la pièce était dotée d'une belle cheminée dans laquelle brûlaient de joyeuses flammes. Autrement, elle aurait attrapé froid. Voire un gerne.

Elle releva la tête pour plonger son regard dans l'œil unique du Vortigern et se souvint qu'elle ne lui avait pas encore demandé comment il avait perdu l'usage du second. Elle se retint de lui poser la question. Et s'il était incapable de partager plus d'un secret par semaine ? Elle allait devoir se montrer patiente.

— Ma sœur m'appelle Margie, mais c'est le seul surnom

dont on m'ait affublée. Je ne suis pas allée à l'école, je n'ai donc pas eu l'occasion de côtoyer d'autres enfants.

— Votre sœur est mariée au duc de Gage, n'est-ce pas ?

Comment pouvaient-ils avoir une conversation aussi banale dans une situation aussi anormale, tout cela sans paraître gênés le moins du monde ?

Margaret acquiesça.

— Oui. Grâce au ciel, son histoire s'est bien terminée. Nicholas est tombé des nues quand il a hérité du duché et de la main d'Isabella. Mais il est fou amoureux d'elle aujourd'hui.

— Je me demande ce que cela fait, s'interrogea-t-il d'un air songeur.

De quoi parlait-il ? D'aimer quelqu'un ?

Margaret prit son courage à deux mains et lui posa la question :

— Que voulez-vous dire ?

— J'ignore ce que c'est que d'être élevé sans le poids des attentes de sa famille sur les épaules. Parfois, je me demande si j'avais déjà une couronne de feuilles de fraisier sur la tête à ma naissance. Je n'ai jamais connu d'autre statut que celui de duc, présent ou futur.

Voilà qui expliquait beaucoup de choses, pensa Margaret.

— Vos parents ne vous ont-ils jamais laissé vous amuser comme tout enfant de votre âge ?

Il secoua la tête.

— Non. Les loisirs étaient réservés aux autres. En ce qui me concernait, je devais me préparer à devenir le Vortigern pour lequel j'étais né, à assumer mes responsabilités. A quinze ans, elles me sont tombées dessus sans prévenir.

Il s'interrompit un instant puis reprit :

— Je savais pertinemment la charge de travail qui m'attendait. En revanche, je n'avais pas prévu de me retrouver seul face à mes obligations.

— Cela a dû être difficile.

— Peut-être, rétorqua-t-il en haussant les épaules. Je n'ai jamais rien connu d'autre : mon jugement est loin d'être objectif.

Margaret sentit son cœur se serrer en entendant la réalité si crûment exprimée dans sa bouche. Pas étonnant qu'il ait besoin d'un peu d'aventure et n'ait aucune idée des possibilités qui s'offraient à lui. Il ignorait purement et simplement ce que cela voulait dire.

— Qu'en est-il de vous ? Avez-vous été élevée pour devenir lady Mystère ?

Elle laissa échapper un petit rire sans joie.

— Loin de là. Mes parents n'avaient d'yeux que pour Isabella. C'est à peine s'ils se rendaient compte de ma présence.

La douleur était encore là, mais, avec le temps, elle s'était atténuée.

— Quand ils ont fini par faire attention à moi, c'était pour me marier à un goujat.

— C'était courageux de votre part de refuser.

— Non, répliqua-t-elle d'un ton brusque avant de se reprendre. Je veux dire, c'est gentil de votre part, mais j'estime que c'est normal : aucune femme ne devrait être obligée d'accepter une union qu'elle ne souhaite pas. Fort heureusement, j'ai pu trouver une échappatoire, mais certaines ne sont pas aussi chanceuses que moi.

— Etes-vous revenue parce que vos parents ont quitté la ville ?

— Oui. Ils sont partis en voyage je ne sais où.

La vérité était qu'ils ne supportaient pas de voir leur

parfaite petite duchesse et son mari les mépriser publiquement chaque fois qu'ils se croisaient.

— Et puis j'ai une adorable petite nièce avec laquelle j'ai l'intention de passer autant de temps que possible. Elle s'appelle Victoria, je doute donc que quiconque ose se moquer de son prénom. Ce serait un outrage à la reine.

Elle tourna la tête pour le regarder.

— Avez-vous rencontré votre ami sur les bancs de l'école ? Celui qui était ici l'autre soir ?

— Jamie, répondit Lasham en souriant. Oui, nous avons fait connaissance très jeunes et sommes toujours aussi proches, malgré ses nombreux voyages à l'étranger.

— Il a l'air gentil, mais pas aussi… euh…

— Coincé que moi ? conclut Vortigern.

Margaret s'esclaffa et lui déposa un baiser sur la joue.

— Ce n'est pas ce que j'allais dire. Pour quelqu'un qui affirmait, il y a peu, que nous pouvions nous comprendre sans nous parler, vous vous êtes lourdement trompé.

Il laissa échapper un petit rire amusé.

— Peut-être. Qu'aviez-vous en tête ?

— Je le trouve beaucoup moins sérieux que vous. Vous semblez toujours marcher avec le poids du monde sur vos épaules. Loin de moi l'idée de vous le reprocher, puisque c'est la raison pour laquelle vous avez volé à mon secours à Soho, même si, alors, je pensais que vous ne vouliez rien avoir affaire avec moi. J'imagine que ce n'était pas votre premier sauvetage.

Une émotion désagréable se propagea dans tout son corps. Etait-ce de la jalousie ?

— Avez-vous l'habitude de prêter main-forte aux demoiselles en détresse ? poursuivit-elle.

— Non. A vrai dire, cela ne m'était jamais arrivé auparavant.

Margaret se détendit, tout en se réprimandant intérieurement pour avoir eu de telles pensées. Vortigern ne lui appartenait pas, ni aujourd'hui ni dans le futur. Il fallait qu'elle se mette cela dans le crâne et qu'elle arrête de se montrer aussi possessive.

— Que faites-vous d'autre de votre temps, hormis vos activités ducales ?

Vortigern haussa les épaules.

— Mes *activités ducales*, comme vous dites, me prennent la plupart de mes journées. C'est pourquoi j'ai besoin de quelqu'un pour m'emmener à l'aventure.

— Que feriez-vous si vous aviez le choix ?

Cette question n'était pas sans lui rappeler celle qu'elle lui avait posée le jour de leur rencontre. *Quelle est la première chose que vous feriez si vous n'étiez pas duc ?*

Il ne lui avait toujours pas répondu et elle continuerait de le lui demander jusqu'à obtenir satisfaction. Peut-être, à défaut de bonheur, serait-il capable de ressentir de la joie.

— Si seulement je le savais, soupira-t-il.

Margaret perçut à sa voix que c'était vrai. N'était-ce pas la raison pour laquelle il s'était embarqué dans cette histoire ? Pour découvrir ce dont il avait envie ? Ce que cela voulait dire d'être heureux ? Faire de nouvelles expériences et rallumer l'étincelle éteinte au fond de son âme tout en continuant de se plier à ses devoirs ?

Une boule se forma au fond de la gorge de Margaret. Il devait se sentir si seul.

— N'est-ce pas pour cela que je suis là ? murmura-t-elle en lui caressant la main.

Elle pivota dans ses bras pour lui faire face et porta sa main à son visage.

— Mais à cet instant précis, je ne désire rien d'autre que vous.

Il la regarda intensément et prit une profonde inspiration qui la fit frissonner d'excitation. Puis il ferma son œil unique et soupira, les lèvres pincées.

— Moi aussi, répondit-il de cette voix grave qu'elle aimait tant. Voilà au moins une chose dont je suis certain.

Georgiana et le dragon

Par lady Mystère

— Est-ce le dragon ? demanda Georgiana.

Elle savait pertinemment que c'était lui, mais l'incrédulité avait pris le dessus sur son esprit rationnel.

La princesse leva les yeux au ciel.

— Evidemment.

Elle se pencha vers l'homme et sortit un mouchoir qu'elle enroula autour de sa blessure.

— Reste à savoir s'il est celui que je cherche.

Georgiana fronça les sourcils.

— Etiez-vous au courant de ce qu'il risquait de se passer ? Est-ce la raison pour laquelle vous lui avez porté secours ?

La jeune femme haussa les épaules, puis s'agenouilla et approcha son visage de celui du nouveau venu, si près qu'elle aurait presque pu l'embrasser.

Elle n'en fit rien. Au lieu de cela, elle le renifla, puis se recula d'un geste dégoûté.

— Ce misérable n'a rien d'un futur roi.

Elle se releva et se frotta les mains.

— Merci pour la leçon.

— De quoi parlez-vous ? Je ne vous ai rien appris.

— Oh ! si. Je sais à présent que je ne devrais pas gâcher mon sang sur n'importe quelle créature mythique que je

croise dans l'espoir de trouver mon bonheur. Après tout, je n'ai pas besoin d'un prince.

Et elle s'en alla d'un pas décidé vers l'orée de la forêt, laissant Georgiana seule avec l'inconnu inconscient et nu comme un ver.

Chapitre 22

— Alors ?

Lasham releva la tête pour voir Jamie entrer dans la pièce sans même prendre la peine de frapper. Moins de douze heures plus tôt, il était encore allongé sur le sofa avec Margaret dans les bras, en train de lui parler, de la toucher, de vivre tout simplement.

Depuis quand ne s'était-il pas senti aussi calme et détendu ? La présence de Margaret avait le don de l'apaiser. N'était-ce pas étrange ?

Son expression avait dû le trahir, car le visage de Jamie se fendit d'un large sourire.

— Etait-ce si bien que cela ? demanda-t-il d'un air entendu en s'affalant sur la chaise en face du bureau.

— Euh… De quoi parles-tu ? balbutia Lasham.

Il n'était pas dans ses habitudes de temporiser. Les ducs avaient rarement besoin de mentir et Lasham était fier de pouvoir se considérer comme un honnête homme.

Jusqu'à maintenant. La dernière chose dont il avait envie, c'était que Jamie lise en lui comme dans un livre ouvert.

Celui-ci rejeta la tête en arrière et éclata de rire, de toute évidence très amusé par la gêne son ami, au grand dam de Lasham.

Margaret et lui avaient prévu de se revoir le lendemain ; elle souhaitait qu'il l'accompagne dans un quartier dont il avait oublié le nom. Il avait été soulagé d'apprendre qu'elle ne s'était pas rendue dans ces endroits malfamés sans lui. Mais il était temps qu'elle y retourne. Comme elle l'avait si bien dit, qui savait ce qui avait bien pu se passer depuis ? Peut-être son aide était-elle requise là-bas.

J'ai besoin de vous ici, avait-il voulu répondre. Mais il s'était contenu : c'était trop audacieux, même après ce qu'ils venaient de partager. Il n'allait tout de même pas se montrer si égoïste, surtout s'il pouvait apporter sa pierre à l'édifice en escortant Margaret. Et cela n'avait rien à voir avec le fait qu'il venait de découvrir que l'embrasser était la plus belle chose au monde.

Toutes ces pensées ne firent pas disparaître Jamie de sa vue, ni n'effaça ses questions et ses commentaires sur la façon dont Lasham dirigeait sa vie.

— De toi et d'elle, pardi !

Jamie se pencha en avant et joignit les mains devant son visage.

— Tu l'as revue, n'est-ce pas ? Je t'ai aperçu hier soir et, soudain, vous aviez tous les deux disparu.

Lasham se racla la gorge.

— Oui, eh bien, les choses sont ce qu'elles sont.

Sa réplique n'avait aucun sens et il en avait conscience.

— Cela ne veut rien dire et tu le sais parfaitement, rétorqua Jamie, un petit sourire en coin.

Apparemment, Lasham avait sous-estimé la capacité de son ami à lire dans ses pensées.

— Jamie, déclara-t-il en jetant un coup d'œil gêné autour de lui. J'ai une question à te poser.

Il s'interrompit un instant avant de reprendre.

— C'est au sujet des femmes.

Jamie haussa un sourcil interrogateur.

— Alors, c'est donc de cela qu'il s'agit !

Heureusement que Jamie et lui se comprenaient sans parler : il n'aurait pas voulu se voir obligé d'expliquer à voix haute le genre de conseils dont il avait besoin. D'ailleurs, il n'était même pas certain de savoir comment procéder. Pourvu que Jamie ait effectivement à l'esprit la même chose que lui et qu'il ne soit pas en train de se fourvoyer.

— Oui, répondit-il en priant le ciel de ne pas se tromper.

Jamie se leva de son siège.

— Dans ce cas, nous en avons pour un moment. Je suis expert en la matière.

Ouf ! Ils parlaient bien du même sujet.

— Bonjour, Votre Grâce.

Lasham se retourna en entendant son nom, douloureusement conscient de la présence d'autres êtres humains autour d'eux aux abords du musée. Aucun ne faisait vraiment attention à Margaret et à lui, mais, d'un autre côté, un aristocrate d'un mètre quatre-vingts affublé d'un cache-œil et une demoiselle aussi rayonnante qu'elle ne pouvaient guère passer inaperçus.

— Bonjour, milady.

Il l'avait vue moins de vingt-quatre heures plus tôt, mais il la dévora des yeux comme s'il la découvrait pour la première fois. Elle portait une tenue relativement passe-partout comparée à sa robe jaune flamboyant de la veille, mais cela ne fit qu'enflammer le désir qu'il éprouvait pour elle.

Inutile de se leurrer : il aurait envie d'elle quels que soient les habits qu'elle avait sur le dos. Lasham ne s'était jamais intéressé aux vêtements féminins, mais, depuis qu'il connaissait Margaret, il apparaissait qu'elle et ses congénères se couvraient beaucoup trop à son goût. Surtout elle, en fait.

Elle esquissa une petite révérence, comme se doit de le faire toute femme en présence d'un homme de son rang, mais le sourire malicieux sur son visage était destiné à Vortigern, et non au duc.

Margaret et lui étaient devenus plus que leurs titres respectifs. Elle avait dépassé le stade d'âme charitable et lui, celui de son garde du corps. On ne pouvait pas encore les qualifier d'amants, mais ce n'était qu'une question de temps. Aux yeux de la société, ils s'étaient déjà conduits de manière inappropriée.

C'était une première, pour Lasham, et il voulait pleinement explorer cette nouveauté. Avec Margaret, de préférence, et le plus tôt possible.

Ce n'était pas le moment de se laisser aller à ce genre de pensées, se réprimanda-t-il. Pas alors qu'ils avaient prévu de se rendre dans l'un des quartiers les plus dangereux de Londres. Margaret lui avait expliqué avoir reçu plusieurs messages de la part de dames vivant dans cet endroit, lui indiquant que des personnes récemment arrivées de l'extérieur fomentaient une révolte politique — un fait dont Margaret se moquait, mais qui inquiétait grandement Lasham — et avaient pour habitude d'agresser les femmes lors de leurs déplacements en bande organisée. Personne ne semblait à même de les arrêter.

Lasham avait demandé à son majordome de lui sortir ses pistolets, ce qui avait presque déstabilisé cet homme habituellement imperturbable. Ce n'était guère étonnant puisque tout le monde supposait que Lasham avait perdu son œil lors d'un duel. Le domestique était probablement en train de se tourmenter au domicile ducal en se demandant comment il allait servir un maître aveugle.

— Vous pensez à notre expédition, n'est-ce pas ? murmura Margaret.

Elle lui décocha un gentil coup de coude dans les côtes.

— Ne vous inquiétez pas, tout ira bien. Allons admirer des œuvres d'art, puisque nous sommes ici.

Elle lui prit le bras et le conduisit jusqu'à une toile représentant un vieux morceau de fromage et une demi-bouteille de vin.

Lasham se pencha vers elle pour lui parler à l'oreille, espérant que personne n'aurait la sotte idée de venir s'émerveiller devant un tableau dépeignant le repas le moins appétissant de toute l'histoire de la gastronomie.

— Nous sommes sur le point de nous embarquer dans une aventure dangereuse et vous ne disposez pour garantir votre sécurité que de moi et de votre domestique grognon.

Margaret éclata d'un rire si sonore que plusieurs têtes se tournèrent dans sa direction. Elle porta la main à sa bouche, les yeux pétillants de malice.

Elle, au moins, trouvait la situation amusante. Ce qui n'était pas son cas.

— Ai-je raconté une histoire drôle ? s'interrogea-t-il soudain.

Elle secoua la tête. S'il n'avait rien dit d'amusant, pourquoi s'esclaffait-elle ainsi ?

— Annie n'est pas grincheuse, elle est seulement un peu cavalière.

Elle changea de sujet et désigna un autre tableau de la main.

— Allons voir celui-ci.

Ce dernier était bien plus agréable à regarder que le

premier : il s'agissait d'un groupe de personnes en train de pique-niquer dans une forêt. Il était fort peu probable que les gens représentés sur l'image aient été amenés à se tenir compagnie dans la vraie vie, mais, au moins, les bouteilles étaient pleines. Cela expliquait peut-être leur convivialité.

— En parlant d'Annie, où est-elle ?

Non pas qu'il ait envie qu'elle les suive de près, mais il savait que les femmes de chambre laissaient rarement leur maîtresse non mariée s'éloigner de leur vue.

Margaret haussa un sourcil et leva les yeux au ciel, une performance remarquablement difficile. S'il avait eu l'usage des siens, Lasham aurait essayé. Mais il se retint, ne voulant pas avoir l'air encore plus effrayant qu'il ne l'était déjà.

— Elle refuse de s'adonner à ce genre d'activités, soutenant que la vie est trop courte pour observer des gens immobiles. De plus, ajouta-t-elle à voix basse, j'ai estimé que sa présence n'était pas nécessaire aujourd'hui. Après tout, cet acte supposément scandaleux qui est susceptible de se passer quand un gentleman et une demoiselle se retrouvent en tête à tête a déjà eu lieu. Je ne vois pas comment elle pourrait ralentir le cours des choses.

— *Le cours des choses ?* répéta-t-il, amusé par la tournure de sa phrase. Sommes-nous une rivière ?

Margaret grimaça.

— Mauvais choix de mots. Je n'ai aucune excuse, si ce n'est le fait que je me suis couchée tard.

— Cela veut-il dire que le mal est déjà fait ?

Elle posa les mains sur ses hanches et prit une expression faussement scandalisée.

— *Le mal ?* s'exclama-t-elle, outrée.

Lasham sentit son cœur s'arrêter. Elle croisa les bras et

le dévisagea un moment d'un air fâché, puis un sourire se dessina sur ses lèvres et elle s'esclaffa.

— Vous êtes beaucoup trop sérieux, Vortigern, murmura-t-elle. Allons-y à présent, nous n'avons pas le temps de nous attarder sur ce qui s'est déjà passé.

— Entendu.

De toute manière, Lasham avait l'esprit bien trop perturbé pour avoir envie d'admirer des œuvres d'art. Il ne cessait de se repasser en boucle les événements de la veille, se rappelant de temps à autre qu'il avait des armes à feu dans son fiacre car ils étaient sur le point de se rendre dans un endroit où leur sécurité serait compromise.

Lui et ses pistolets seraient les seuls obstacles entre Margaret et le danger qui risquait de leur tomber dessus. C'était une énorme responsabilité, plus importante encore que le fait de la voir nue.

Ce qui n'avait pas encore eu lieu, songea-t-il, déçu.

— Ainsi, ces hommes ont l'habitude de se retrouver à *La Queue de mangouste*. Quel horrible nom pour un pub ! s'exclama Margaret.

La femme avec qui elle s'entretenait hocha la tête.

— Oui, madame. Ils y sont presque tous les après-midi et y restent jusqu'au soir, tout occupés qu'ils sont à planifier leurs méfaits et à aborder les femmes qui vivent dans les environs.

Elle était visiblement terrifiée et Margaret sentit son cœur se serrer. Elle, au moins, avait la chance d'avoir Annie à ses côtés, même si elle avait préféré la laisser à la maison. Ces dames n'avaient personne pour les soutenir ni les aider en cas d'agression. Si ces goujats étaient aussi nombreux que

Margaret avait cru le comprendre, il était peu probable que quiconque soit en mesure de les arrêter.

A part le duc et elle.

Elle jeta un coup d'œil derrière elle à Lasham, qui se tenait tout proche, telle une ombre menaçante. Suivant le conseil de Margaret, il restait coi et avait promis de ne pas ouvrir la bouche, quoi qu'il arrive, pour éviter que ses paroles ne révèlent qu'il était plus qu'un simple garde du corps. Margaret était capable de changer son accent pour qu'il ressemble un peu plus à celui des gens du quartier, même s'il restait évident qu'elle n'était pas du coin. Elle doutait que Vortigern soit capable d'une telle prouesse. Mais après tout, elle ne lui avait pas posé la question. Peut-être était-il extrêmement doué en la matière. Quoi qu'il en soit, ce n'était pas le moment de tester ses compétences d'imitateur.

Les bras croisés sur la poitrine, une main dans sa veste, Vortigern ne la quittait pas du regard, s'autorisant de temps à autre un coup d'œil en direction de son interlocutrice. Margaret avait aperçu le pistolet qu'il cachait dans sa poche. Pour tout dire, le fait qu'il ait jugé nécessaire de l'emporter l'effrayait un peu, mais elle n'avait rien dit. Une arme pourrait effectivement s'avérer utile.

Elle ne pouvait pas encore s'adresser aux autorités sur le sujet, puisqu'elle n'était pas certaine qu'il y ait un véritable problème à régler. De plus, sa réputation jouait en sa défaveur. Le duc aurait probablement pu user de son statut, mais elle ne voulait pas qu'il soit lié à tout cela étant donné que les activités auxquelles ils s'adonnaient ensemble — séantes comme malséantes — seraient exposées au grand jour. Et il ne méritait pas que son image soit ruinée, surtout après tous les efforts qu'ils avaient déployés pour garder leur partenariat secret.

Partenariat. Le mot était trop faible pour décrire ce qu'il y avait entre eux, mais elle n'osait pas le nommer autrement, même dans sa tête.

— Dans ce cas, allons dans ce pub pour discuter avec celui qui se désignera comme leur chef.

Elle parla d'un ton catégorique, comme si elle avait entièrement confiance en elle, bien que ce fût loin d'être le cas. Il ne s'agissait pas seulement de porter secours à des femmes opprimées (ou pire). Ils étaient sur le point de défier un groupe d'hommes qui étaient sans aucun doute prêts à tout.

Vortigern lui prit le bras tandis qu'ils s'éloignaient.

— Etes-vous certaine que c'est une bonne idée ? dit-il à voix basse. Si jamais vous êtes blessée, je…

Il ne termina pas sa phrase.

— Tout ira bien. J'ai mon redoutable garde du corps avec moi. Allons, prenez cet air effrayant. Vous faites cela si bien.

Il ouvrit la bouche comme pour rétorquer, mais se contenta de grommeler quelques mots inintelligibles en se passant la main dans les cheveux.

Parfait, songea Margaret. La situation était presque normale. Elle pouvait à présent se consacrer à la tâche qui lui incombait.

Georgiana et le dragon

Par lady Mystère

Georgiana baissa la tête vers l'ex-dragon, incapable de décider de ce qu'elle devait faire.

Comment une telle transformation était-elle possible ?

Soudain, il poussa un petit grognement et roula sur le côté. Il était à présent allongé sur le dos dans le plus simple appareil et Margaret ne put s'empêcher de regarder là où elle n'aurait pas dû.

Quand il finit par ouvrir les yeux, elle sentit le rouge lui monter aux joues et s'empressa de détourner les yeux.

— Que s'est-il passé ? demanda-t-il d'une voix rauque qui lui rappela celle de la bête qu'il était encore à peine quelques minutes plus tôt.

— La princesse vous a métamorphosé et s'en est allée.

Il inspecta son corps, surpris, puis fronça les sourcils.

— J'ignorais que c'était possible.

— Vous voulez dire que vous n'avez jamais été dans la peau d'un être humain auparavant ?

Cela expliquait pourquoi il n'était pas plus gêné que cela par sa propre nudité.

Il secoua la tête.

— Non, j'ai toujours préféré ma forme animale. C'est un changement on ne peut plus radical.

Il fit une pause le temps de réfléchir, puis se tourna vers Georgiana.

— Il va falloir que vous m'appreniez à être un homme.

Chapitre 23

Lasham lui emboîta le pas, la mâchoire serrée. Qu'elle était têtue ! Il aurait voulu l'attraper par le bras et la tirer à l'intérieur de sa voiture, mais elle n'aurait jamais accepté. Il se contenta donc de la suivre puisqu'elle avait besoin de son aide.

La dame qui les guidait jusqu'à leur destination semblait avoir découvert une amie en Margaret. Les deux femmes papotaient de tout un tas de choses auxquelles Lasham ne comprenait rien. Il entendit leur interlocutrice mentionner son travail, un seau à charbon, des aiguilles à repriser et un thé apparemment précieux. Margaret, en revanche, paraissait dans son élément. Elle hochait la tête et répondait de manière appropriée, ce qui n'aurait pas été le cas de Lasham s'il avait été à sa place.

Son statut de duc, pour lequel il était éternellement reconnaissant, lui permettait de ne pas avoir à fournir beaucoup d'efforts pour se faire comprendre. Ce genre de choses était réservé au commun des mortels.

Margaret et lui se dirigeaient droit dans la gueule du loup ; il aurait tout le temps de réfléchir à son manque de compétences en communication plus tard.

La main dans la poche de sa veste, il caressa la crosse

de son pistolet. Le contact le rassura et le terrifia à la fois. Pourvu qu'il n'ait pas besoin de le sortir, encore moins de s'en servir.

Malgré les rumeurs concernant la perte de son œil, il n'avait jamais utilisé d'arme à feu pour défendre ou attaquer qui que ce soit. Et ce n'était pas aujourd'hui qu'il avait envie de commencer.

— Nous y voilà, annonça la dame.

Face à eux se dressait une devanture en bois surmontée d'un panneau *La Queue de mangouste* abîmé par les intempéries.

— Si vous n'y voyez pas d'inconvénient, madame, je vous abandonne ici. Mes filles vont bientôt rentrer. Il faut que je prépare le dîner.

Margaret acquiesça.

— Merci pour votre aide, Sally. Je repasserai voir comment vous vous portez. Allez voir Carolyn à l'Agence pour un emploi de qualité comme je vous l'ai suggéré. Elle vous trouvera du travail.

La femme hocha la tête.

— Je n'y manquerai pas. Merci pour tout.

Elle jeta un coup d'œil en direction de Lasham, mais détourna vite le regard.

Devait-il être heureux ou ennuyé que son apparence continue d'effrayer les gens ?

Ce n'était pas le moment de se poser ce genre de questions. Margaret poussait déjà la porte et pénétrait dans le pub. Il la suivit en priant le ciel de n'avoir rien à faire d'autre que de prendre un air terrifiant.

— Grand Dieu, qu'est-ce qu'il fait sombre ici ! s'exclama Margaret.

Elle avait raison. L'endroit sentait la fumée et le charbon, et les meubles étaient recouverts d'une poussière qui devait dater de plusieurs années. La vision de Lasham mit quelques instants à s'accoutumer à l'obscurité et il distingua bientôt un long bar en bois sur sa gauche et un assortiment de chaises et de tables dépareillées autour de lui.

Hormis un groupe d'hommes assis au fond à droite, la pièce était quasiment déserte. Margaret salua rapidement le patron qui la dévisageait, bouche bée, probablement abasourdi de voir de tels clients mettre les pieds dans son établissement, puis se dirigea droit vers les individus installés dans le coin, Lasham sur ses talons.

— Excusez-moi, dit-elle en s'approchant de la tablée.

Les têtes se relevèrent, l'air d'abord étonné, puis carrément surpris quand ils aperçurent Lasham.

L'un d'entre eux — le plus imposant — se leva, une expression déjà belliqueuse sur le visage. Formidable, songea Lasham avec ironie en glissant la main dans sa poche.

— Que puis-je faire pour vous, milady ?

Margaret ne semblait nullement impressionnée par le physique de son interlocuteur, ce qui força l'admiration de Lasham tout en lui laissant un goût amer dans la bouche. N'avait-elle jamais peur de rien ? Même lorsqu'elle se retrouvait dans une bibliothèque sombre en compagnie d'un inconnu ou qu'elle défiait des hommes à la carrure d'une armoire à glace et aux idées potentiellement révolutionnaires ?

Cette femme était absolument remarquable.

— J'aimerais vous parler, messieurs, des activités qui se déroulent en ce lieu.

Le type croisa les bras sur sa poitrine, ce qui eut pour effet de lui donner un air encore plus effrayant. Lasham prit mentalement note de cette tactique ; elle pourrait s'avérer utile à l'avenir.

Comme s'il en avait besoin !

— De quoi donc ? On ne fait rien d'mal.

Margaret secoua la tête d'un air conciliant.

— Bien sûr que non. Je suis juste inquiète pour les femmes qui vivent dans les environs. Certaines m'ont fait savoir que vous ne sembliez pas toujours vous rendre compte de l'image que vous leur renvoyez. Je voulais simplement vous demander de vous comporter en gentlemen en leur présence.

— Qui a dit qu'on n'était pas sympas ? interrompit un autre homme, plus petit, mais à l'expression encore plus pugnace.

Lasham s'avança d'un pas et sa jambe fit bruisser les jupes de Margaret. Il s'efforça de conserver un visage neutre tout en ayant l'air intimidant.

— Personne en particulier, mais quelques-unes s'inquiètent pour leurs filles. Si vous pouviez simplement vous montrer prudents, je vous en serais reconnaissante. Vous ne voudriez pas attirer l'attention, n'est-ce pas ? conclut-elle en désignant Lasham d'un geste.

Magnifique, songea-t-il, elle se servait de lui comme d'un gourdin potentiel. Pourvu qu'il ne soit pas amené à leur taper dessus.

Le plus petit des deux types hocha la tête, puis se tourna vers son compère qui n'avait pas décroisé les bras.

— Effectivement, ce serait fâcheux. On a suffisamment de pain sur la planche comme ça. Si jamais les lords apprennent ce qu'on fait avant que tout soit prêt…

Il ne finit pas sa phrase.

Ainsi, ces voyous étaient engagés dans des activités que Lasham et ses pairs seraient heureux de connaître. Meecham n'avait-il pas mentionné quelque chose de ce genre ? Lasham ne s'en souvenait plus. Une chose était sûre : il ne fallait surtout pas que son identité soit révélée. Il resterait donc muet quoi qu'il arrive.

L'armoire à glace ne sembla pas convaincue et vint se placer juste en face de Margaret, sans même jeter un regard à Lasham.

— Qu'est-ce que ça peut bien vous faire, ce qui se trame ici ?

Il la détailla de pied en cap, l'œil brillant de colère. Les négociations s'annonçaient mal.

Margaret haussa les épaules.

— Cela me concerne puisque je suis une femme et que je m'inquiète du bien-être de mes semblables dans le voisinage. Rien de plus. Ce que vous faites m'importe peu tant que ces dames se sentent en sécurité chez elles. Beaucoup travaillent pour aider leur mari. En retour, ces derniers n'ont pas à se préoccuper des finances de leur foyer et peuvent s'adonner à d'autres activités. N'est-ce pas ce que vous souhaitez ?

Elle pencha la tête sur le côté et posa les poings sur ses hanches, dans l'attente d'une réponse.

Le type plissa les yeux, ayant l'air de réfléchir à ses paroles, tandis que ses compagnons lui intimaient de se calmer et de se rasseoir.

Dans la poche de sa veste, Lasham resserra les doigts sur la crosse de son pistolet.

L'homme finit par acquiescer, puis se laissa choir sur sa chaise.

— Nous serons prudents, grommela-t-il.

— Excellent. Je vous en remercie, répondit Margaret.

Elle se retourna et Lasham vit qu'elle tremblait. Avec un peu de chance, personne d'autre ne s'en était rendu compte.

Il la prit par le bras et la conduisit à l'extérieur en retenant son souffle jusqu'à ce qu'ils franchissent le seuil de l'établissement.

En bas de la rue, son cocher l'attendait à bord de son fiacre qui attirait déjà l'attention de quelques passants curieux. Allaient-ils pouvoir monter à bord sans se faire remarquer ?

Margaret était folle ! Comment avait-elle pu croire que son plan fonctionnerait ? Aider des femmes dans le besoin à trouver un emploi était une chose, confronter un groupe de malfrats aux idées révolutionnaires pour leur enjoindre de traiter les filles du coin avec respect en était une autre.

Il faudrait qu'il lui en touche deux mots.

A en juger par son expression renfermée, Vortigern n'était pas content, songea Margaret. Et elle non plus, d'ailleurs. Elle avait cru que cette histoire se réglerait comme toutes les autres : elle entrerait dans la pièce et résoudrait le problème comme elle l'avait toujours fait. Mais la situation n'avait rien à voir avec ce qu'elle avait eu l'occasion d'affronter par le passé.

A côté d'elle, Vortigern marchait à grands pas et elle dut trotter pour rester à sa hauteur. Plus vite ils quitteraient cet endroit, mieux ce serait. Cela expliquait probablement son empressement. Mais, au fond d'elle-même, elle suspectait que ce n'était pas l'unique raison. Il était fâché. Etait-ce envers elle ou à cause de ce qui venait de se passer ?

Le cocher mit pied à terre en les voyant s'approcher et ouvrit la porte, non sans avoir chassé quelques enfants attirés par le véhicule luxueux. Ce n'est qu'une fois à l'intérieur que Margaret se remit à respirer normalement.

Lasham prit place en face d'elle, non à côté, et elle sentit son cœur se serrer. Il lui en voulait et elle en eut la confirmation quand il ouvrit la bouche.

— Quelle mouche vous a donc piquée ? lança-t-il brusquement. Avez-vous la moindre idée de la situation dans laquelle vous m'avez placé ?

La rage se répandit alors dans ses veines à la vitesse de l'éclair.

— Vous n'avez aucune obligation envers moi. Je peux parfaitement me débrouiller toute seule, rétorqua-t-elle sans réfléchir.

Il avait raison : elle n'avait aucune idée de ce qu'elle faisait et s'était laissé emporter par son optimisme. Mais elle était trop en colère pour le lui avouer.

— Sans escorte ? s'exclama-t-il. Comment pouvez-vous ne serait-ce qu'envisager cette possibilité après ce que nous venons de voir ? Vous rendre dans ce genre d'endroit pour exiger de ces fauteurs de troubles qu'ils se plient à votre code de conduite n'est pas seulement imprudent, c'est de la folie. Je comprends les raisons qui, au départ, vous ont poussée à venir en aide à ces dames, mais ce n'est plus de votre ressort.

Margaret explosa.

— Ah oui ? Et que suis-je censée faire, alors ?

Elle se savait en tort, du moins en partie, mais ne put s'empêcher de répliquer avec ferveur.

— Apporter mon soutien à ces femmes ne s'arrête pas seulement à leur trouver du travail pour qu'elles puissent se permettre d'acheter de la bière pour leurs époux. C'est leur fournir un objectif, une vie paisible, un…

Lasham l'interrompit avant la fin de sa phrase.

— Je sais tout cela. Vous me l'avez déjà expliqué et je

le comprends parfaitement. Mais je ne veux pas que vous vous mettiez en danger, Margaret.

Sa voix tremblait, comme sur le point de se briser, et Margaret sentit son cœur se retourner dans sa poitrine.

— Je sais, murmura-t-elle en se penchant en avant pour poser une main rassurante sur le genou de Lasham.

Il enroula ses doigts autour des siens.

— Je n'avais pas vraiment pris le temps de réfléchir avant d'agir, avoua-t-elle.

— Pas du tout, voulez-vous dire, la corrigea-t-il.

Margaret se hérissa de nouveau, mais elle devait admettre qu'il avait raison.

— C'est vrai. Je… Vous n'avez aucune idée de ce que c'est d'être impuissant face à toute cette détresse.

Elle détourna le regard et battit des paupières en sentant ses yeux picoter.

— Si j'avais voulu protéger ma réputation, j'aurais fini comme ces dames. Bien sûr, mes robes auraient été plus élégantes que les leurs, mais toute ma vie j'aurais été soumise aux caprices d'un homme et incapable de subvenir à mes propres besoins.

Elle pivota la tête vers lui, une boule dans la gorge.

— Ces femmes méritent une chance de provoquer un scandale comme je l'ai fait, ajouta-t-elle en essuyant ses larmes du revers de la main. Elles ont le droit de se libérer de ceux qui contrôlent leur vie et d'embrasser un duc si cela leur chante.

— Je suis désolé, dit-il sincèrement.

— De quoi ?

Lasham grimaça et se mit à inspecter le plafond de l'habitacle.

— Que vous vous sentiez obligée de compenser le mal

qui vous a été fait en venant en aide aux personnes dans votre situation. Je suis navré que ce problème existe et que les gens comme moi n'aient rien tenté pour y remédier.

Il secoua la tête comme pour chercher ses mots.

— Cela dit, rien ne vous oblige à affronter cela toute seule. Je suis à vos côtés et je m'excuse d'avoir ne serait-ce que mentionné l'éventualité de vous laisser poursuivre sans moi. Je ne désire rien de plus que de vous aider dans votre tâche afin que vous puissiez continuer de refuser d'épouser un goujat si l'on vous y oblige et d'embrasser un duc à l'occasion. Quitte à choisir, je préférerais qu'il s'agisse de moi, ajouta-t-il avec un petit sourire en coin.

Margaret n'avait aucune envie de poser ses lèvres sur celles de quelqu'un d'autre que lui. Pire : elle n'imaginait pas comment cela serait possible, même à l'avenir, et cette pensée la déprimait.

Elle s'était promis de ne pas tomber amoureuse de lui, jurant qu'elle ne laisserait pas ses sentiments prendre le dessus.

Elle avait échoué en beauté.

— Est-ce que tout va bien ? demanda Vortigern d'un air inquiet. Ai-je dit quelque chose qu'il ne fallait pas ?

Il était adorable — un adjectif loin d'être approprié pour un aristocrate d'un mètre quatre-vingts, large comme une porte et affublé d'un cache-œil qui lui donnait occasionnellement l'air terrifiant. Mais plus rien n'était normal à présent. Elle pouvait donc l'appeler comme bon lui semblait.

Et aimer ce duc asocial, totalement inaccessible, aux allures de pirate.

Heureusement qu'elle ne devait pas rédiger l'histoire de sa propre vie, car elle n'avait aucune idée de ce qu'il allait advenir.

Ce qu'elle pouvait faire, en revanche, c'était écrire les prochaines heures.

— Etes-vous prêt pour une nouvelle aventure ? lança-t-elle sans prévenir.

Il la dévisagea d'un air soupçonneux.

— Du moment que cela n'implique ni fauteurs de troubles ni bars poussiéreux. J'ai eu mon compte de ces deux choses pour la journée.

Margaret éclata de rire.

— Rien de la sorte, rassurez-vous. Pourriez-vous demander à votre cocher de nous conduire aux jardins de Cremorne ?

Lasham donna quelques coups secs sur le plafond de l'habitacle et le véhicule ralentit doucement, puis s'arrêta. Il ouvrit ensuite la porte et transmit le message à son domestique. Heureusement, ce dernier semblait connaître cet endroit. Lasham, lui, n'en avait aucune idée.

Il se rassit sur la banquette.

— Un parc ?

— C'est beaucoup plus que cela, répondit-elle. Il y a des restaurants, des montgolfières et des pistes de danse. Il est un peu tôt pour ces dernières, mais nous pourrons nous promener et manger quelque chose. Aimez-vous les huîtres ? les tourtes aux anguilles ?

Ses yeux s'illuminèrent tandis qu'elle lui décrivait l'endroit et Lasham ne put s'empêcher de sourire, même si ses propositions culinaires ne l'attiraient guère.

— Cela a l'air amusant, répondit-il en s'efforçant de prendre une voix détendue.

— Ça l'est, Gernie, dit-elle, le visage rayonnant.

Georgiana et le dragon

Par lady Mystère

Georgiana n'avait pas la moindre idée de la façon dont il fallait s'y prendre pour apprendre à quelqu'un à se comporter comme un homme, encore moins si ce dernier était nu comme un ver.

— Tenez, dit-elle en retirant son manteau pour l'en envelopper. La première chose à faire est de vous trouver des habits. Les dragons peuvent se promener sans rien sur le dos, mais les gens vous regarderont de travers si vous ne portez aucun vêtement.

Il s'assit et enfila le manteau, couvrant ainsi ses parties intimes. Georgiana put se détendre.

— Ensuite, nous irons chez moi.

Son cœur s'emballa à l'idée de ce que son père et ses sœurs diraient, mais l'autre solution — l'abandonner au milieu de la forêt — était hors de question.

— Je vous trouverai une tenue un peu plus adéquate que celle-ci et nous pourrons nous sustenter. Après cela, il nous faudra décider de la marche à suivre.

Il acquiesça de la tête.

— Je vous suis, chère demoiselle qui n'êtes pas une princesse.

Chapitre 24

Regarder le duc se promener d'un air perplexe dans un parc conçu pour le divertissement était la chose la plus amusante que Margaret ait jamais faite.

Elle avait bien en tête une autre activité encore plus agréable, mais elle ne pouvait pas s'adonner à cette dernière en public.

— Est-ce ici que les gens vont danser ? demanda Lasham en pointant du doigt une scène ouverte. A l'extérieur, comme cela ?

Margaret eut un petit sourire en coin.

— Tout à fait. Un de ces jours, ou plutôt un soir, nous reviendrons pour nous trémousser sous les étoiles.

Elle éclata de rire face à l'expression incrédule de Vortigern. Mais, au fond d'elle, elle sentit comme un pincement au cœur. Comment pouvait-il être aussi éloigné de la vraie vie ?

— Messieurs, dames ! Par ici ! les interpella une voix.

Lasham et elle se retournèrent pour apercevoir un jeune homme d'à peine seize ou dix-sept ans debout derrière un chariot surmonté d'une cheminée d'où s'échappait une colonne de fumée.

— J'ai plein de délicieuses saucisses pour remplir votre estomac, proposa le vendeur.

— Un petit creux ? demanda Margaret en haussant un sourcil interrogateur en direction du duc.

— Je suis affamé, répondit-il en la prenant par le bras pour la conduire jusqu'au stand.

Une fois repu et désaltérés, ils firent un tour dans le parc en silence, chacun plongé dans ses pensées.

L'incident dans le pub avait distrait Margaret un instant, mais la réalité revenait à présent à la charge. Elle se trouvait en compagnie d'un homme dont elle était tombée amoureuse comme une idiote, quelqu'un qui la rendait heureuse et qui avait clairement indiqué que leur relation prendrait fin à un moment ou à un autre.

Dans quelques jours, les rumeurs commenceraient à circuler. Il était peu probable qu'ils croisent quelqu'un de leur entourage dans les jardins de Cremorne ou qu'on les ait reconnus au salon Caldwell, mais ce n'était pas impossible.

Jusqu'à présent, sa décision de mettre un terme à cette situation sans avenir n'avait pas eu beaucoup de succès. Peut-être était-il préférable de ne pas y penser.

Mais en était-elle capable ?

— C'est merveilleux, s'exclama Lasham en interrompant son monologue intérieur.

Debout devant une montgolfière dégonflée aux couleurs chatoyantes, il examinait le panier destiné au transport des voyageurs les plus hardis.

Loin d'elle l'idée d'y prendre place : elle avait l'esprit aventureux, mais n'était pas imprudente à ce point, du moins quand il était question de s'envoler dans les airs.

— Croyez-vous que nous puissions y monter ? poursuivit Vortigern qui visiblement ne semblait guère inquiet à l'idée de tomber du ciel et de s'écraser au sol, contrairement à Margaret.

— Vous pouvez si vous le souhaitez, mais je serais bien incapable de mettre le pied dans ce truc sans trembler.

Ce qui, ironiquement, était exactement la sensation qu'elle éprouvait quand elle tombait amoureuse ou confrontait des malfrats dans un bar poussiéreux : anxieuse, inquiète et les genoux flageolants.

— Vous et vot' dame voulez faire un tour ?

Margaret sursauta tandis qu'un homme surgissait de derrière la nacelle, vêtu d'un costume rayé assorti à son engin.

— La demoiselle n'a pas très envie, mais moi oui, répondit Lasham.

Il semblait tout excité à cette idée. Comment un homme qui n'avait jamais rien fait d'amusant de sa vie, au point d'ignorer que l'on pouvait danser à l'extérieur, pouvait être partant pour aller côtoyer les nuages ?

Margaret sentit son cœur se gonfler d'espoir pour le duc et son avenir, puis se serrer quand elle comprit qu'elle ne participerait pas à son ascension, que ce soit dans ce ballon à cet instant précis ou plus tard quand il finirait par trouver le bonheur.

Décidément, depuis qu'elle avait succombé aux charmes de Vortigern, elle avait l'esprit rempli de métaphores franchement ridicules. Cela avait probablement un lien avec sa profession.

— Tu es tombée amoureuse de lui ? s'exclama Isabella avec stupéfaction.

Le lendemain, assise dans le salon de sa sœur, Margaret était encore abasourdie par la façon dont les yeux de Lasham avait pétillé à l'idée de monter dans la montgolfière et par le large sourire qu'il avait affiché une fois à bord, tandis qu'elle le regarder s'éloigner vers le ciel sans elle, une boule dans la gorge.

Elle était arrivée au domicile d'Isabella une demi-heure plus tôt et avait passé tout ce temps à jouer avec Victoria en avalant l'intégralité des biscuits qui accompagnaient le thé.

Elle avait même donné une petite tape sur la main de sa sœur quand celle-ci avait voulu en prendre un. Isabella avait éclaté de rire, puis prié Margaret de lui dire ce qui la tracassait autant.

La maison était calme, le mari d'Isabella étant parti à la salle de boxe pour « casser la figure à quelqu'un », avait expliqué cette dernière.

La décoration avait été refaite et les tons roses — Margaret était tombée des nues quand elle avait appris qu'Isabella détestait cette couleur — avaient disparu pour laisser place à un mélange de vert pâle et de bleu. L'endroit était absolument charmant et Isabella pouvait être fière de son travail.

— Raconte-moi ! lui avait-elle intimé.

— Que veux-tu savoir ? avait demandé Margaret entre deux cookies.

— Tout depuis le début.

Elle s'était donc exécutée. Isabella l'avait écoutée attentivement, ne l'interrompant que pour poser une ou deux questions et coucher sa fille qui ne s'intéressait guère aux péripéties amoureuses de sa tante.

— Il est monté dans un ballon ? s'exclama Isabella. Grand Dieu, n'est-ce pas dangereux ? Est-ce ainsi qu'il a perdu son œil ? J'entends par là, en s'adonnant à des activités imprudentes, pas en faisant un tour en montgolfière.

Margaret se figea, un biscuit entre le pouce et l'index — son septième ? — à mi-chemin entre la table et sa bouche.

— Je ne sais pas. Je ne lui ai pas encore posé la question et il n'a pas abordé le sujet.

Elle reposa son petit gâteau sur l'assiette et se prit la tête dans les mains.

— C'est sans espoir ! Je suis la reine des idiotes.

Elle releva les yeux vers Isabella.

— J'ai fait la seule chose que j'avais promis d'éviter à tout prix. Je suis pathétique, soupira-t-elle en secouant la tête.

Isabella se pencha en avant et lui tapota l'épaule.

— Non, Margie. S'il y a une chose que j'ai apprise depuis mon mariage, c'est que l'amour n'est jamais pathétique.

Ses lèvres se relevèrent en un demi-sourire.

— Démoralisant, peut-être. Mais rien de plus.

Margaret ne put s'empêcher de rire, entre deux lamentations. Elle avait l'impression de s'être pris un coup dans l'estomac et, malheureusement, elle ne pouvait pas mettre cela sur le compte du nombre de gâteaux qu'elle avait avalés.

— Que comptes-tu faire ? s'enquit Isabella.

Comment pouvait-elle se montrer aussi pragmatique ? Tomber amoureuse était loin d'être un acte banal que l'on pouvait résoudre à l'aide d'un peu de logique. Mais après tout, peut-être était-ce possible quand on était aussi jolie qu'Isabella.

Margaret était loin de ressembler à sa sœur. Pourtant, le duc la trouvait attirante. Il l'avait avoué lui-même et elle savait qu'il avait du mal à exprimer ses sentiments. S'il l'avait dit, il y avait des chances pour que ce soit vrai. En tout cas, selon lui.

Mais plus important encore que le désir que Lasham éprouvait pour elle était le fait qu'elle n'avait absolument aucune envie de devenir duchesse, sans vouloir offenser sa sœur bien-aimée et son irascible beau-frère. Surtout avec un homme dont les responsabilités étaient tellement importantes et qui ne pouvait se permettre de laisser des rumeurs courir à son sujet, encore moins d'épouser une femme qui avait scandalisé la société par le passé et le referait probablement à l'avenir, malgré tous ses efforts.

Elle ne cesserait jamais d'aider les personnes dans le besoin, ni n'abandonnerait son travail de romancière. Même si parfois elle avait l'impression qu'il s'agissait d'une corvée, elle adorait cela et en retirait beaucoup de satisfaction. Elle était fière de ce qu'elle avait accompli et du bonheur qu'elle apportait à ses lecteurs.

Une duchesse ne pourrait pas continuer à écrire des séries pour un vulgaire journal sans choquer les bonnes mœurs. Que dirait la reine si elle l'apprenait ?

Elle n'approuverait certainement pas.

Et puis, de toute manière, ses sentiments étaient loin d'avoir l'air réciproques ; Lasham s'inquiétait pour sa sécurité et admettait avoir envie de l'embrasser, mais il n'avait jamais dit qu'il l'aimait. Et même si c'était le cas, les gentlemen tombaient amoureux d'une femme différente tous les jours, voire toutes les heures. Cela ne signifiait rien.

Margaret n'avait d'autre solution que de garder ses émotions pour elle-même et ce n'était pas dans son habitude.

Ce qui lui rappela que sa sœur était encore en train d'attendre qu'elle partage avec elle ce qu'elle avait sur le cœur.

— Je ne vais rien faire du tout, déclara-t-elle en jetant un coup d'œil à sa nièce endormie dans son berceau. Lady Victoria va devoir se contenter d'une tante vieille fille.

Garder ses sentiments secrets était une chose, mais elle

ne pourrait jamais les transférer sur quelqu'un d'autre. Elle était donc condamnée à ne jamais se marier.

— Ne dis pas cela ! la réprimanda Isabella en lui lançant un regard réprobateur. Tu as beau le vouloir de toutes tes forces, même toi, tu ne peux pas prévoir l'avenir.

L'idée que la situation puisse se terminer de manière inattendue la fit frissonner — d'effroi et d'excitation tout à la fois.

— C'est à vous de distribuer, lady Margaret.

Celle-ci hocha la tête comme si elle le savait parfaitement et n'avait pas été plongée dans ses pensées depuis plusieurs minutes, oubliant momentanément qu'elle était assise à une table en compagnie d'autres gens.

Venir chez les Dearwood était une manière pour elle de compenser son manque de concentration ces derniers temps. Elle avait encore suffisamment de fonds pour ce qu'elle avait prévu — ou plutôt ce qu'elle devait faire —, mais, après l'épisode du pub, elle s'était rendu compte que sa mission n'était pas seulement d'aider quelques femmes à s'échapper d'une situation difficile. C'était beaucoup plus que cela.

Si elle voulait changer les choses en profondeur, il faudrait qu'elle obtienne le soutien des hommes ; les maris et les frères de ces dames. Et cela signifiait envoyer davantage de candidats à l'agence, leur trouver un emploi, voire se tourner vers une autre structure si celle-ci n'était pas en mesure de subvenir aux attentes de tout le monde.

Les Dearwood étaient un couple charmant et leurs invités étaient généralement agréables. Il y avait peu de risques que Margaret tombe sur lord Collingwood, par exemple, qui s'était tourné vers des fréquentations plus osées depuis qu'il avait perdu son titre.

Mais Lasham n'était pas là non plus et ses relations étaient loin d'être douteuses, sauf si elle se considérait elle-même comme peu recommandable, ce qui était peut-être le cas. De plus, la soirée était déjà bien avancée. Plus le temps passait, plus les chances de le voir arriver diminuaient. Elle aurait dû être soulagée de ne pas avoir à prétendre qu'elle n'était pas amoureuse de lui. C'était déjà suffisamment difficile quand elle était chez elle, en compagnie d'Annie, ou seule devant son miroir.

Malheureusement, elle avait beau s'efforcer de ne rien laisser transparaître, elle était une bien mauvaise actrice. Ce n'est qu'après avoir imaginé une horrible tragédie impliquant un vol de vautours qui fondrait sur elle pour lui arracher le cœur si elle continuait d'aimer le duc qu'elle était enfin parvenue à se défaire de cette expression béate.

Au moins, cela lui donnait une idée pour sa prochaine histoire.

Elle fronça les sourcils et secoua la tête.

— Est-ce que tout va bien, lady Margaret ? s'inquiéta lord Gantrey.

— Parfait, je vous remercie.

Il lui tapota la main et se pencha vers elle pour lui murmurer à l'oreille.

— Ma tricheuse préférée aurait-elle l'esprit ailleurs, en ce moment ?

Margaret afficha un sourire forcé. Ce n'était pas si difficile que cela : lord Gantrey était un homme sympathique et elle s'en voulait parfois de lui soutirer autant d'argent quand il jouait contre elle. Elle se rassurait en se rappelant qu'il pouvait largement se le permettre et qu'il semblait apprécier grandement leurs parties de cartes, surtout lors des rares occasions où il remportait une ou deux manches.

Néanmoins, il avait raison : elle était distraite. Ce n'était pas ainsi qu'elle allait recueillir suffisamment de fonds pour poursuivre son travail. Et étant donné qu'elle ne se marierait jamais pour l'argent, elle allait devoir continuer de subvenir à ses propres besoins. Ce qui impliquait de rester concentrée.

Malgré tous ses talents d'écrivain, elle ne voyait pas comment elle allait pouvoir se sortir de cette situation d'ici peu.

— Le duc de Lasham ! annonça le majordome à voix haute.

Voilà qui n'allait certainement pas l'aider à garder les idées claires. Elle ne releva pas les yeux à son arrivée et se contenta de classer ses cartes — une fois de plus —, comme si les trier par couleurs et non par nombres allait changer la donne.

Ce ne fut pas le cas. On lui avait distribué une mauvaise main, tant au jeu que dans la vie.

Elle se réprimanda intérieurement à cette pensée. N'était-elle pas en train d'exagérer la situation ? Après tout, elle ne vivait pas sous les ponts et mangeait à sa faim. Elle avait eu la chance de naître dans une famille fortunée et haut placée.

Mais cela ne changeait pas le fait qu'elle était une femme. Les hommes pouvaient agir comme bon leur semblait : demander une demoiselle en mariage et s'attendre à ce qu'elle accepte en retour, gagner leur vie en pariant leur argent aux tables de jeu sans que personne les regarde de travers, se rendre là où il le souhaitait sans avoir peur de se faire agresser. Une dame, quant à elle, devait se plier à des règles bien plus strictes.

— Quelqu'un sait-il comment il a perdu son œil ? murmura miss Simpson, assise à droite de Margaret. Il a l'air terrifiant. On le dirait tout droit sorti d'un cauchemar.

Margaret ouvrit la bouche pour rétorquer, mais la referma aussitôt. Les gens le voyaient ainsi et c'était également ce qu'elle avait ressenti le jour de leur rencontre. A l'époque, pas si lointaine que cela, son côté effrayant était ce qu'elle considérait de plus intéressant chez lui.

A présent, elle le connaissait un peu. Voire beaucoup mieux. A son grand désespoir, sans parler de celui de son cœur.

— J'ai entendu dire que c'était lors d'un duel au sujet d'une femme, déclara lord Gantrey. Mais il n'en a jamais parlé.

Un duel au sujet d'une femme ? Margaret avait toujours supposé qu'il s'agissait d'une blessure de guerre. Lord Gantrey avait-il raison ? Et si Lasham n'était jamais parvenu à oublier cette demoiselle ?

Elle aurait dû s'en réjouir : cela voudrait dire qu'il ne tomberait pas amoureux d'elle aussi stupidement qu'elle l'avait fait. Pourquoi n'était-elle pas heureuse de l'entendre, dans ce cas ?

Au lieu de cela, une tempête d'émotions s'agita au fond de son âme. La jalousie se répandit dans ses veines et elle eut soudain une furieuse envie d'aller lui demander le nom de cette idiote qui n'était pas restée auprès du duc, pour pouvoir aller lui envoyer son poing dans la figure.

— Pas étonnant qu'il ne l'ait pas épousée, déclara miss Simpson d'un air dédaigneux. Qui pourrait supporter de le regarder en face ? Imaginez un peu l'horreur qui se trouve sous ce bandeau !

Les pulsions violentes de Margaret se transférèrent sur miss Simpson.

Elle était en train de devenir aussi irascible que son beau-frère, qui semblait adorer cogner sur ses congénères.

Margaret baissa les yeux sur sa main : elle n'avait aucune chance de gagner. Elle sourit, salua d'un signe de tête chacun des joueurs — hormis miss Simpson — et posa ses cartes sur la table.

— Si vous voulez bien m'excuser, mesdames et messieurs. Je dois partir : j'ai promis de rendre visite à ma sœur, la duchesse de Gage.

Un mensonge éhonté, elle le savait, mais personne ne lui ferait la remarque, surtout quand un tel titre était évoqué. Elle sourit amèrement à cette pensée. Comment un statut en était-il arrivé à acquérir une importance telle que chaque mouvement de son propriétaire était scruté dans les moindres détails et que la perte d'un œil de ladite personne devenait un sujet de discussion dont il fallait débattre publiquement ?

Pourquoi Margaret n'était-elle pas tombée amoureuse d'un M. Tout-le-monde ? Quelqu'un au rang un peu moins élevé aurait fait l'affaire. Un petit baron ou le fils d'un comte, mais pas son héritier.

Non. Il avait fallu que ce soit un duc. Le prince Albert lui-même aurait été un meilleur choix.

Elle aurait certainement dû affronter la reine Victoria, mais ce n'était pas pire que de gérer sa réputation scandaleuse, ses responsabilités, celles de Lasham et le fait non négligeable que ce dernier ignorait tout des sentiments qu'elle éprouvait pour lui. Il s'imaginait probablement que leur partenariat n'allait pas plus loin que le partage de quelques aventures. Rien de plus, rien de moins.

Georgiana et le dragon

Par lady Mystère

— Mon père vous prêtera une tenue. Vous faites sensiblement la même taille, dit Georgiana en lançant un regard à l'homme par-dessus son épaule, tandis qu'ils se dirigeaient vers l'orée de la forêt.

— Ne va-t-il pas se demander pourquoi vous amenez chez vous un homme qui ne possède pas ses propres vêtements ?

Chaque fois qu'il parlait, quelques volutes de fumée s'échappaient de sa bouche. Serait-ce toujours le cas ou cette étrangeté finirait-elle par disparaître ? Pourvu que cela ne dure pas, sinon elle devrait inventer un mensonge pour expliquer cette particularité. De préférence sans mentionner sa forme antérieure.

— Mon père a depuis longtemps accepté le fait que je ne suis pas une princesse, comme vous l'avez si bien remarqué. J'ai fait de nombreuses choses hors du commun, par le passé, même si je n'ai encore jamais ramené d'étranger en tenue d'Adam.

— Je ne suis pas nu, rétorqua-t-il en resserrant le manteau de Georgiana autour de son corps. Je suis plus habillé que je ne l'ai jamais été de toute ma vie.

Georgiana s'arrêta et se retourna pour lui faire face.

— Je crois savoir que ce n'est pas dans les habitudes

d'un dragon de se couvrir. Mais à présent, vous êtes un être humain et la situation a changé.

Elle le détailla de pied en cap.

— Ce que vous avez sur le dos ne suffira pas.

Il haussa les épaules.

— Si vous le dites, mademoiselle.

Ils reprirent leur route et Georgiana sentit sa poitrine se serrer de plus en plus à mesure qu'ils approchaient de sa maison.

Chapitre 25

Lasham ne pouvait s'empêcher de rechercher la compagnie de Margaret. Même la veille, alors qu'il s'élevait dans les airs à bord de la montgolfière colorée, il n'avait pu détacher son regard d'elle, jusqu'à ce qu'elle ne soit plus qu'une petite fourmi tout en bas.

Le vol avait été merveilleux, mais la sensation n'était rien comparée à celle qu'il éprouvait quand il serrait Margaret dans ses bras. Ou l'inverse.

Il était venu à la soirée des Dearwood dans l'espoir de l'y croiser et il fut soulagé de l'apercevoir au milieu de la foule. Elle portait une robe vert émeraude, tellement sombre qu'elle paraissait presque noire sous certains angles.

Non pas que Lasham ait pour habitude d'examiner en détail la tenue des dames, mais Margaret faisait exception.

Sa chevelure était décorée de perles brillantes et elle arborait un collier étincelant assorti. Mais le véritable rayon de soleil était Margaret en personne, son essence, celle-là même qu'il aurait voulu capturer dans un flacon et serrer tout contre son cœur pour ne jamais la laisser s'échapper.

— Votre Grâce, quel plaisir de vous voir ! s'exclama lady Dearwood.

Elle était si grande qu'elle pouvait presque le regarder en

face, ce qui le mit encore plus mal à l'aise. La plupart des gens devaient lever la tête pour s'adresser à lui et n'avaient pas à affronter sa vision diminuée.

Mais lady Dearwood ne semblait pas gênée le moins du monde, à en juger par l'expression satisfaite sur son visage. Evidemment, songea-t-il, elle devait bien avoir une ou deux de ses filles dans les parages, et un duc, même légèrement abîmé, constituerait un excellent parti.

— Merci pour l'invitation, répondit Lasham. Superbe temps pour une petite fête, ne trouvez-vous pas ?

Lady Dearwood parut désarçonnée. Il pleuvait des cordes à l'extérieur, à tel point que, pendant le court trajet entre son fiacre et le hall d'entrée, l'eau avait réussi à pénétrer jusque dans les chaussures de Lasham, qui couinaient désormais à chacun de ses pas.

— Tout à fait, Votre Grâce, répondit-elle au bout de quelques secondes, ayant apparemment décidé qu'il était préférable d'acquiescer plutôt que de débattre de la météo.

— Et quelle superbe soirée vous avez là, poursuivit-il en utilisant délibérément le même adjectif pour la faire douter de la sincérité de son opinion.

Depuis quand était-il devenu aussi sournois ? Et surtout, pourquoi n'avait-il pas commencé plus tôt ? Voir lady Dearwood se débattre parmi les informations contradictoires qu'il venait de lui fournir — et qui semblaient indiquer qu'il était loin d'apprécier l'événement — était à mourir de rire.

Elle finit par abandonner.

— La table des rafraîchissements se trouve là-bas, Votre Grâce, déclara-t-elle en désignant l'autre bout de la pièce. Bien sûr, je peux envoyer quelqu'un vous chercher un verre, si vous voulez bien me dire ce qui vous ferait plaisir.

Il jeta un coup d'œil à la table de jeu : Margaret s'était

levée et semblait se diriger vers la terrasse malgré les trombes d'eau qui tombaient du ciel.

Avait-elle également un avis inhabituel sur les caprices de la météo ?

— Je vous remercie. Je vais me servir moi-même.

Et il partit sans attendre la réponse de lady Dearwood, qui n'aurait réussi qu'à le retarder.

Il rejoignit Margaret juste avant qu'elle n'atteigne la table des boissons.

— Lady Margaret.

Elle prit une profonde inspiration avant de lever les yeux vers lui.

Son visage semblait en proie à une grande douleur et il eut soudain envie de la prendre dans ses bras, à cet instant précis, sans se soucier des gens autour d'eux, du scandale que cela ne manquerait pas de déclencher et du fait qu'il ignorait ce qui n'allait pas.

Qu'avait-il fait de travers ? Les choses avaient-elles changé ?

— Que se passe-t-il ?

Elle secoua la tête en se mordant la lèvre. Lasham vit le rouge lui monter aux joues et son corps se raidir.

— Tout va bien, assura-t-elle avant de pousser un soupir exaspéré. Excepté deux ou trois petites choses, mais rien que je ne puisse résoudre toute seule.

— Madame souhaiterait-elle quelque chose à boire ? les interrompit le valet debout derrière la table.

Ce qui n'était pas une mauvaise chose étant donné que Lasham, comme à son habitude, n'avait aucune idée de ce qu'il allait bien pouvoir répondre.

— Une coupe de champagne, je vous prie.

— Pour moi aussi, lança Lasham.

Il désigna la terrasse d'un geste du menton.

— Etiez-vous sur le point de sortir ?

Margaret battit des paupières, interloquée.

— Mais il pleut !

Il haussa les épaules.

— Au moins n'y croiserons-nous personne.

Margaret éclata de rire et Lasham sentit la pression retomber.

— Ce n'est pas faux, mais je n'ai pas l'intention de finir la soirée complètement trempée.

— Je veux savoir ce qui vous tourmente. Peut-être pourrais-je vous apporter mon aide, déclara-t-il d'une voix rauque.

Il n'avait pas l'habitude d'exprimer ses sentiments. Le fait qu'il ait réussi à dire ce qu'il avait sur le cœur relevait de l'exploit.

Margaret remercia le domestique qui lui tendait son verre et y trempa les lèvres. Elle s'interrompit, baissa les yeux sur sa boisson et l'avala d'un trait.

— Allons quelque part où nous serons seuls.

Lasham l'imita et finit son champagne en quelques secondes avant de lui lancer un clin d'œil. Ce qui, étant donné qu'il n'en avait qu'un, devait lui donner un air assez ridicule. Il aurait dû y penser plus tôt.

— Pouvez-vous être chez moi dans une dizaine de minutes ? demanda-t-il.

Elle haussa un sourcil en souriant d'un air audacieux et Lasham sentit son corps réagir à des endroits qu'il n'était pas convenable de citer en public.

Il était impatient de se retrouver en tête à tête avec elle. De plus, les conseils de Jamie résonnaient encore dans son esprit. Il était grand temps qu'il mette en pratique ses nouvelles connaissances.

— Oui, Votre Grâce. Je m'y rends de ce pas.

Elle reposa sa flûte sur la table, lui fit une petite révérence et traversa la foule en direction de la sortie.

Lasham la regarda s'éloigner, résistant à l'envie de lui courir après : cela n'aurait fait qu'alimenter les rumeurs qu'ils s'étaient jusqu'à présent efforcés d'éviter. Surtout depuis qu'il avait appris que lord Collingwood s'était mis à fouiner.

Lasham détestait jouer cette comédie, mais la possibilité de tout révéler au grand jour était une solution à laquelle Margaret s'était catégoriquement opposée.

Qu'en était-il de lui ? Voyait-il réellement un inconvénient à ce que le public soit mis au courant de leur relation ? Il faudrait qu'il y réfléchisse à tête reposée. Après tout, lui aussi était capable de rédiger la fin d'une histoire.

Si Margaret avait pu écrire le dénouement de leur affaire, le duc l'aurait prise dans ses bras, lui aurait avoué son amour éternel et l'aurait demandée en mariage.

Malheureusement, c'était la réalité et non un conte de fées. Vivre heureux jusqu'à la fin de leurs jours semblait peut-être merveilleux, mais cela ne changerait pas qu'un scandale éclaterait ni que leurs responsabilités respectives ne disparaîtraient pas pour autant. Tôt ou tard, ils seraient inévitablement confrontés à la déception lorsqu'ils se rendraient compte qu'ils ne pouvaient agir comme ils le souhaitaient réellement.

Cette deuxième solution était de loin la meilleure, songea Margaret tout en prenant place à bord de son véhicule : elle avait un aboutissement. Peut-être pas le meilleur, mais au moins leur relation s'achèverait et Margaret pourrait tourner la page.

A l'intérieur de l'habitacle, Annie l'attendait, pourvue d'un tricot et d'aiguilles. Margaret ne l'avait jamais vue produire quoi que ce soit de ses mains et elle soupçonna qu'il s'agissait en fait de l'œuvre d'une des femmes qu'elle aidait.

— On rentre déjà ? Il est encore tôt ! s'exclama Annie en se redressant sur son siège.

Que répondre ?

— Toi, oui. Moi, je vais autre part, rétorqua Margaret d'un ton aussi ferme que possible pour dissuader sa domestique de poser des questions.

C'était peine perdue et elle le savait d'avance.

— *Autre part ?* se moqua Annie. Ne serait-ce pas plutôt au domicile d'un certain duc ? Là où vous n'aurez pas besoin de l'assistance de votre femme de chambre ?

Elle se pencha en avant et dévisagea Margaret d'un air suspicieux.

— Qu'est-ce que vous avez fait, tous les deux ? Et pourquoi ne m'avez-vous rien raconté ? s'exclama-t-elle, outrée.

— Je t'en parlerai quand je le pourrai. Pour l'instant, je ne sais pas trop. Il est prévenant et m'aide dans mon travail. Tu voulais que je sois prudente, non ? Le duc est un excellent garde du corps et tout ce qu'il demande en échange, c'est que je l'accompagne dans quelques aventures.

Annie haussa les sourcils, tant et si bien qu'ils disparurent presque sous ses cheveux.

— *Des aventures ?* Est-ce le nom que les gentlemen donnent à ce genre d'activités de nos jours ?

— Grand Dieu, Annie ! Il ne s'agit pas de cela ! répliqua Margaret en sentant le rouge lui monter aux joues. Je l'ai simplement emmené danser et nous avons visité quelques musées. En retour, il m'escorte en voiture pour s'assurer que je rentre saine et sauve.

Elle évita de mentionner les nombreuses fois où ils s'étaient embrassés.

— Ah ! lâcha Annie, rassurée par ces informations.

Mais la question suivante prit Margaret de court.

— Vous êtes tombée amoureuse de lui, n'est-ce pas ?

Annie secoua la tête et plia son tricot.

— Vous savez que ce genre d'histoire finit rarement bien. Votre sœur a eu de la chance. Il est peu probable que ce soit votre cas. Vous connaissez mieux que personne les risques qui existent quand on parie gros.

Margaret soupira. Pourquoi Annie était-elle aussi perspicace ?

— J'en suis consciente, Annie. Mais je l'aime beaucoup et il semble apprécier ma compagnie. De plus, j'ai besoin de lui pour continuer de porter assistance à ces femmes.

Annie plissa les yeux.

— Alors, vous allez poursuivre votre affaire malgré tous les sentiments que vous éprouvez pour lui, jusqu'à ce que vous soyez obligée d'abandonner ?

Elle secoua la tête d'un air désespéré.

— Je ne peux hélas pas vous faire changer d'avis, n'est-ce pas ? Faites attention à vous, c'est tout.

Annie lui avait donné exactement le même conseil quelques semaines plus tôt et il s'avérait d'autant plus exact aujourd'hui. Mais comment Margaret pouvait-elle se montrer prudente alors qu'elle était tellement occupée à aimer ?

Georgiana et le dragon

Par lady Mystère

— Avez-vous déjà envisagé la possibilité de vivre en tant qu'être humain ? lança Georgiana alors qu'ils marchaient depuis bientôt une heure.

L'homme la suivait de près, suffisamment pour qu'elle puisse apercevoir ses jambes nues à chacun de ses pas.

C'était très déconcertant.

— Non, rétorqua-t-il abruptement.

— Oh !

Que pouvait-elle ajouter ?

— Et vous ? Avez-vous jamais songé à devenir quelqu'un d'autre ?

Elle s'esclaffa.

— Vous voulez dire hormis les jours où je souhaiterais ne pas être obligée de m'aventurer en forêt où je risque de croiser d'étranges créatures mortelles ? Dans ce cas, la réponse est non.

— Alors, d'où vous vient une telle question ? N'est-ce pas suffisant d'être un dragon ?

Il ne semblait pas offensé, simplement curieux.

Margaret prit le temps de réfléchir.

— Si, j'imagine que ça l'est.

— Pourquoi vouloir quelque chose de différent ?

Excellente question, songea Georgiana.

Chapitre 26

— Votre Grâce, lady Margaret vient d'arriver.

Le majordome n'avait pas vraiment l'air d'approuver sa conduite, mais il ne semblait pas non plus la condamner. Peut-être s'en moquait-il.

Et pourquoi Margaret se souciait-elle de son opinion ? Ah oui : parce qu'elle s'inquiétait constamment de ce que les gens pensaient, ce qui était la raison pour laquelle elle passait ses soirées à jouer aux cartes dans les plus grandes maisons de Londres afin de donner aux moins fortunés une chance d'améliorer leur quotidien. Vu sous cet angle, mépriser l'avis du petit personnel aurait été hypocrite de sa part.

Vortigern l'attendait devant la bibliothèque, dans laquelle s'étaient passées des choses merveilleuses. Margaret sentit un frisson lui remonter l'échine à ce souvenir. Elle laissa son manteau au domestique et pénétra dans la pièce.

— Du thé, je vous prie, ordonna Vortigern en refermant la porte derrière eux.

Il ne dit rien de plus et se contenta de la prendre dans ses bras. Un grand calme l'envahit soudain, aussitôt rejoint par une certaine inquiétude : si elle avait besoin de lui pour se détendre, que se passerait-il quand leur relation prendrait fin dans six mois ? Ou même trois ? Quelle que soit la durée de cette histoire.

— Vous tremblez, remarqua-t-il.

Il recula d'un pas, lui prit le bras et la conduisit jusqu'au sofa qui était devenu le leur.

Margaret s'assit en évitant soigneusement de croiser son regard. Non pas qu'elle ne veuille pas le voir, bien au contraire, mais elle n'était pas certaine de parvenir à afficher son expression de femme pas du tout amoureuse qu'elle avait tant pratiquée devant son miroir. Et elle ne voulait pas gâcher leur soirée tout de suite en lui révélant ses sentiments.

— Je vais bien, dit-elle en repoussant une mèche de ses cheveux derrière l'oreille. Je crois que je suis encore perturbée par ce qu'il s'est passé dans ce pub. Il y a tant à faire.

C'était un mensonge, mais elle ne pouvait guère se permettre de lui dire la vérité.

— Ce n'est pas à vous de vous charger de tout cela, répliqua-t-il d'un ton féroce.

Margaret le fusilla du regard.

— Pourquoi pas ?

Il entrelaça ses doigts.

— Je veux dire, pas entièrement. Je travaille actuellement avec mon secrétaire sur la rédaction d'un nouveau projet de loi qui pourra peut-être améliorer un peu le quotidien de ces gens, le but étant de faciliter l'accès à l'emploi des mères de famille sans qu'elles aient pour autant à délaisser leurs enfants.

Il secoua la tête d'un air compatissant.

— Je sais que la tâche semble insurmontable, mais vous

m'avez montré qu'il était nécessaire de s'y atteler. Il ne faut pas se décourager.

— Merci, murmura-t-elle dans un souffle.

Ni l'un ni l'autre ne parla pendant un long moment, puis quelqu'un frappa à la porte et Lasham retira sa main. Margaret regretta immédiatement le sentiment de proximité et de camaraderie qu'elle avait ressenti le temps à son contact.

— Entrez, ordonna Vortigern.

Le majordome pénétra dans la pièce, un plateau en argent sur les bras. Il s'approcha et déposa un à un tous les ustensiles sur la table basse, s'assurant du bon placement des tasses sur leur soucoupe et de la proximité du sucrier, puis il se releva et s'inclina.

— Faudra-t-il autre chose, Votre Grâce ? demanda-t-il en ignorant soigneusement Margaret.

— Non, ce sera tout, merci, répondit Vortigern.

Il hocha la tête et sortit de la pièce en fermant la porte derrière lui. Ce qui, en soi, était extrêmement choquant.

— Encore du thé ? remarqua Margaret incrédule. Et moi qui pensais que les ducs célibataires passaient leur temps à siroter du brandy quand ils étaient seuls. Vous détruisez mes rêves, Votre Grâce.

Il s'interrompit, la main sur la théière, et lui lança un regard intense qui, si elle ne s'y trompait pas, signifiait que l'atmosphère était sur le point de se réchauffer.

Ce qui n'était pas pour lui déplaire.

Sans la quitter des yeux, Vortigern défit sa cravate d'une main et la laissa tomber au sol. Il semblait sur le point de se jeter sur elle et Margaret n'attendait que cela.

— Venez, dit-il en s'adossant au bord du canapé les bras grand ouverts.

Elle comprit qu'il allait l'embrasser. L'homme qu'elle aimait allait poser ses lèvres sur les siennes.

Elle avait toujours voulu savoir ce que cela faisait et avait jusque-là dû se contenter de l'imaginer : les papillons dans le ventre, le pouls qui s'accélère, les émotions qui s'emballent.

Margaret était sur le point de découvrir en chair et en os ce qu'elle avait tant de fois voulu reproduire dans sa prose. Elle aurait voulu se persuader que ce n'était qu'un moyen d'améliorer ses talents de romancière, d'augmenter les ventes de ses prochaines séries, mais au fond de son cœur, à cet instant précis, elle se moquait éperdument de son succès en tant qu'auteur.

Vortigern attendit patiemment, comme conscient de la tempête d'émotions qui faisait rage à l'intérieur de sa tête. Pourvu que ce ne soit pas le cas, songea-t-elle, inquiète. S'il apprenait la véritable nature de ses sentiments, il ne voudrait peut-être plus jamais l'embrasser. Ils s'étaient mis d'accord sur une aventure, pas un amour éternel.

Margaret se pencha en avant et pressa ses lèvres contre celles de Vortigern. La sensation était totalement différente de ce qu'elle avait pu ressentir jusqu'à présent.

Quelque chose de spécial, de frais et de nouveau se mit à brûler au fond d'elle. Ils étaient seuls, parfaitement conscients de ce qu'ils étaient en train de faire et de ce qui allait se passer, et tout cela était prodigieux.

Elle remonta la main le long de son cou — qu'il avait doux et musclé —, là où devait normalement se trouver sa cravate, se délectant du contact de sa peau nue. Elle passa ensuite derrière sa nuque et glissa les doigts dans ses cheveux.

Vortigern la tenait par les épaules, les pouces au niveau de l'échancrure de sa robe, et chacune de ses caresses s'imprimait dans la peau de Margaret, telle une brûlure au fer rouge. Soudain, tout son corps se consumait de désir pour une chose jusqu'alors inconnue.

Etait-elle vraiment prête à sauter dans le vide ?

Plutôt deux fois qu'une.

Vortigern fit courir les doigts sur sa gorge, puis se recula et se mit à déposer des baisers sur son cou, puis plus bas, sur son décolleté, tout en tirant sur le tissu de sa robe, se frayant un chemin sous sa camisole pour plonger dans son corsage.

Elle se cambra contre lui, resserra son étreinte autour de son torse et s'allongea sur le canapé, impatiente de le voir la dominer de toute sa carrure, de sentir son poids sur elle.

Vortigern la souleva avec une facilité déconcertante et l'installa sur le sofa avant de venir s'étendre au-dessus d'elle.

— Ne suis-je pas trop lourd ? interrogea-t-il avec une hésitation qui fit fondre le cœur de Margaret.

— Non, s'il vous plaît, l'implora-t-elle sans être véritablement certaine de ce qu'elle demandait.

Elle le voulait lui, tout entier.

Grand Dieu ! Ils étaient sur le point de faire l'amour.

Vortigern baissa l'œil sur sa tenue d'un air pensif. La trouvait-il trop entreprenante ? Car elle l'était... Pensait-il qu'ils étaient en train de faire une énorme erreur ?

Elle espérait que non.

— Je me demandais comment ôter votre robe, finit-il par dire en la détaillant de pied en cap. Je ne voudrais pas la déchirer. Qu'iriez-vous ensuite raconter à votre bonne ?

Margaret sentit un frisson remonter le long de son dos. Elle qui d'ordinaire détestait qu'on lui dise quoi faire était prête à se plier aux moindres désirs du duc, à supposer que ces derniers impliquent de passer à la vitesse supérieure.

Elle se tourna sur le côté en s'efforçant de ne pas imaginer la scène : elle sous lui, mais pas entièrement, une jambe hors du sofa, les bras en l'air.

— Vous pouvez la déboutonner, expliqua-t-elle.

— Bien sûr, acquiesça-t-il avec assurance.

Où était passé l'homme maladroit et embarrassé qu'elle avait connu ? Celui-ci semblait bien trop sûr de lui.

Quelques attaches plus tard, il descendait sa bouche, l'embrassant à travers le tissu de sa chemisette, puis il se leva tout en tirant Margaret par le bras pour la mettre sur ses pieds.

Debout face à lui, Margaret sentit le rouge lui monter aux joues et ne manqua pas de remarquer que celles de Vortigern s'empourpraient tout autant. Une étincelle brillait au fond de sa pupille et sa bouche — pulpeuse et alléchante — l'attirait tel un aimant. Elle se pencha vers lui et y déposa un doux baiser, avant de lui mordiller la lèvre inférieure.

Il parut surpris et son visage s'éclaira comme si le geste de Margaret venait de lui donner tout un tas d'idées indécentes.

— Tournez-vous, ordonna-t-il d'une voix rauque.

Il n'attendit pas qu'elle s'exécute et la prit par les hanches pour la faire pivoter.

Puis il posa les mains sur les épaules de Margaret et fit glisser sa robe le long de son corps. Cette dernière tomba au sol et Margaret entreprit de retirer les lacets de son corsage qui prit le même chemin.

A présent totalement exposée, vêtue seulement de ses dessous, Margaret se sentait étrangement en sécurité. Elle lui faisait confiance. Encore plus important : elle avait envie de lui et ne souhaitait qu'une chose, aller jusqu'au bout quelles que soient les conséquences.

Quelles que soient les conséquences? répéta avec ironie une voix dans sa tête qui ressemblait étrangement à celle d'Annie.

Instinctivement, Margaret plaça ses bras en croix sur sa poitrine pour se cacher, mais, quand elle vit le regard qu'il lui lança, elle les baissa doucement.

Il la détailla ardemment des pieds à la tête, comme s'il voulait la dévorer. Hormis leurs respirations respectives, la pièce était plongée dans le silence le plus total.

Margaret ne put s'empêcher de ressentir une pointe de satisfaction quand elle se rendit compte que celle du duc était bien plus rapide que la sienne.

Elle attrapa le bas de son habit et le souleva légèrement.

— Suis-je la seule à me déshabiller? s'exclama-t-elle d'un ton espiègle alors que le vêtement était à présent au niveau de ses cuisses.

Encore quelques centimètres et il aurait une vue parfaite sur cet endroit de son corps qui semblait vibrer de désir.

Lasham déglutit sans pour autant la quitter des yeux, retira son manteau d'un coup d'épaules élégant, puis se mit à déboutonner sa chemise.

Margaret ferma les yeux un instant, puis releva le tissu un peu plus, découvrant ainsi sa féminité. Quand elle rouvrit les paupières, il achevait de retirer son haut, révélant un torse aussi splendide qu'elle l'avait imaginé.

Elle avait l'impression de se consumer de l'intérieur. Son bas-ventre brûlait.

— Dépêchez-vous, lui intima-t-il d'une voix assombrie par le désir tout en jetant un coup d'œil à sa taille. Retirez cela tout de suite ou je le ferai moi-même.

Il faudrait qu'elle s'attarde — pas tout de suite, elle avait d'autres chats à fouetter — sur la raison pour laquelle cette réplique l'excita encore plus.

Après quoi, elle enjoindrait au duc de continuer à s'exprimer sur ce ton.

Elle passa la langue sur ses lèvres et tira sa chemisette par-dessus sa tête avant de la laisser tomber au sol.

A présent entièrement nue, elle eut un moment de panique, horrifiée par la situation. Mais Lasham s'agenouilla sur le tapis et plaça les mains sur les genoux de Margaret — ceux-là mêmes qui avaient pour habitude de se dérober sous elle — avant de les remonter vers ses cuisses et son sexe.

Il releva la tête, un sourire confiant sur le visage.

— Vous êtes magnifique, dit-il.

Elle se retint de rétorquer que cette partie de son corps n'était pas particulièrement belle, mais le duc fit quelque chose qui la rendit muette.

Il se pencha en avant et l'embrassa à cet endroit précis, écartant ses cuisses de ses mains pour explorer les profondeurs de son intimité, tant et si bien qu'il finit par trouver un lieu qui aurait fait sursauter Margaret si Vortigern ne l'avait pas tenue si fermement par la taille.

Mais il ne s'arrêta pas là et entreprit de lui faire découvrir des sensations qu'elle n'avait jamais ressenties jusqu'à présent. Son cerveau était soudain devenu incapable de penser car toute son attention était dirigée vers son bas-ventre.

Elle s'entendit gémir contre son gré et sentit ses genoux faiblir de nouveau, mais elle savait que quoi qu'il arrive, il la rattraperait.

Une émotion étrange — et urgente — se mit à monter en elle, à l'endroit où Lasham s'affairait avec sa langue de manière si délicieuse, jusqu'à ce que la première vague de plaisir se propage dans tout son corps, jusqu'à atteindre un éblouissement qu'elle n'avait jamais connu auparavant.

Ce n'est qu'après avoir repris ses esprits qu'elle baissa les yeux sur un duc à l'air satisfait.

— C'était… C'était…, balbutia-t-elle, incapable de formuler une phrase correcte.

Lasham sourit, et elle aurait certainement éprouvé de la honte si son cerveau n'avait pas été trop occupé à analyser ce qui venait de se passer.

Puis il se releva, la prit dans ses bras, peau contre peau, et Margaret sentit sa pilosité lui chatouiller les seins.

Et dire qu'elle pensait avoir l'esprit créatif. Elle était impatiente de découvrir ce qu'il avait d'autre à lui apprendre.

Lasham tenta de reprendre ses esprits, mais la tâche semblait ardue : Margaret était entièrement nue, encore tremblante, tandis que lui n'avait jamais été aussi brûlant de désir.

Il devait l'admettre, il était fier de lui. Il faudrait qu'il remercie Jamie de ses conseils. Mais il aurait tout le temps de se congratuler plus tard.

Margaret entreprit de défaire son pantalon d'un air concentré et il ne put s'empêcher de laisser échapper un grognement de plaisir quand elle effleura son membre de la main.

Elle releva la tête d'un air inquiet. Ce qui, étant donné les circonstances, leur nudité respective et le fait qu'il venait de la conduire jusqu'à l'orgasme, était absolument ridicule.

Pourquoi étaient-ils toujours debout ?

— Allongeons-nous, dit-il en la poussant gentiment vers le canapé.

— Oh ! vous voulez dire… Oui, bien sûr, répondit-elle en s'installant sur le sofa.

Elle se tourna vers lui et lui lança un regard espiègle, comme si elle voulait le séduire, ou plutôt apprivoiser ce qu'il y avait dans son caleçon.

— Ne devriez-vous pas retirer votre bas ? demanda-t-elle amusée. Cela a l'air douloureux.

Il aurait ri, si cela n'avait pas été aussi vrai.

Déboutonnant son pantalon qui lui tomba sur les chevilles, il se sentit soudain extrêmement vulnérable, quasi nu devant elle. Mais ne venait-il pas de s'adonner à un acte bien pire que cela ? Tout cela n'avait aucune importance ; il ne s'agissait que de son enveloppe charnelle.

Pourtant, certaines parties de cette dernière semblaient penser que ce qui était en train de se dérouler était capital.

Margaret tapota le canapé en souriant.

— J'aime beaucoup cela, vous savez.

Lasham eut un petit reniflement.

— Je l'espère bien, étant donné ce que je viens de faire.

Margaret haussa un sourcil.

— Quel culot ! s'exclama-t-elle.

Il poussa un petit grognement.

— Ai-je dit que vous étiez douée avec les mots ? demanda-t-il en s'allongeant à côté d'elle. Je retire mon compliment. Votre commentaire était horrible.

Elle s'esclaffa.

— Je le sais bien, c'est la raison pour laquelle je l'ai employé : pour que vous ne soyez pas contrarié de ne pas manier la langue aussi bien que moi. Non pas que je doive m'en plaindre, s'empressa-t-elle d'ajouter avec sérieux. Mais vous n'estimez pas vos paroles à leur juste valeur. Je connais tellement de gens qui ne savent pas s'arrêter. Ils parlent à longueur de…

Lasham l'interrompit en posant ses lèvres sur les siennes. Margaret sentit sa peau nue toucher la sienne, mais fut loin d'être satisfaite.

Elle répondit à son baiser avec impatience, une main sur le cou dénudé du duc, l'autre sur sa taille.

Ce n'était toujours pas assez à son goût.

C'est alors que Lasham se recula légèrement et lui prit les doigts pour les enrouler autour de son sexe.

— Lequel de nous est culotté, à présent ? lança-t-il avec humour tout en lui montrant ce qu'il désirait.

— Vous, rétorqua-t-elle.

Mais Lasham fut incapable de répondre, trop occupé à se soucier de la main que Margaret avait glissée dans son sous-vêtement.

Il plongea son visage dans les cheveux de Margaret, se délectant de son odeur, de la chaleur de sa peau et de la rondeur de ses seins pressés contre son torse, tout en faisant courir sa paume sur sa taille, ses hanches, puis la courbe de ses fesses.

Margaret poursuivait sa caresse intime. La sensation était merveilleuse, mais il savait qu'elle devrait prendre fin.

Il sentit l'orgasme monter, petit à petit, entièrement focalisé sur les doigts si doux de Margaret. Quand la sensation finit par s'évanouir, il se laissa retomber sur elle et la serra très fort.

— Est-ce que tout va bien ? demanda-t-elle au bout d'un moment.

— A merveille.

Elle eut un petit rire joyeux.

— Je suis heureuse de l'entendre, dit-elle d'une voix enrouée.

Lasham déposa un baiser dans son cou et prit une profonde inspiration.

— Je suppose qu'il serait préférable que nous nous mariions, lâcha-t-il enfin.

Georgiana et le dragon

Par lady Mystère

— Georgie !

Les deux sœurs de Georgiana accoururent à son arrivée. Surexcitées, elles manquèrent de s'étaler par terre à plusieurs reprises, puis se figèrent en apercevant l'homme à son côté. Georgiana avait déjà ramené des tas de choses à la maison, en général de l'eau ou à manger, mais jamais un être humain.

Encore moins de sexe masculin et quasiment nu.

— Georgie, est-ce toi ? s'éleva la voix de son père à l'intérieur.

Georgiana sentit sa poitrine se serrer. Dans quelques secondes, il sortirait et verrait qui l'accompagnait. Comment réagirait-il ?

Elle le vit franchir le seuil de la porte, la main en visière pour protéger ses yeux de la lumière du soleil.

— Alors, ma fille qu'as-tu…

Il ne finit pas sa phrase et resta là, la bouche grande ouverte, incapable de prononcer le moindre mot.

— Ce n'est pas ce que vous croyez, Père, s'empressa-t-elle d'expliquer.

— Qu'est-ce donc, dans ce cas ? demanda-t-il d'une voix bienveillante.

— C'est bien pire que cela, répondit Georgiana.

Chapitre 27

Margaret était comblée. Rien n'aurait pu la rendre plus heureuse.

Pourtant…

— Qu'avez-vous dit ?

Elle se recula brusquement. Du moins, elle essaya ; Vortigern était allongé au-dessus d'elle sur le sofa qui n'avait pas été prévu pour accueillir deux personnes installées dans cette position, surtout si l'une d'entre elles était aussi large que lui.

— Se marier, répéta-t-il la tête lovée dans le creux de son cou.

Elle avait parfaitement entendu.

— Pourquoi ?

Cette question sembla le faire sortir de sa torpeur, car il se releva brutalement et manqua de tomber, ce qui aurait été le cas si Margaret n'avait pas instinctivement resserré les jambes autour de son corps.

— A cause de cela, bégaya-t-il en désignant leur nudité d'un geste de la main.

Le cœur de Margaret vacilla, mais ne sombra pas entièrement. En tout cas, pas encore.

— De plus, il me semble que ce serait une bonne chose pour vous comme pour moi. Je sais que nous avions convenu de ne pas nous attacher, mais étant donné ce qui vient de se passer, n'est-ce pas préférable ?

Margaret sentit son cœur sombrer dans un trou sans fond. Voilà qu'il était redevenu le duc guidé et bien sous tous rapports qu'elle avait rencontré le premier jour. Cache-œil ou non, cela voulait dire que si elle l'épousait, il entraverait sa liberté d'une manière ou d'une autre, même s'il promettait le contraire. Elle deviendrait l'une de ces dames de la haute société effrayées à l'idée de s'approcher d'une table de jeu.

— Non, dit-elle doucement mais fermement en s'efforçant de dissimuler sa cruelle déception.

— *Non ?* répéta-t-il en la serrant un peu plus fort.

— C'est hors de question, affirma-t-elle en écartant sa main. Je ne me marierai pas avec vous simplement parce que vous estimez que c'est la meilleure chose à faire après ce qu'il vient de se passer.

— Il n'y a pas que cela. Nous sommes tous les deux amateurs d'art.

Elle le poussa aussi fort qu'elle put et il tomba sur le tapis dans un bruit mou. C'était tellement comique qu'elle aurait éclaté de rire si son cœur n'avait pas été brisé en mille morceaux.

Elle sauta par-dessus le bras du sofa et jeta un coup d'œil derrière elle. Vortigern, bien que quelque peu étourdi, était toujours aussi séduisant, même s'il ne portait rien d'autre que ses sous-vêtements.

Ou était-ce parce qu'il était peu vêtu qu'elle le trouvait aussi charmant ?

— *Amateurs d'art ?* s'exclama-t-elle d'un ton outré.

Elle était bien obligée : si elle se laissait aller à ses émotions, elle éclaterait en sanglots. Il était hors de question qu'il la voie en larmes. Surtout après qu'il lui eut fait la proposition de mariage la plus pathétique de toute l'histoire de l'humanité, à peine cinq minutes après le plus beau moment de sa vie.

Ce n'était pas juste.

Il s'assit et se passa la main dans les cheveux d'un air confus.

— Euh… oui, bégaya-t-il. Je pourrais en outre vous assister dans votre travail auprès de ces femmes que vous aidez. Vous pourriez faire bon usage de ma fortune et nous aurions de nombreux sujets de conversation.

Si elle avait cru que sa première proposition était la pire manière qui existe de lui demander sa main, il venait de lui prouver le contraire.

Elle se pencha pour ramasser sa chemisette et la passa par-dessus sa tête d'une main tremblante. Vortigern était perplexe, comme s'il ne comprenait pas la scène qui se déroulait sous ses yeux.

Tant pis pour lui, songea Margaret, debout à moitié nue, face à ce duc qui n'était pas son mari.

La scène était extrêmement choquante, elle en était consciente, mais, même si toute la société se liguait contre elle, elle ne l'épouserait pas. N'avait-il pas encore compris cela ?

— Où est ma robe ? demanda-t-elle en changeant de sujet.

S'ils continuaient de parler de fiançailles, elle allait s'emporter, se mettre à pleurer et lui avouer qu'elle l'aimait, entre autres choses.

Il était impératif qu'elle se rhabille et rentre au plus vite sans lui laisser entrevoir ce qu'elle avait à l'esprit.

— Donc, vous n'avez pas envie de m'épouser ? reprit-il vexé.

Tant mieux, songea Margaret. Au moins, elle n'était pas

la seule à souffrir. Ce n'était pas très charitable de sa part, mais elle ne put s'empêcher de penser cela.

— Non, ce n'est pas ce que je souhaite.

Elle trouva sa robe derrière le canapé et l'enfila à la va-vite, puis se tordit le bras pour tenter de boutonner le dos.

Ce qui était impossible, à moins d'être contorsionniste.

— Laissez-moi vous aider, dit-il en se levant pour passer derrière elle.

Il était toujours aussi scandaleusement nu, chaud et musclé. Tout en lui était désirable, hormis la façon dont il voyait leur relation.

— Pourquoi suggérer une telle chose ? osa-t-elle enfin demander.

Car ce n'était pas une demande, ni même une proposition : il avait simplement supposé que c'était la meilleure conduite à tenir.

Elle le sentit hausser les épaules derrière elle.

— Je… Je ne sais pas, répondit-il sans cesser de s'affairer.

Il avait retrouvé cette voix coincée et distante qu'elle avait découverte lors de leur rencontre.

— Oh ! fut sa seule réponse.

Il termina de boutonner sa robe.

— Et voilà, conclut-il en lui tapotant l'épaule d'un geste maladroit.

Margaret eut soudain envie de le frapper ou de…

Non, il était hors de question qu'elle devienne sa femme.

Elle prit une profonde inspiration et afficha une expression neutre avant de se retourner. Il n'avait toujours pas revêtu sa chemise et était absolument magnifique. Que n'aurait-elle pas donné pour oublier toutes ses inquiétudes, ses scrupules et ses appréhensions, et se jeter dans ses bras en s'exclamant :

« Oui, je veux vous épouser ! Espèce de duc au romantisme d'un manche à balai qui ne ressentait rien pour moi. »

Mais elle n'en fit rien.

— Je ne sais même pas comment vous avez perdu votre œil ! lâcha-t-elle sans réfléchir, surprise de ses propres paroles.

— *Mon œil ?* répéta-t-il, soudain alarmé.

— Oui.

Elle leva la main vers son visage et il tressaillit. *Tressaillit !* Elle la retira vivement tandis que le rouge lui montait aux joues. Si elle ne pouvait même pas poser les doigts sur son visage, à quoi bon se marier ?

Peut-être n'aurait-elle jamais dû le laisser la toucher, songea-t-elle un peu tard.

— Je… Cela n'a pas d'importance, répondit-il sèchement en tournant la tête.

— Vraiment ? s'exclama-t-elle en posant les poings sur ses hanches. Ce n'est pas grave que vous ayez perdu la moitié de votre vue ?

Son corps se mit à vibrer, un peu comme la sensation qu'il avait déclenchée en elle quelques minutes plus tôt, seulement, cette fois, ce n'était pas de plaisir mais de colère.

Vortigern grimaça et elle sentit son cœur fondre.

— Faites venir votre voiture. Je veux rentrer chez moi.

Il hocha la tête en fronçant les sourcils, ramassa ses vêtements par terre et sonna la cloche sur le mur pour appeler son domestique. Margaret entendit des pas s'approcher alors qu'il finissait de boutonner son pantalon.

Il l'avait peut-être déçue de bien des manières, mais, au moins, il savait s'habiller vite.

— Votre Grâce ? s'enquit le majordome en pénétrant dans la pièce sans regarder Margaret.

La présence d'une femme était choquante et cet homme était parfait : il ne pouvait pas décemment poser les yeux sur elle.

— Préparez mon fiacre.

— Je vais attendre dans le hall, dit Margaret en attrapant son manteau sur le dossier de la chaise où elle l'avait abandonné à l'époque où elle pensait être amoureuse du duc.

Avant qu'il ne la voie entièrement nue, qu'elle ne connaisse l'extase et qu'il ne lui brise le cœur.

L'employé hocha la tête et quitta la pièce, les laissant en tête à tête.

— Margaret, implora Vortigern.

Que pouvait-il bien avoir à ajouter ? Voulait-il piétiner les derniers morceaux de son cœur jusqu'à en faire de la bouillie ?

— Bonsoir, Votre Grâce, le coupa-t-elle en franchissant le seuil de la porte aussi vite que possible.

— Au revoir, milady, l'entendit-elle répondre.

Elle tremblait de tous ses membres quand elle referma derrière elle.

Comment les choses avaient-elles pu dégénérer à ce point ? Lasham se repassa en mémoire les événements des jours passés, quand il l'avait accompagnée dans ce pub, l'admiration qu'il avait ressentie en la voyant affronter ces voyous, l'inquiétude qui l'avait rongé de la savoir en danger, la conversation qu'ils avaient eue sur le chemin du retour, leur visite aux jardins de Cremorne, la soirée chez les Dearwood, l'arrivée de Margaret à son domicile et le moment où ils avaient… Cette dernière partie avait été merveilleuse.

Puis il avait dit ce qu'il avait à l'esprit, avait osé s'exprimer à voix haute, et c'était comme s'il avait prononcé la pire des insultes. Jamais il ne s'était senti aussi maladroit.

Etait-il condamné à vivre en solitaire, uniquement parce qu'il ne savait pas choisir les mots justes ?

Il grimaça en repensant à ses propres paroles. *Je suppose qu'il serait préférable que nous nous mariions.* Ce n'était même pas une demande, simplement une suggestion qui n'impliquait rien de plus que de la bienséance.

Il était vraiment le dernier des idiots. Un imbécile destiné à passer seul le reste de son existence, seulement capable de dire ce qui lui passait par la tête, mais pas ce qu'il ressentait, ce qui était…

Il s'arrêta de penser un instant.

Qu'éprouvait-il, au fond de lui ?

Elle l'intriguait.

Elle le rendait heureux.

Elle l'aidait à se dépasser.

Cela voulait-il dire que… ?

Mince ! Il était amoureux d'elle. Il l'aimait. Il voulait passer le reste de sa vie à ses côtés et il venait de tout gâcher parce qu'il n'avait pas su lui ouvrir son cœur.

C'était pathétique.

Mais se lamenter sans fin n'allait certainement pas résoudre le problème.

Que pouvait-il faire ? Il réfléchit, hocha la tête, puis sortit de la pièce en trombe et monta dans sa chambre.

Annie jeta un seul et unique coup d'œil à Margaret quand elle rentra et la prit immédiatement dans ses bras en lui caressant les cheveux.

— Allons dans votre chambre et racontez-moi ce qu'il s'est passé.

Margaret se laissa conduire jusqu'à l'étage. Il y avait au moins une personne en ce bas monde qui la chérissait.

Ce n'était pas vrai, bien sûr : Isabella l'aimait énormément et son beau-frère se souciait de son bien-être, soit au total deux personnes et demie, ce qui était davantage que la plupart de ses semblables.

Annie l'emmena à l'étage, la planta au milieu de la pièce et entreprit de la déshabiller, sans faire la moindre remarque — Dieu merci — sur le désastreux état de sa tenue.

Elle ne reprit la parole qu'après l'avoir revêtue de sa chemise de nuit, enveloppée dans sa robe de chambre et assise sur une chaise.

— Qu'y a-t-il ?

Margaret se mordit la lèvre. Que pouvait-elle bien dire ?

— Vous êtes amoureuse de lui, je sais.

Pour une fois, la perspicacité de sa domestique lui plaisait.

— Oui. Et il m'a demandée en mariage.

Annie resta bouche bée. De toute évidence, ses capacités à prédire l'avenir n'étaient pas aussi développées que Margaret l'avait cru.

— Et vous avez refusé ?

Effectivement, vu sous cet angle, cela semblait ridicule. Quand on aime quelqu'un, on a envie de passer le reste de sa vie avec lui. On ne le rejette pas.

— Le sentiment n'est pas réciproque, expliqua Margaret.

— Pourquoi vous faire une telle proposition, dans ce cas ?

Annie avait toujours l'esprit pratique.

Gênée, Margaret haussa les épaules.

— C'est un homme guindé et il a supposé que c'était préférable étant donné que…

Elle s'interrompit, pour une fois incapable de se décider sur ce qu'il fallait dire et comment l'exprimer. Ce n'était pas dans son habitude. De fait, avant de rencontrer Vortigern, cela ne lui était jamais arrivé.

— Que vous et le duc avez partagé des aventures ? conclut Annie d'un ton entendu.

Margaret sentit ses joues s'empourprer.

— Oui.

— Mais si vous l'aimez et qu'il éprouve des sentiments pour vous — ce qui me semble évident, sinon pourquoi irait-il batifoler avec vous ? —, pourquoi ne pas accepter ?

Une fois de plus, Annie faisait usage de sa raison.

Margaret n'aurait eu aucun problème à répondre par l'affirmative s'il lui avait effectivement proposé de l'épouser.

— Il n'a pas vraiment posé la question. Il a simplement suggéré que c'était la meilleure conduite à adopter.

Elle baissa la voix, déçue, triste et frustrée tout à la fois. Tout le contraire de ce qu'elle aurait dû ressentir après que l'homme qu'elle aimait lui eut demandé sa main.

Annie haussa les sourcils d'un air compatissant.

— Oh ! A présent, je comprends. Ce n'est pas une véritable proposition. Vous méritez bien mieux que cela. Si vous souhaitiez simplement vous mettre en ménage, vous auriez accepté lord Collingwood. Mais vous l'avez éconduit, ce qui a fait scandale, et c'est la raison pour laquelle nous avons déménagé à la campagne. Cela veut-il dire que nous allons devoir repartir ?

Margaret secoua la tête.

— Non, je ne crois pas. Le duc ne souhaite guère m'épouser. Il a simplement évoqué cette possibilité et j'ai refusé. Tout est retourné à la normale, à présent. De plus, poursuivit-elle en resserrant sa robe de chambre autour de sa taille, je ne peux pas quitter la ville. Tant de femmes ont besoin de mon aide ici. Et puis que ferait lord Gantrey si je n'étais pas là pour le battre aux cartes ?

Elle tenta de prendre un ton léger, mais échoua lamentablement.

Annie n'était pas dupe.

— Je suis navrée, milady.

Il n'y avait pas grand-chose à dire.

Mais beaucoup à ressentir.

Et aucune de ses émotions n'était agréable.

Georgiana et le dragon

Par lady Mystère

— Comment cela, pire ? demanda son père sans tergiverser.

Georgiana avait l'habitude, depuis le temps. Elle prit une profonde inspiration, consciente du regard impatient que sa famille posait sur elle dans l'attente de sa réponse.

— Les apparences sont trompeuses, expliqua-t-elle.

— Ce que votre fille essaie de dire, monsieur, c'est que je ne suis pas un homme à moitié nu.

— Qu'êtes-vous, dans ce cas ? le questionna-t-il.

— Est-ce que l'autre personne que vous êtes a des habits ? interrompit la plus petite de ses sœurs.

Elle était encore jeune et disait souvent tout ce qui lui passait par la tête.

Il éclata de rire et Georgiana sursauta. Elle l'avait entendu grogner, gémir, marmonner et la qualifier de « demoiselle de descendance non royale », mais c'était la première fois qu'elle le voyait joyeux.

Cela lui fit chaud au cœur.

— C'est un dragon, lâcha-t-elle brusquement.

Chapitre 28

Lasham aperçut Margaret à sa place habituelle aux tables de jeu, lord Gantrey à sa gauche et lord Collingwood en face d'elle. Il ne put réprimer un frisson à l'idée que Collingwood et lui avaient à présent un point commun : ils avaient tous les deux été rejetés par lady Margaret.

Cette dernière semblait plus pâle que d'ordinaire, mais n'en était pas moins magnifique. Elle portait une robe scintillante couleur terre qui faisait ressortir ses cheveux et ses yeux. Il la vit froncer les sourcils et se défaire d'une de ses cartes.

— Pourquoi ne vas-tu pas la voir, plutôt que de te cacher comme un lâche ?

Jamie avait le don d'aller droit au but.

Lasham haussa les épaules en serrant la mâchoire.

— Ah ! s'exclama Jamie comme s'il savait parfaitement ce que Lasham avait à l'esprit.

Ce qui, en y réfléchissant bien, était probablement le cas, même si Lasham lui-même n'en avait aucune idée.

— Tu t'es montré maladroit à un moment donné, c'est cela ?

De toute évidence, Jamie pouvait lire dans ses pensées.

— Et que comptes-tu faire pour arranger les choses ?

demanda-t-il en désignant Margaret du menton. Tu ne trouveras personne d'autre comme elle.

— Comment le sais-tu ?

Car Jamie ne connaissait guère Margaret.

— Parce que tu semblais presque heureux, Lash, poursuivit Jamie d'une voix extrêmement sérieuse qui contrastait avec son ton habituel. Tu as tendance à t'enfermer dans tes responsabilités, loin du monde, et c'est très bien. Mais tu as besoin d'un peu de soleil dans ta vie. Dieu sait qu'il n'y en a pas assez en ce bas monde. Et ces derniers temps, depuis que tu l'as rencontrée, tu avais l'air presque joyeux.

— Tu n'as pas tort. Et tu as également raison quand tu dis que j'ai tout gâché. Je ne suis pas certain de pouvoir réparer mes erreurs.

Il y avait longtemps réfléchi et n'avait réussi à trouver qu'une ou deux idées pouvant potentiellement fonctionner.

— Lui as-tu dit ce que tu ressentais ?

Il n'avait pas songé à cette possibilité. Il avait pensé aux grands gestes, aux fleurs, aux cadeaux et aux promesses, mais pas aux sentiments.

Jamie leva les yeux au ciel en voyant l'expression sur le visage de Lasham.

— Tu es le roi des imbéciles, Lash.

Ce fait, en revanche, lui avait traversé l'esprit. A maintes reprises.

— J'imagine que je devrais commencer par cela.

Jamie lui administra une tape amicale sur l'épaule.

— Je suis impatient de rencontrer la duchesse de Lasham, à supposer que tu ne ruines pas tout.

Lasham sentit sa gorge se serrer. Il savait que c'était fort possible, mais il était déterminé à tout faire pour que cela n'arrive pas.

*
* *

— J'ai l'impression que je remporte la mise, une fois de plus.

Margaret ramassa le tas de pièces au milieu de la table.

— La chance est souvent de votre côté, milady. Je trouve cela extrêmement intéressant, lâcha lord Collingwood d'un ton méprisant.

Peut-être Margaret avait-elle l'imagination trop débordante. Après tout, rien n'indiquait qu'il soit en train d'insinuer quoi que ce soit.

— J'irais presque jusqu'à dire que c'est un miracle, ajouta-t-il.

A présent, cela ne faisait plus aucun doute.

— M'accusez-vous de tricher, lord Collingwood ? demanda-t-elle d'une voix glaciale. Si c'est le cas, je vous en prie, faites-le ouvertement.

— Vous parlez comme vous écrivez, milady. Sachez que vous gribouillages m'amusent beaucoup, dit-il en ricanant.

Il était décidément l'homme le plus odieux qu'elle ait jamais connu. Heureusement que ni elle ni sa sœur ne s'étaient mariées avec lui.

— Alors ? reprit-elle d'une voix où perçait la fureur qui l'agitait.

Lord Collingwood s'en aperçut et afficha un sourire triomphant.

— Eh bien, lady Margaret, je dois dire que oui, je crois effectivement que vos gains ne sont pas uniquement dus à la chance.

Lord Gantrey — le brave homme — se rangea de son côté.

— C'est une accusation très sérieuse que vous faites là, lord Collingwood. Lady Margaret est certes fortunée, mais c'est aussi une joueuse de talent contre laquelle je suis fier d'avoir perdu plus de fois que je ne l'aurais souhaité.

Autour d'eux, quelques rires se firent entendre, ce qui détendit un peu l'atmosphère.

— Vous être trop bon, milord, répondit lord Collingwood. Je ne retire pas ce que j'ai dit : je crois fermement que ce n'est pas uniquement l'œuvre de sa bonne étoile.

Margaret sentit son sang bouillir dans ses veines, comme si quelqu'un l'avait plongée dans une marmite de soupe brûlante. Ou, plutôt, avait placé en face d'elle un type abject déterminé à l'accuser de tout ce qu'il pouvait trouver, simplement parce qu'il était contrarié de perdre et ne s'était pas encore remis de ne pas avoir épousé Isabella.

Margaret se leva, tremblante de rage.

— Si vous voulez bien m'excuser, je ne resterai pas assise en compagnie de quelqu'un qui m'accuse de tricher. Veuillez continuer sans moi. Votre chance tournera peut-être.

Lord Gantrey se mit debout et prit les mains de Margaret dans les siennes.

— Milady, murmura-t-il. Je suis persuadé que ces horribles allégations sont fausses, mais je pense qu'il serait préférable pour vous d'éviter les tables de jeu pendant un petit moment, le temps que lord Collingwood retrouve son calme. Il n'a pas eu une vie facile ces derniers temps et malheureusement beaucoup de ses déceptions sont liées à votre famille.

Voilà qu'elle se retrouvait obligée d'abandonner la seule chose qui lui permettait de vivre librement, tout cela parce que lord Collingwood l'accusait de tricher. Quelle ironie ! Mais rien de tout cela n'était la faute de ce brave homme.

— Merci mille fois pour vos conseils, milord.

Elle hocha la tête et s'éloigna rapidement en évitant tous les regards.

Il ne lui restait plus qu'à récupérer son manteau et à monter dans sa voiture. Serait-elle capable de faire cela sans causer un autre scandale ?

— Milady ? l'appela une voix dès qu'elle mit le pied dehors.

Margaret s'arrêta en haut des marches et balaya les environs du regard. Qui pouvait bien l'interpeller à cette heure ? Ce n'était pas quelqu'un de la haute société : l'accent était plutôt populaire. Etait-ce l'une des femmes auxquelles elle venait en aide ? S'était-il passé quelque chose de grave ?

Evidemment, songea-t-elle en levant les yeux au ciel de manière exagérément dramatique. Tout allait de travers dernièrement. Elle était pire que l'une de ses héroïnes.

— Mademoiselle ? S'il vous plaît.

C'était Sally, la dame qui les avait conduits aux fauteurs de troubles attablés dans ce pub poussiéreux.

Margaret eut un mauvais pressentiment.

— Qu'y a-t-il, Sally ? demanda-t-elle à voix basse en jetant des coups d'œil inquiets autour d'elle.

Il n'y avait personne. Forcément, la fête venait à peine de commencer et les convives ne partiraient probablement pas avant l'aube.

— Venez par ici, lui intima-t-elle en allant se placer dans l'ombre d'une calèche garée au bord de la rue.

Ce n'était pas celle du duc, elle l'aurait reconnue. Heureusement qu'il n'était pas là ce soir, songea-t-elle avec soulagement. Au moins n'avait-il pas été témoin des accusations déplaisantes de lord Collingwood.

S'il avait été présent, il serait certainement intervenu

pour tenter de sauver sa réputation, ce qui n'aurait réussi qu'à aggraver la situation, car alors, les gens se seraient mis à imaginer des choses — qui étaient vraies, certes, mais ce n'était pas la question — et on l'aurait regardée comme la femme accusée de tricher et qui avait eu une relation inappropriée avec un duc qu'elle refusait d'épouser.

— Ce sont encore eux, lâcha Sally dans un souffle. Certains ont trop bu et ils exigent que les serveuses leur tiennent compagnie pour la nuit, si vous voyez ce que je veux dire.

Margaret sentit sa gorge se serrer. C'était tout à fait clair. Ces demoiselles étaient coincées le dos au mur, n'avaient personne vers qui se tourner et ne disposaient pas de la force physique suffisante pour se défendre.

— Allons-y ! déclara Margaret en cherchant son véhicule des yeux.

Elle l'aperçut un peu plus bas, agrippa le bras de Sally et la conduisit jusqu'au fiacre, le cœur battant la chamade à l'idée du danger qui guettait ces pauvres filles.

Lasham avait vu lord Collingwood s'adresser à Margaret et cette dernière avait pâli, puis elle était devenue rouge de colère. Il avait serré les poings et s'apprêtait à s'approcher de la table pour exiger des explications quand sa conscience l'avait arrêté. Il savait, aussi sûrement que son nom était Vortigern, que Margaret n'apprécierait pas un tel geste de sa part. Pire, elle lui en voudrait.

Il avait donc gardé ses distances, puis Margaret s'était levée, l'air à la fois furieux, triste et désespéré.

Etait-il à l'origine de son chagrin ?

D'une certaine manière, il l'espérait : cela voudrait dire

qu'elle avait des sentiments pour lui. Peut-être serait-il capable de trouver le bonheur à ses côtés dans ce cas.

Il l'avait suivie jusqu'au perron et une femme s'était approchée pour lui parler. Bien qu'il n'ait rien entendu de leur conversation, il comprit à la réaction de Margaret que les nouvelles n'étaient pas bonnes. Quand cette dernière était montée dans sa voiture, il avait grimpé dans la sienne et ordonné au cocher de les suivre discrètement.

Pendant le trajet, Sally raconta son histoire à Margaret et Annie qui l'écoutèrent avec attention. Apparemment, le pire n'avait pas encore eu lieu.

— J'ai pensé à vous parce que je ne vois personne d'autre vers qui me tourner. La plupart des hommes du quartier ont trop peur de cette bande. Je n'ai pas vu votre ami à l'air terrifiant. J'aurais aimé qu'il soit là.

Margaret et Annie échangèrent un regard entendu.

— Il est vrai que ce serait mieux, mais il n'est pas là. Et je ne peux pas le joindre à une heure si tardive, dit Margaret.

Ou même à n'importe quel moment de la journée, ajouta-t-elle en son for intérieur.

— Il va falloir faire sans lui, déclara Annie d'un ton ferme. Nous ne pouvons pas laisser ces pauvres filles affronter ces goujats toutes seules. Il faut les arrêter.

— Annie a raison, acquiesça Margaret.

Elle ne pouvait pas supporter l'idée qu'une femme soit terrifiée simplement parce qu'elle n'avait pas la force physique nécessaire pour assurer sa propre protection. Elle aurait donné n'importe quoi pour faire partie de la gent masculine ou du moins être bâtie aussi solidement qu'un homme et être aussi haut placé. Elle serait entrée dans ce pub et aurait faire peur à ces voyous qui se seraient envolés telle une volée de moineaux sur son passage. Exactement comme aurait pu le faire Vortigern, ou plutôt le duc, en se servant simultanément de son apparence, de sa carrure et de sa voix grave.

Dix minutes plus tard, elles arrivaient devant l'établissement. Margaret avait glissé ses aiguilles à broder dans sa manche, mais elle doutait que cela suffise à dissuader qui que ce soit de s'en prendre à elle.

Sally descendit la première et l'inquiétude creusa son visage quand elle entendit le vacarme qui s'échappait de l'intérieur du bar.

Annie et Margaret mirent pied à terre et Margaret ordonna à John de les attendre, prêt à partir précipitamment au cas où les choses tourneraient mal. Puis elle et Annie se dirigèrent vers l'entrée à la hâte, tandis que Sally patientait à l'extérieur.

Margaret prit une profonde inspiration avant de pénétrer dans la pièce, se préparant mentalement à ce qu'elle allait découvrir de l'autre côté.

A première vue, la situation ne semblait pas aussi catastrophique que l'avait décrite Sally, jusqu'à ce que Margaret aperçoive le visage inquiet de plusieurs femmes et comprenne que les hommes avaient disposé les chaises de façon que ces dernières soient obligées de passer à côté d'eux pour sortir du pub.

L'expression belliqueuse qu'affichaient plusieurs types totalement soûls achevait de rendre l'atmosphère menaçante.

— Pardonnez-moi, messieurs, s'exclama Margaret d'un ton faussement enjoué en prétendant ne pas voir les visages enragés autour d'elle.

— Eh, la grande dame est de retour ! lança le meneur du groupe d'une voix méprisante.

Il était bien plus doué que lord Collingwood à ce jeu, il faudrait qu'elle dise à ce dernier de venir prendre des leçons dans cette partie de la ville.

— Tout à fait. Je me dois de protéger ces femmes.

Les qualifier ainsi était un peu exagéré : elles étaient tout au plus des jeunes demoiselles terrorisées, mais l'heure n'était pas aux délibérations sémantiques.

Le type se balança sur sa chaise d'un air insolent. De toute évidence, Margaret ne l'impressionnait guère.

— Retournez dans votre château, milady. On n'a pas besoin de gens de votre sorte ici, n'est-ce pas, les gars ?

Ses compagnons acquiescèrent d'un signe de tête et l'un d'entre eux eut l'audace de la fixer dans les yeux tandis qu'il agrippait une pauvre fille terrifiée par la taille pour l'attirer contre lui.

Margaret retint son souffle. Elle sentait ses aiguilles à broder contre son avant-bras, mais sa piètre défense n'allait pas lui être d'une grande utilité contre toute une bande de voyous probablement désespérés. Elle ne pouvait pas leur en vouloir d'être déçus de leurs conditions de vie, mais elle n'accepterait pas qu'ils se vengent sur des femmes sans défense.

— Milady, cela n'augure rien de bon, chuchota Annie à son oreille.

Annie avait entièrement raison. Pourtant, Margaret ne pouvait pas s'en aller sans rien faire. Il fallait qu'elle essaie de les calmer et de conduire ces demoiselles dans un endroit sûr.

— Je n'ai pas le choix, Annie, répondit-elle avec assurance.

Annie la tira par la manche.

— Bien sûr que si. Vous ne devez rien à personne. Nous pouvons encore partir et aller chercher de l'aide.

Margaret jeta un coup d'œil à l'expression sauvage du meneur qui se balançait toujours sur sa chaise et sirotait un verre de whisky comme s'il s'agissait d'une grenadine.

— Nous n'avons pas le temps pour cela, rétorqua-t-elle à sa domestique.

Plus personne ne faisait attention à elles, excepté celui qui avait agrippé la pauvre fille, et qui les fixait, les lèvres retroussées en un sourire sournois.

Margaret se lança.

— Si je puis me permettre, messieurs, déclara-t-elle en s'efforçant de ne pas trembler.

Il ne fallait surtout pas qu'ils la considèrent comme davantage qu'une nuisance. Dans le cas contraire, la situation risquait de dégénérer, tant pour elle que pour les autres femmes présentes dans la pièce.

Le chef reposa les quatre pieds de sa chaise au sol et se leva brusquement.

— Ecoutez, milady. On ne veut pas d'ennuis. Mais on n'a pas non plus envie d'écouter vos salades, vous comprenez ?

Il croisa les bras sur sa poitrine d'un air menaçant.

— Tout à fait, répondit Margaret. Si j'étais à votre place, je n'apprécierais pas non plus que l'on me dérange alors que je passe une agréable soirée. Mais si vous voulez bien m'écouter un instant, je vous promets de vous laisser à vos bières et à vos liqueurs.

C'était une réplique bien maladroite et elle en était consciente. Dans le meilleur des cas, Annie et elle se feraient jeter hors de l'établissement sans ménagement. Dans le pire… Elle n'osait même pas y penser.

Elle prit une profonde inspiration et poursuivit :

— J'ai besoin de l'aide de ces demoiselles immédiatement…

Il fallait qu'elle invente un mensonge suffisamment crédible pour qu'ils les laissent partir. Elle trouverait bien quelque chose. Après tout, elle n'était pas écrivain pour rien.

Et, à ce moment précis, elle aurait donné n'importe quoi pour pouvoir écrire la fin de cette histoire comme elle décidait du dénouement de ses romans. Mais le temps pressait. Elle allait devoir improviser.

Le type fit un pas en avant, d'un air sceptique.

— Ah oui ? Et pourquoi donc ?

Margaret afficha un grand sourire.

— L'Agence pour un emploi de qualité demande à tous les candidats potentiels de se rendre immédiatement dans leurs bureaux pour obtenir un poste qui vient de se libérer.

Les visages devant elle semblèrent confus. Pas étonnant : elle-même n'avait aucune idée de ce qu'elle racontait.

— C'est-à-dire que… Il y a urgence et le… le…

— Le duc de Lasham a besoin de bras. Nous sommes actuellement à la recherche d'ouvriers disponibles dès demain. Et pas seulement des femmes : nous avons aussi besoin d'hommes honnêtes capables de travailler dur pour un salaire décent.

La voix de Vortigern résonna dans tout le pub avec une telle force que Margaret sentit ses entrailles vibrer à l'intérieur de son estomac.

Elle se retourna, incrédule. Il était debout dans l'encadrement de la porte et la lumière des lampadaires derrière lui faisait ressortir sa carrure impressionnante et son air omnipotent. Comme se devait de l'être un homme de son rang.

Il y eut un moment de silence, puis une clameur s'éleva

et les clients présents se mirent à crier leur désir d'obtenir une place. Les chaises raclèrent le sol tandis qu'ils se levaient pour s'approcher de cet aristocrate qui tenait momentanément leur destin entre ses mains.

Margaret releva le menton et croisa son regard, hochant la tête en signe de remerciement.

Il lui répondit de manière similaire et son ventre se remplit à nouveau de papillons, preuve indéniable qu'elle était toujours amoureuse de lui.

Le sentiment n'était peut-être pas réciproque, pourtant il l'avait suivie — encore — et lui avait une fois de plus porté secours. A la différence que cette fois-ci, elle en avait réellement eu besoin. Cela prouvait-il quelque chose au sujet de ce qu'il ressentait pour elle ?

Lasham retint son souffle en voyant la foule s'amasser autour de lui. Il aurait donné cher pour tous les repousser et se frayer un chemin jusqu'à Margaret. Mais cela aurait gâché son intervention. Il fallait qu'il aille jusqu'au bout de sa déclaration.

Il appela son cocher et son valet d'un signe de la main. Heureusement, tous deux étaient relativement larges et imposants, au cas où les rustres décidaient de se montrer de nouveau indisciplinés.

— Votre Grâce ? s'enquit le domestique sans quitter Lasham des yeux, prêt à en découdre avec le premier quidam qui se montrerait violent envers son maître.

Le brave homme.

— Prenez le nom de ces gens et dites-leur de se présenter à mon domicile demain matin à huit heures tapantes.

D'ici là, il trouverait quoi faire de toutes ces pauvres âmes.

Meecham aurait certainement deux ou trois idées intéressantes incluant des conditions de travail convenables et un salaire honnête. Lasham haussa mentalement les épaules : il était entièrement d'accord avec son secrétaire sur ce point. Pourtant, mettre des lois en place pour changer ce genre de choses était souvent — non, toujours — d'une lenteur désespérante. Alors, s'il pouvait accélérer le processus en aidant un petit groupe de personnes et en profiter pour tirer Margaret d'une situation délicate, il n'allait pas s'en priver.

Au fond de lui, il était furieux qu'elle se soit mise en danger, mais, d'un autre côté, il était fier qu'elle n'ait pas abandonné ses idéaux et ait décidé de faire face, même si c'était imprudent de sa part.

Dès qu'il avait vu la direction que prenait le véhicule de Margaret, il avait compris où elle se rendait et s'était félicité d'avoir gardé ses pistolets dans sa voiture, tout en remerciant le ciel de ne pas avoir eu besoin de les utiliser.

— Milord… Je veux dire, Votre Grâce, merci du fond du cœur pour cette offre généreuse, déclara la femme qui les avait conduits ici le premier jour. Mes filles travaillent dur, elles ne vous décevront pas.

— J'en suis certain. Allez donner votre nom à mon valet ici présent, répondit Lasham en désignant son domestique qui s'était armé d'une tablette et d'un crayon.

Lasham écarta les bras et s'adressa à la ronde d'une voix forte.

— Messieurs, dames ! Merci de laisser vos nom et adresse et de rentrer chez vous pour la nuit. Vous devez être en forme pour votre première journée de travail demain, conclut-il en sachant pertinemment que ce serait vrai, quel que soit ce que Meecham et lui décidaient.

La foule se dispersa lentement, en même temps que

l'atmosphère orageuse qu'il avait ressentie en pénétrant dans le pub, et il put enfin rejoindre Margaret.

— Je…

— Merci de m'avoir secourue, le coupa-t-elle d'un ton sec, presque cassant, en relevant le menton d'un air fier. J'en avais besoin et c'était tout à fait judicieux de votre part de me suivre.

— Ce n'était pas pour cette raison, rétorqua-t-il à voix basse pour qu'on ne puisse pas les entendre.

Il la vit déglutir, puis prendre une grande inspiration, comme pour se préparer au pire. Ou bien était-ce du soulagement ?

Il n'en avait pas la moindre idée.

— Pouvez-vous… Euh… Me feriez-vous l'honneur de m'accompagner ? dit-il enfin.

Il retint son souffle en espérant qu'elle accepte.

La suite des événements ne dépendrait ensuite que de lui.

Georgiana et le dragon

Par lady Mystère

Sa famille la dévisagea les yeux ronds, puis tous trois éclatèrent.

De rire.

Se moquant d'elle ouvertement.

— Un dragon ? s'esclaffa son père en pointant du doigt l'homme à demi nu, tout en se tenant le ventre de l'autre main. Ce gars-là ?

— Tu aurais pu trouver quelque chose de plus crédible, Georgie, ajouta Mary, la plus jeune de ses deux sœurs.

Georgiana jeta un coup d'œil à son compagnon dont elle ne connaissait toujours pas le nom et leva les yeux au ciel.

Ce dernier grimaça, ouvrit la bouche et de grandes flammes jaunes s'en échappèrent, roussissant les feuilles du jeune chêne que Mary avait planté quelques années plus tôt.

— La croyez-vous, à présent ? demanda-t-il tandis que des volutes de fumée sortaient de ses narines.

Chapitre 29

Pourquoi le duc était-il aussi magnifique ? Margaret ne s'était pas attendue à ce qu'il perde sa taille ou sa stature en l'espace de quelques jours, mais elle avait espéré qu'au moins, il montrerait sur son visage des signes de fatigue ou d'inquiétude, deux sentiments qui l'avaient rongée depuis leur séparation.

Au lieu de cela, il semblait avoir embelli.

— S'il vous plaît, ajouta-t-il en désignant son fiacre derrière lui.

Margaret jeta un coup d'œil à Annie qui paraissait l'encourager du regard, leva les yeux au ciel face à l'optimisme inépuisable de la jeune femme, puis laissa Lasham la conduire jusqu'à son véhicule.

Il s'assit à côté d'elle, comme il l'avait fait par le passé, et elle sentit son corps réagir à cette promiscuité, cette chaleur et cette virilité qu'il dégageait dans tout l'habitacle.

— Alors ? lança-t-elle en brisant le silence.

Elle était impatiente de lui poser certaines questions, mais elle feignit d'être aussi calme et détendue que lui.

— Je vous ai suivie.

— J'avais deviné, rétorqua-t-elle sèchement.

Elle fit une pause avant de reprendre.

— Merci, ajouta-t-elle d'une voix plus douce.

— De rien.

Il se tourna sur son siège et Margaret perçut le contact léger de ses jambes contre sa jupe, lui envoyant aussitôt une décharge de désir qu'elle s'empressa de repousser. Ce n'était pas le moment de se laisser aller à des pensées lascives.

Et ce, quelle que soit l'explication qu'il était sur le point de lui donner. Qu'allait-il bien pouvoir trouver cette fois ? Qu'ils devraient se marier et passer le restant de leur vie ensemble parce qu'ils étaient tous les deux des êtres humains ?

Ou bien qu'il était obligé de l'épouser pour qu'elle n'aille pas révéler au monde qu'il lui avait avoué son prénom, un secret que n'importe qui pouvait découvrir aisément en consultant le guide de Debrett ?

— Je ne sais pas quoi dire, déclara-t-il avant de s'arrêter brusquement.

Voilà au moins une chose qu'ils avaient en commun.

Margaret éclata de rire.

— Ce n'est pas vrai : vous avez trouvé les mots parfaits pour désamorcer la situation dans ce pub.

Et les pires imaginables pour me demander ma main, ajouta-t-elle mentalement.

— Vraiment ? déclara-t-il d'un air perplexe. Je pensais n'avoir fait qu'exercer mon influence de duc et d'homme haut placé. J'ignorais qu'il s'agissait de mes paroles.

Margaret se radoucit face à son ton si désolé.

Même après qu'il eut piétiné son cœur, elle l'aimait encore follement.

Jamais elle n'aurait laissé l'une de ses héroïnes se comporter de la sorte après avoir été aussi mal traitée.

— C'était exactement ce qu'il fallait faire, dit-elle afin de le rassurer.

De toute évidence, cela ne fonctionna pas le moins du monde, car il se renfrogna.

— C'est encore pire, dans ce cas, lança-t-il d'un ton amer, presque sauvage.

A présent, c'était au tour de Margaret de se retrouver bête. Que voulait-il dire par là ?

— J'avais dix-huit ans, lâcha-t-il soudain, comme mû par une force invisible. Je venais de rentrer de l'école et j'avais l'impression d'être un homme, de pouvoir enfin être un duc à la hauteur.

Il renifla d'un air dédaigneux.

— J'avais tort.

Il posa la main sur sa cuisse et Margaret la prit sans réfléchir. La chaleur de sa peau la détendit instantanément.

— J'ai passé la soirée seul chez moi à m'imbiber d'alcool jusqu'à ce que le bar soit vide. Puis je suis descendu à la cave et j'ai décidé d'ouvrir une bouteille de champagne, et voilà ce qui est arrivé, conclut-il en désignant son cache-œil.

Margaret ne comprit pas tout de suite.

— Vous voulez dire que… Ce n'était pas sur un champ de bataille ou lors d'un duel ?

Il eut un petit rire jaune.

— Rien d'aussi honorable.

— Vous… Vous avez perdu la vue à cause d'un bouchon ?

— Oui.

— Mais…

Que pouvait-elle bien répondre à cela ?

— C'est inhabituel, remarqua-t-elle enfin.

— Effectivement, riposta-t-il d'un ton sarcastique. Pourtant, c'est la raison pour laquelle je n'ai plus ni vision périphérique ni perception de la profondeur.

— Et depuis tout ce temps, vous n'avez rien dit à

personne ? Vous avez laissé toute la haute société se poser la question sans jamais répondre ?

Il haussa les épaules.

— Cela n'a pas d'importance.

Ce n'était pas la première fois qu'il affirmait cela.

— Bien sûr que si ! s'exclama-t-elle en serrant les doigts autour des siens. Votre rang n'est pas la seule chose qui vous définit. Cela inclut votre façon d'être, la manière dont vous vous comportez en public, cette expression que vous avez quand vous entrez dans une pièce, comme si vous défiez quiconque de vous adresser la parole.

Elle venait de se rendre compte à quel point il était impressionnant, mais incapable d'exprimer ses émotions. Aurait-elle préféré qu'il ne dise pas ce qu'il lui était passé par la tête quand ils étaient chez lui ?

— Pourquoi quiconque aurait-il envie de me parler ? de me connaître ?

Il semblait sincèrement curieux.

Il n'avait aucune idée de la façon dont les gens le voyaient. Pire encore : il ignorait tout des sentiments qu'elle éprouvait pour lui.

— Pourquoi pas ? Ils se tiennent à distance simplement parce qu'ils s'arrêtent à l'image que vous renvoyez. Vous leur rendez la tâche impossible en leur montrant uniquement le duc de Lasham, celui qui porte son titre et ses responsabilités sur les épaules. Personne ne voit Vortigern, l'homme qui a perdu son œil à la suite d'un accident de jeunesse imprudent et, il faut bien l'avouer, un peu ridicule.

— Qu'en est-il de vous ? s'enquit-il d'une voix douce et hésitante, si basse qu'elle eut peine à l'entendre.

— Je ne sais plus vraiment.

Et elle aurait pourtant tout donné pour que ce ne soit pas le cas !

Je ne sais plus vraiment. Les mots résonnèrent dans l'esprit de Lasham comme un coup de feu.

S'il n'arrangeait pas les choses, il serait condamné à passer le restant de sa vie en solitaire. La pression était presque palpable.

Il prit une profonde inspiration.

— Je…, souffla-t-il.

Mais il s'arrêta immédiatement, car la voiture était en train de ralentir.

Mince ! Ils étaient arrivés chez lui et il n'avait encore rien dit qui pouvait laisser entendre à Margaret les sentiments qu'il éprouvait pour elle. Des images de sa vie défilèrent devant ses yeux : seul, se lamentant inlassablement de la perte de la seule femme qu'il ait jamais aimée, incapable de…

— Puis-je entrer ? demanda Margaret en lui donnant un petit coup de coude dans les côtes.

Apparemment, il avait passé trop de temps à se tourmenter parce qu'il ne savait pas s'exprimer plutôt que de lui avouer ce qu'il avait sur le cœur.

Une ironie qui ne le fit pas rire du tout.

— Bien sûr, répondit-il en donnant une petite tape sur le toit de l'habitacle.

Son valet ouvrit la portière et Margaret descendit en premier. Il la suivit, se délectant de l'odeur de son parfum dans son sillage. Si elle se rendait compte qu'il la reniflait de la sorte, elle tournerait certainement les talons et rentrerait chez elle de ce pas.

Heureusement, elle parut ne rien remarquer.

Une fois à l'intérieur, il l'escorta jusqu'à la bibliothèque qui était devenue leur pièce fétiche, puis se tourna vers son majordome qui n'avait pas battu d'un cil en voyant Margaret — il faudrait qu'il rappelle à Meecham de lui donner une augmentation — pour commander…

Que pouvait-il bien lui demander ?

Ce n'était pas une visite de courtoisie et il était bien trop tard pour prendre le thé. Il ne pouvait pas non plus lui offrir un verre de liqueur parce qu'il aurait eu l'air de vouloir la soûler pour profiter d'elle, ce qui était bien la dernière chose dont il avait besoin. Il espérait pourtant qu'elle se détende un peu, mais il devrait se débrouiller sans alcool.

— Ce sera tout, finit-il par dire à son domestique avant de refermer la porte derrière eux.

Ils étaient seuls à présent. En tête à tête.

Comme la nuit précédente.

Le soir où il avait tout gâché.

— Vous disiez ? dit-elle en se tournant vers lui.

Lasham prit une grande inspiration.

Georgiana et le dragon

Par lady Mystère

Son père et ses sœurs affichaient tous les trois une expression incrédule.

— Cela vous suffit-il comme preuve ? demanda-t-elle. Pouvons-nous à présent décider de la façon dont nous allons l'aider ?

— A quoi faire ? s'enquit l'ex-dragon.

Georgiana leva les yeux vers lui, interloquée.

— Ne souhaitez-vous pas apprendre à vous comporter en être humain ?

Il eut un mouvement de recul et sa bouche se tordit en une grimace dégoûtée.

— Absolument pas. D'après ce que j'ai pu voir, les humains ne font que s'attaquer les uns les autres, tandis que ceux de mon espèce mangent, crachent du feu et volent dans le ciel.

Georgiana battit des paupières, perplexe.

— Donc, vous ne voulez pas conserver cette forme ?

Il acquiesça d'un signe de tête.

— Vous penseriez la même chose si vous saviez ce que c'est.

— Expliquez-moi, dans ce cas, répliqua Georgiana.

Chapitre 30

— Dites-moi.

Bouche bée, Vortigern observait Margaret comme si une deuxième tête venait de lui pousser.

Il n'en était rien, bien sûr. Elle était simplement éperdument amoureuse de lui.

— Asseyons-nous, suggéra-t-il avant de la conduire au canapé — le leur — sans même attendre sa réponse.

Margaret rougit en repensant à ce qui s'était passé sur ce sofa, puis se rappela la proposition qu'il lui avait faite juste après, d'un ton si détaché.

Il attendit qu'elle prenne place, puis s'installa à l'autre bout. Curieusement, c'était la même position qu'il avait adoptée le soir où elle était entrée dans cette pièce en quête de paix.

Chose qu'il ne lui avait absolument pas apportée, soit dit en passant. Il n'avait pas non plus provoqué la guerre, mais il avait causé le désir, la passion, l'espoir, la curiosité et la déception.

Pourquoi était-elle revenue ?

— Alors ? répéta-t-elle pour la énième fois.

Il était plus difficile de le forcer à s'exprimer que de faire parler les plus récalcitrants de ses héros. Peut-être allait-elle devoir se résoudre à écrire son dialogue pour lui.

Mais, si elle le faisait, elle ne saurait jamais ce qu'il pensait réellement, s'il éprouvait des sentiments pour elle ou s'il souhaitait l'épouser simplement parce que c'était ce qu'il y avait de plus convenable.

— Je n'arrive pas à croire que nous soyons sortis de ce pub sans que personne ait essayé de me mettre son poing dans la figure, lâcha-t-il enfin.

— Je l'aurais bien fait moi-même si j'avais eu le temps.

Margaret le vit déglutir sous sa cravate.

Que n'aurait-elle pas donné pour qu'il la retire ?

Non, elle ne devait pas y penser.

Pourtant, c'était exactement ce qu'elle voulait.

Lasham éclata de rire et son sourire serra le cœur de Margaret.

— Il est tellement plus aisé d'exprimer ses émotions par des actions, ne trouvez-vous pas ? s'enquit-il d'un ton triste.

Elle était sur le point d'acquiescer quand elle eut une idée.

— Effectivement, répondit-elle en se rapprochant de lui.

Il lui jeta un regard inquiet. Avait-il peur qu'elle le cogne réellement ?

— Au lieu de vous demander de me révéler ce que vous ressentez, laissez-moi vous montrer ce que je pense.

Elle sourit pour le rassurer.

— Je ne dirai pas un mot, promis.

Elle le connaissait : il finirait par trouver les mots justes. Mais ses actes, l'autre soir, avaient parlé bien plus qu'il n'en avait conscience. Il lui avait prouvé, à sa façon, qu'elle comptait pour lui, que leur relation était importante et que, même s'il ne cessait de se réprimander intérieurement —

tout comme elle —, son comportement en disait beaucoup plus que ses paroles.

— Vraiment ?

Sa voix rauque la fit frissonner.

— A moins que vous ne souhaitiez le contraire.

Elle se mordit la lèvre, hésitant comme avant de sauter dans l'eau du haut d'une falaise, mais déterminée à aller jusqu'au bout.

Oui, *jusqu'au bout.*

— Dans ce cas, je ne dirai rien, répondit-il d'une voix pleine de sous-entendus qu'elle comprit sans peine.

Elle se rapprocha de lui et entreprit de retirer sa cravate. Le nœud était compliqué et elle poussa un petit soupir exaspéré face à la difficulté. Lasham voulut l'aider, mais Margaret lui administra une petite tape autoritaire sur la main.

— Je vous montre que je n'ai pas besoin de votre assistance.

Il haussa un sourcil.

— Pour l'instant, ajouta-t-il d'une voix gutturale.

Elle aurait tout donné pour qu'il lui parle toujours de cette manière ! Si cela avait été le cas, elle n'aurait plus jamais quitté cette pièce qui était devenue la leur.

Margaret finit par avoir raison du morceau de tissu récalcitrant qu'elle déposa sur le dossier du canapé.

Elle enfouit la tête dans le cou de Vortigern et l'embrassa, se délectant de la manière dont il réagit à ce contact.

— Vous pouvez faire ce que bon vous semble, du moment que vous n'ouvrez pas la bouche, murmura-t-elle.

Vortigern l'enlaça et l'attira contre lui, ses lèvres trouvant les siennes en un baiser qui en disait long.

Ce n'était pas la pire façon d'exprimer ses sentiments, songea Margaret tandis que la langue de Vortigern se frayait un chemin dans sa bouche et qu'il lui mordillait les lèvres tout en la tenant fermement, comme s'il la chérissait de tout son cœur.

Pas comme une pierre précieuse et fragile, plutôt comme s'il savait qu'elle pouvait s'échapper de son étreinte à n'importe quel moment, bien que ce soit la dernière chose qu'il souhaitât. Quoi qu'il arrive, il prendrait les désirs de Margaret en considération.

Ses tétons se durcirent et ses seins se firent lourds sous son corsage. Elle voulait sentir la peau de Vortigern contre la sienne, mais ne pouvait lui intimer de se déshabiller puisqu'ils venaient de convenir qu'aucun d'entre eux ne parlerait. Il faudrait donc qu'elle prenne les choses en main.

Au sens propre comme au sens figuré.

Elle interrompit leur baiser et faufila les mains sous son manteau, le faisant glisser de ses larges épaules jusqu'à ce qu'il tombe sur le sol dans un bruit mou. Le duc avait une flopée de domestiques à son service ; l'un d'entre eux se chargerait certainement de le ramasser un peu plus tard.

Elle entreprit alors de déboutonner son gilet, consciente du regard intense qu'il posait sur elle, et commit l'erreur de relever les yeux vers lui.

Si seulement il avait pu exprimer à voix haute ce qu'elle pouvait lire sur son visage à cet instant précis, ils auraient déjà trouvé un moyen de vivre leur passion sans compromis.

Margaret détourna le regard. Qu'auraient dit ses domestiques s'ils les avaient découverts, plusieurs heures plus tard, en train de se regarder dans le blanc des yeux sans prononcer un mot ? Elle l'ignorait, mais le fait de savoir que le duc et elle avaient passé la soirée tout entière enfermés dans cette pièce en tête à tête était certainement scandaleux, même pour un personnel aussi discret que le sien. Et Annie prendrait un malin plaisir de lui faire savoir ce qu'elle pensait de la situation sans tourner autour du pot.

Elle tira la chemise de Vortigern de son pantalon puis la passa par-dessus sa tête, dévoilant les muscles de son estomac. La vue lui coupa le souffle. Elle n'avait qu'une envie : se pencher vers lui et lui embrasser le ventre, léchant chacun de ses muscles un à un.

Le vêtement de Vortigern rejoignit bientôt son manteau par terre et il hocha la tête, sans rien dire, mais extrêmement clair quant à ce qu'il désirait. *A présent, c'est votre tour,* aurait-il ordonné s'il avait parlé à voix haute.

Elle lui rendit son sourire et pivota d'un quart de tour pour qu'il puisse déboutonner sa robe, ce qu'il fit, lentement, en embrassant chaque centimètre de peau qu'il dévoilait à mesure qu'il descendait le long de son dos. De sorte que lorsqu'il eut fini, elle n'était plus qu'une boule d'énergie et de désir sexuel.

Elle se releva et fit glisser son habit de ses épaules, se tortillant pour passer la barrière de ses hanches, jusqu'à ce qu'il finisse en un tas informe à ses pieds.

Vêtue uniquement de son corset et de sa chemisette, les mains derrière le dos dans une position qui faisait ressortir sa poitrine, Margaret ne put s'empêcher de ressentir une pointe de satisfaction en voyant l'étincelle qui s'alluma dans l'œil de Vortigern.

Ce dernier se leva prestement et s'approcha tout en dégrafant les boutons de son pantalon.

Margaret s'avança et lui prit les poignets en secouant la tête, un sourire malicieux sur les lèvres. Puis elle délaça son corset qui s'ajouta à la pile de tissus sur le sol.

A présent affublée de ses seuls sous-vêtements, elle se rapprocha de lui et passa les bras autour de son cou pour l'embrasser. Il était si grand qu'elle ne douta pas un instant que la position était inconfortable pour lui, mais, à en juger par les gémissements gutturaux qui s'échappaient de sa gorge, elle en conclut que cela ne devait pas le déranger le moins du monde. Debout sur la pointe des pieds, elle se colla à lui, sentant ses seins s'écraser contre son torse musclé.

Les mains de Vortigern la tenaient fermement par la taille tandis qu'il l'embrassait tout son soûl et elle perçut son érection grossir contre son bas-ventre, preuve indéniable de ce qu'il éprouvait pour elle.

Soudain, il glissa les doigts un peu plus bas, sur son postérieur qu'il saisit comme s'il voulait l'attirer un peu plus haut, pour pouvoir l'embrasser plus confortablement.

Pourtant, la position était loin d'être commode, pour lui comme pour elle. C'était fougueux, passionné, excitant et tellement plein de sous-entendus qu'il aurait fallu un dictionnaire tout entier pour définir la situation.

Les doigts de Vortigern descendirent jusqu'à sa fente humide de désir.

Margaret sursauta à ce contact, à la fois choquée et excitée à l'idée qu'il puisse être aussi directement témoin de ce qu'elle ressentait.

Il ne dit pas un mot, conformément à ses instructions, mais ne la lâcha pas du regard et passa la langue sur ses lèvres dans un geste évocateur et sensuel qui manqua de la faire défaillir.

Le souffle vint à lui manquer tandis que Vortigern posait sur elle un regard de prédateur. Il se rapprocha, agrippa le pan de sa chemisette et la fit passer par-dessus sa tête, sans l'ôter complètement, la rendant momentanément aveugle.

Elle devait avoir l'air ridicule, mais cette pensée la quitta à l'instant où la bouche de Vortigern se posait sur son sein pour sucer son téton, tandis qu'il lui caressait le dos, les reins et les hanches, ce qui ne manqua pas de lui envoyer plusieurs décharges délicieuses le long de l'échine.

Lorsqu'elle sentit sa langue s'introduire en elle, elle lâcha une exclamation surprise et ses genoux faiblirent.

Elle agrippa sa chevelure et pressa sa tête contre elle, mais Vortigern laissa échapper un petit rire et lui saisit les poignets. Margaret gémit, déçue, mais sa contrariété s'effaça bientôt lorsqu'il la prit dans ses bras comme si elle ne pesait pas plus lourd qu'une plume, pour venir la déposer avec soin sur le canapé.

Allongée sur le dos, toujours incapable de voir quoi que ce soit, elle l'entendit déboutonner son pantalon qui glissa de ses longues jambes pour tomber mollement sur le sol, puis distingua le bruit caractéristique d'un habit que l'on retire, et en conclut qu'il venait d'ôter ses sous-vêtements. Elle se mordit la lèvre. Que n'aurait-elle pas donné pour le voir nu devant elle à cet instant précis ?

Il vint se placer au-dessus d'elle sur le canapé. Elle sentit son genou contre sa cuisse et son sexe toucher son ventre. Puis il acheva de passer sa chemisette par-dessus sa tête et elle put enfin l'admirer.

— Oh ! lâcha-t-elle, à la fois surprise et excitée.

Son torse, ferme et musclé, était juste sous ses yeux, ses tétons sombres contrastant avec sa peau blanche parsemée de poils sombres.

Son bandeau était le seul morceau de tissu qu'il portait encore. Son corps était absolument stupéfiant. Une véritable œuvre d'art, large, douce et musclée, à faire pâlir n'importe quel tableau accroché à la Royal Academy. Il exsudait une masculinité telle qu'elle sentit ses entrailles se serrer de manière délicieuse. Merveilleuse.

Elle leva la main vers son visage et posa les doigts sur son cache-œil, attendant son aval. Il se raidit, mais acquiesça d'un signe de tête, et elle passa derrière sa tête pour défaire le ruban qui le tenait en place.

Ce dernier tomba sur sa poitrine, mais elle ne fit pas un mouvement pour le retirer. Le véritable Vortigern était là, devant elle, plus exposé qu'il ne l'avait jamais été.

Restait à savoir si les sentiments qu'elle avait envers lui étaient réciproques. Elle était sur le point de le découvrir : ses actes — et non ses mots — parleraient pour lui.

Georgiana et le dragon

Par lady Mystère

— Que diriez-vous d'en faire l'expérience par vous-même ?

Georgiana haussa un sourcil.

— Et comment comptez-vous accomplir une telle prouesse ? demanda son père.

L'homme les regarda un par un, puis s'arrêta sur Georgiana.

— En vous transformant en un membre de mon espèce.

— Oh ! s'exclama-t-elle.

Elle jeta un coup d'œil à sa famille, dont les visages reflétaient tant l'étonnement que l'excitation.

— Père ?

Ce dernier planta les poings sur ses hanches et réfléchit un instant, avant de dire exactement le contraire de ce que Georgiana avait escompté.

— Pourquoi pas ?

L'ex-dragon ouvrit les bras en souriant.

— Alors ?

Georgiana acquiesça d'un signe de tête.

Chapitre 31

Vortigern retint son souffle tandis que Margaret caressait ses cicatrices avec douceur. Il s'efforçait toujours de ne pas se regarder dans le miroir et était depuis longtemps passé maître dans l'art d'enfiler son cache-œil sans avoir à apercevoir son reflet.

— Alors ? finit-il par demander, incapable de se retenir.

— C'est original et inhabituel. Tout comme vous, dit-elle en souriant.

Vortigern ferma la paupière et sentit les larmes monter. Il n'avait pas pleuré depuis des années, mais à ce moment précis, en compagnie de Margaret, cela semblait être une réaction appropriée.

Elle le prit dans ses bras et il se laissa retomber de tout son poids, repoussant l'envie de lui demander s'il n'était pas trop lourd. Si c'était le cas, elle le lui aurait dit, elle se serait montrée honnête et franche. Il la connaissait suffisamment pour savoir qu'elle l'était toujours. Tout comme il savait que c'était extrêmement difficile pour lui.

Elle effleura sa nuque avec les doigts et enroula une jambe autour de sa taille, ce qui eut pour effet de rapprocher leurs bas-ventres respectifs.

Vortigern releva la tête et plongea son regard dans celui

de Margaret, espérant de tout son cœur que son expression suffirait à transmettre les sentiments qu'il éprouvait pour elle.

Margaret sourit sans un mot, puis glissa la main entre leurs deux corps et se décala juste assez pour pouvoir atteindre son sexe qu'elle se mit à caresser.

Vortigern ouvrit la bouche, mais elle secoua la tête pour lui intimer de se taire. Elle s'avança pour poser ses lèvres sur les siennes et accéléra le rythme de ses va-et-vient. Vortigern enroula les doigts autour de son poignet et plaça lentement son sexe à l'entrée du sien.

A en juger par la façon dont elle écarta les jambes et arqua le dos, elle semblait plus que prête à l'accueillir en son sein.

Il poussa légèrement, s'arrêtant lorsqu'elle émit un petit gémissement, mais reprenant bien vite quand elle agrippa ses fesses pour l'encourager à poursuivre.

Margaret s'ouvrit à lui, sans cesser de l'embrasser avec fougue, et il eut l'impression d'avoir enfin trouvé sa place dans ce monde.

Même s'il avait eu l'autorisation de parler, il en aurait été incapable à cet instant. Le plaisir était tellement intense qu'il sut qu'il n'allait pas tenir très longtemps, mais espérait qu'elle puisse en retirer du plaisir également. Tout ce qui comptait, c'était qu'elle comprenne, par sa façon d'agir, les sentiments qu'il lui vouait.

Leurs deux corps se mirent à bouger en rythme et il sentit l'extase monter peu à peu.

Pour la première fois de sa vie, il avait l'impression d'être là où il était censé être, d'avoir trouvé un foyer.

Elle interrompit leur baiser et rejeta la tête en arrière, et Vortigern en profita pour plonger ses dents dans la chair tendre de son cou. Margaret resserra sa prise dans son dos et laissa échapper un petit gémissement.

C'est alors que les vannes cédèrent, pour elle comme pour lui. Il se laissa alors retomber de tout son poids sur son corps chaud et frémissant.

Ils restèrent silencieux pendant plusieurs minutes. Lasham ne s'était jamais senti aussi à l'aise, aussi comblé, en présence d'une femme. Il espérait que ses actions avaient suffisamment décrit les sentiments qu'il éprouvait pour elle.

— Je suppose..., dit-elle.

L'espace d'un instant, il crut qu'elle allait répéter les mots qu'ils avaient prononcés la première fois — *je suppose qu'il serait préférable que nous nous mariions* — quand il lui avait fait la demande la plus ridicule de toute l'histoire de l'humanité.

— Chut, la coupa-t-il. Nous avions convenu de ne pas parler.

Elle hocha la tête et se décala légèrement, sans pour autant lui demander de bouger.

Il espérait qu'elle ne le ferait jamais.

— Oui, murmura-t-elle d'une voix si basse qu'il faillit ne pas l'entendre malgré leur proximité évidente.

Vortigern sentit le mot résonner à l'intérieur de son corps. *Oui*, avait-elle dit. *Oui, nous devrions envisager la possibilité de nous marier. Oui, je t'aime. Oui, je sais que c'est réciproque. Oui, oui, oui.*

Incapable de penser à quoi que ce soit d'autre qu'elle, leur futur et combien il l'adorait, Vortigern ferma l'œil et sourit.

— Oui, répondit-il.

Margaret prit une profonde inspiration avant de pénétrer dans la salle de bal. Elle savait que Vortigern arriverait un peu plus tard, mais elle avait quelque chose à faire avant que leurs fiançailles ne soient officiellement annoncées à l'assemblée. Il était crucial qu'elle reste elle-même, malgré ce qu'elle était sur le point de devenir.

Lord Collingwood ne s'était pas contenté de l'accuser de tricher : il avait fait le tour de la société et semé des doutes dans l'esprit de chacun. Cet homme était déterminé à ternir sa réputation et elle ignorait pourquoi. Peut-être était-ce lié au fait qu'elle avait refusé de l'épouser, même s'il avait toujours préféré sa sœur et n'avait jamais vraiment voulu d'elle. Peu importait la raison de son comportement. Ce qui comptait, en revanche, était les rumeurs qu'il colportait sur elle.

— Lady Margaret Sawford, annonça le majordome, et la pièce devint soudain silencieuse tandis que toutes les têtes se tournaient vers elle.

De toute évidence, lord Collingwood avait fait plus de dégâts qu'elle ne l'avait cru.

Elle descendit les quelques marches qui conduisaient à la piste et jeta un coup d'œil à la table de jeu où lord Gantrey avait déjà pris place. Il lui adressa un sourire rassurant et elle sentit son cœur se réchauffer à l'idée qu'il y avait au moins une personne dans cette pièce qui la soutenait. Ce fait changerait à l'instant même où la société apprendrait qu'elle allait devenir la duchesse de Lasham. C'était la raison pour laquelle elle devait agir avant que la nouvelle ne soit révélée au grand jour.

— Milady, la salua son hôtesse en jetant des coups d'œil nerveux autour d'elle, comme si on allait lui reprocher d'avoir invité une tricheuse.

Comme si tout le monde dans cette salle était aussi pur et honnête qu'un ange et s'était toujours comporté de façon exemplaire ! Margaret réprima un petit reniflement méprisant, ne voulant pas se montrer impolie. Cela aurait été pire que de maltraiter ses domestiques, ce qui, à en croire les dires d'Annie, était le cas de plus d'une personne dans cette salle. Plus horrible encore que de laisser ses créditeurs dans l'attente tout en continuant de faire des achats autre part ou d'exprimer haut et fort son aversion pour son propre époux, chose que la plupart des convives ici présents avaient déjà faite.

Depuis quand Margaret portait-elle des jugements aussi catégoriques envers ses semblables ? Ce qui était sur le point de se passer n'avait rien à voir avec eux. Elle aperçut lord Collingwood assis à une table et se fraya un chemin jusqu'à lui, puis attendit patiemment qu'il lève les yeux vers elle, bien qu'elle sût pertinemment qu'il avait remarqué son arrivée.

Quand il fut évident qu'il continuerait de l'ignorer jusqu'à ce que mort s'ensuive, elle prit la parole.

— Milord ?

Il tourna la tête et haussa les sourcils d'un air condescendant. Mais peut-être n'était-ce que le fruit de son imagination débordante.

— Oui, milady ? Etes-vous ici pour nous expliquer comment vous avez dépouillé ces braves gens de leur fortune par vos pratiques infâmes ?

Pratiques infâmes ? Elle ne se faisait pas de fausses idées : lord Collingwood était bel et bien un être méprisable. Mais elle devait admettre qu'il ne manquait pas de vocabulaire.

— Milord, je ne sais pas comment vous êtes arrivé à la conclusion que je suis une tricheuse.

Elle éleva la voix pour s'adresser à la ronde.

— J'admets que mes talents aux cartes sont assez peu

communs. Mais si vous préférez croire que j'ai fraudé plutôt que d'accepter que je vous ai battu honnêtement…

Elle haussa les épaules d'un air nonchalant.

— Je ne peux pas confirmer ma bonne foi, mais vous ne pouvez pas non plus prouver que j'ai truqué le jeu.

Elle plissa les yeux.

— A moins, bien sûr, que vous n'ayez une preuve tangible à apporter pour appuyer vos allégations.

Il la fixa dans les yeux, les joues rouges de colère, toujours assis à table : l'acte le plus insultant qu'un gentleman puisse faire à une dame lors d'une conversation.

— Si j'avais été ma sœur, j'aurais agi en conséquence, au lieu de m'exprimer ainsi, afin de vous faire savoir le fond de ma pensée.

Du coin de l'œil, elle aperçut Vortigern au loin et lui lança un clin d'œil complice.

— Tout comme elle l'a fait quand vous avez colporté de fausses rumeurs à mon sujet.

La foule laissa échapper une exclamation de stupeur et se tourna vers lord Collingwood, ce qui était exactement l'effet recherché par Margaret.

— De toute évidence, vous n'avez pas compris la leçon, même après que j'eus refusé de vous épouser et que mes parents eurent renié mon existence, m'obligeant ainsi à me faire un nom grâce à mes propres talents. Tout cela, à cause de vous.

Mentionner sa famille était encore douloureux, mais cela passerait avec le temps, surtout maintenant qu'elle avait quelqu'un à ses côtés qui l'aimait.

— Il semblerait que vous m'en vouliez encore, milord. C'est pourquoi je vous annonce, ici et maintenant, que je vous ignorerai toujours, quels que soient les ragots que vous diffusez à mon sujet. Désormais, votre existence ne m'effleurera même plus l'esprit. D'autres personnes méritent mon attention bien plus que vous.

Elle releva les yeux et croisa ceux de Vortigern.

— Si vous maintenez vos accusations, je vous en prie, faites-le ouvertement, mais souvenez-vous qu'il vous faudra appuyer vos dires par des preuves tangibles et que vos agissements passés à mon égard jouent en votre défaveur.

Elle jeta un coup d'œil alentour, accorda un sourire à lord Gantrey et s'arrêta sur lui : l'amour de sa vie. L'homme dont les actions réussissaient à lui ôter les mots de la bouche, comme il l'avait démontré à maintes reprises.

Si le public apprenait cela, elle ne se débarrasserait jamais de sa mauvaise réputation. Mais puisqu'elle était sur le point de devenir duchesse, cela n'avait pas tellement d'importance.

Son futur mari, fier, mystérieux, difficile et intelligent tout à la fois, fit un pas en avant et lui prit le bras pour la conduire hors de la salle, sans dire un mot.

Comme se devait de le faire un homme de son rang.

Chère lady Margaret,

Je n'ai pas pour habitude d'interférer dans vos récits étant donné votre succès auprès de nos lecteurs, mais je me permets de vous écrire cette courte note pour vous faire part de certaines inquiétudes qui ont été exprimées au journal concernant le destin de Georgiana. Ne risque-t-elle pas de se faire dévorer par le dragon ou de ne jamais souhaiter reprendre sa forme humaine ? Ne serait-il pas préférable que son ami la sauve d'un danger imminent et qu'ils finissent leurs jours ensemble en tant qu'êtres humains ?

Avec tout mon respect,

M. Garrett, éditeur en chef

Cher monsieur Garrett,
Non, ce n'est pas préférable.
Sincèrement,
Lady Margaret Sawford (alias lady Mystère)

Georgiana et le dragon

Par lady Mystère

— C'est extraordinaire ! s'écria Georgiana en direction de son nouvel ami, George de son prénom, tandis qu'ils survolaient la ville à la recherche d'un point d'eau pour sa famille.

Exactement ce qu'elle faisait le jour où ils s'étaient rencontrés.

Son père n'avait pas été enchanté d'apprendre qu'elle avait adopté la vie de dragonne, jusqu'à ce qu'elle lui expose les avantages : l'accès illimité au feu, la rapidité des déplacements (à défaut du confort) et l'assurance que personne n'oserait refuser de lui payer son dû étant donné la nature de son beau-fils.

De temps à autre, ils redevenaient humains, juste pour vérifier qu'ils préféraient toujours la forme animale, mais au bout d'un jour ou deux, ils finissaient par se lasser de se déplacer sur deux jambes.

Ce n'était pas la fin que la plupart des gens avaient espérée, mais c'était la vie de Georgiana et de personne d'autre.

Et Georgiana avait choisi son dragon.

Épilogue

— Ce n'est pas mauvais, mais je n'irais pas jusqu'à dire que c'est aussi bon que la glace.

Vortigern baissa les yeux sur sa tourte aux anguilles déjà à moitié mangée, tandis que Margaret elle-même n'avait avalé que quelques bouchées.

Pour sa défense, il avait dépensé une quantité d'énergie considérable ce matin-là, après avoir réveillé Margaret pour lui faire l'amour, avant de se consacrer à son plaisir à elle.

Elle se rappelait encore des vagues de plaisir qu'il avait déclenchées en elle et frissonna à cette pensée.

— As-tu froid ? demanda-t-il inquiet.

Elle secoua la tête.

— Non, juste un souvenir.

— Oh ! je vois, dit-il d'un air entendu.

— Monsieur le duc, madame la duchesse.

Deux des filles de Sally, qui travaillaient désormais à l'usine que Vortigern venait de racheter, s'approchèrent d'eux, tout sourires.

— Bonjour, mesdemoiselles, les salua Margaret. Comment vous sentez-vous aujourd'hui ?

La plus jeune jeta un coup d'œil à l'assiette de Vortigern.

— Affamées.

Son aînée lui envoya un coup de coude dans les côtes en rougissant.

— Nous allons remédier au problème de ce pas, déclara Vortigern en levant la main pour faire venir le serveur.

Vortigern et elle avaient pris l'habitude de passer le samedi matin dans cette brasserie populaire et les habitants du quartier n'étaient plus aussi effrayés ou intimidés qu'auparavant. L'intervention de Margaret avait beaucoup aidé : elle l'avait débarrassé de sa cravate, lui avait ébouriffé les cheveux et s'était assurée qu'il porte sa plus vieille tenue, un fait que son valet désapprouvait fortement. Margaret regarda autour d'elle, satisfaite des changements : les femmes marchaient la tête haute, les hommes avaient un emploi, et les enfants semblaient prendre davantage de plaisir à leurs jeux.

Jusqu'à présent, leur vie de couple s'était avérée être la plus belle des aventures. Margaret jonglait entre ses responsabilités de femme mariée, son travail d'écrivain et son statut de duchesse. Elle n'avait rien abandonné et Vortigern ne le lui avait pas demandé.

Elle attendit à l'extérieur en admirant les anguilles exposées en vitrine, tandis que Vortigern réglait l'addition.

Les filles de Sally ressortirent du restaurant le visage rayonnant, une tourte à la main.

— Merci, Votre Grâce, s'exclamèrent-elles.

La plus jeune croqua dans la sienne à pleines dents.

— Votre Grâce, comment avez-vous perdu votre œil ?

— Laissez-moi vous raconter cette histoire, interrompit Margaret.

— … et quand l'ours s'approcha, il agita un morceau de poulet devant son visage pour le distraire et avoir la vie sauve. La bête donna un coup de patte pour attraper la viande et le blessa au visage, conclut-elle.

Vortigern lui lança un regard amusé, mais ne dit rien.

— C'est une horrible tragédie, mais, au moins, mon mari a survécu, ajouta-t-elle.

De toutes les fables qu'elle avait inventées, celle du plantigrade était la plus créative. Il y avait eu les pirates des mers (trop stéréotypé), un duel pour sauver l'honneur d'une demoiselle (ce qui posait la question du nom de la femme dont il s'agissait), un accident de cheval (trop maladroit) et une fenêtre cassée (à laquelle la plupart des gens demandaient si l'on avait puni le coupable qui avait brisé la vitre).

Chaque fois, Margaret changeait sa version et son époux se contentait de sourire en silence. Plus tard, quand ils se retrouvaient seuls, il lui démontrait combien il appréciait son imagination.

Margaret lança un coup d'œil en direction de l'amour de sa vie.

— Il nous faut rentrer, à présent, dit-elle aux deux filles. Nous avons rendez-vous avec des dames qui n'ont jamais mangé de tourte aux anguilles.

Les deux gamines ouvrirent grand les yeux, comme si c'était là une chose impossible.

Margaret devait faire un discours devant une foule venue donner un peu de son temps et de son argent à une œuvre de charité qui venait en aide aux quartiers les plus pauvres de Londres. A présent qu'elle était mariée à Vortigern, toutes les grandes dames de la société se bousculaient pour venir aux événements qu'elle organisait, ravie de pouvoir dire qu'elles connaissaient la duchesse de Lasham.

Ce n'était pas aussi contraignant qu'elle l'avait cru.

C'était même merveilleux, puisqu'elle était aux côtés de l'homme qu'elle aimait.

— Oui, allons-y, répondit-il en passant un bras autour des épaules de Margaret.

Note de l'auteur

Nous avons tous entendu, au cours de notre vie, quelqu'un nous mettre en garde contre les dangers des objets quotidiens susceptibles de nous éborgner (l'occurrence la plus connue étant probablement le film *A Christmas Story*, où les parents de Ralphie le préviennent des risques de la carabine à air comprimé qu'il souhaite pour Noël).

Pourtant, chaque début d'année, la page des faits divers de nos journaux se remplit de personnes ayant perdu la vue à cause d'un bouchon de champagne, tout comme le héros de ce livre.

Cela peut sembler difficile à croire, mais l'une des inventions de nos temps modernes a vu le jour à la suite d'un incident de ce type. C'est mon mari, Scott, qui m'a raconté cette histoire et a ainsi inspiré le tragique destin de Vortigern.

En 1953, Robert Kearns, ingénieur de profession, a perdu un œil de cette manière le soir de son mariage. Plus tard, cet épisode infortuné lui donnera l'idée de créer les essuie-glaces intermittents, qui reproduisent le battement des paupières chez l'être humain, et remplacera le traditionnel va-et-vient du bras oscillant qui était jusqu'alors la norme.

Si vous avez aimé ce roman, retrouvez les précédents tomes de la série « Si j'étais une duchesse » :

1/ *Noblesse, devoir et autres balivernes*
2/ *Duchesse malgré elle*

disponibles dès à présent sur harlequin.fr

Composé et édité par HarperCollins France.

Achevé d'imprimer en février 2017.

BLACK PRINT

Barcelone

Dépôt légal : mars 2017.

Pour limiter l'empreinte environnementale de ses livres, HarperCollins France s'engage à n'utiliser que du papier fabriqué à partir de bois provenant de forêts gérées durablement et de manière responsable.

Imprimé en Espagne.